시계 종이 여덟 번 울릴 때

아르센 뤼팽 걸작선 7
시계 종이 여덟 번 울릴 때

지은이 모리스 르블랑
옮긴이 붉은 여우
펴낸이 안용백
펴낸곳 (주)넥서스

초판 1쇄 인쇄 2012년 6월 10일
초판 1쇄 발행 2012년 6월 15일

출판신고 1992년 4월 3일 제311-2002-2호
121-840 서울시 마포구 서교동 394-2
Tel (02)330-5500 Fax (02)330-5555

ISBN 978-89-5994-418-7 14860

저자와 출판사의 허락 없이 내용의 일부를
인용하거나 발췌하는 것을 금합니다.

가격은 뒤표지에 있습니다.
잘못 만들어진 책은 구입처에서 바꾸어 드립니다.

www.nexusbook.com
지식의숲은 (주)넥서스의 인문교양 브랜드입니다.

아르센 뤼팽 걸작선
7

ARSÈNE LUPIN
시계 종이 여덟 번 울릴 때

모리스 르블랑 지음 | 붉은 여우 옮김

지식의숲

| 작품을 읽기 전에 |

아르센 뤼팽 & 모리스 르블랑

 추리소설이 영국과 미국에서 크게 발전한 것은 단편의 창시자 에드거 앨런 포, 장편을 발전시킨 윌키 콜린스와 찰스 디킨스, 그리고 이 장르의 완성자 아서 코난 도일, 계승자 G. K. 체스터턴, 에드먼드 벤틀리 등의 위대한 작가들이 있었기 때문이다.
 장편 추리소설을 최초로 썼다는 영예를 걸머진 프랑스의 에밀 가보리오는 명탐정 르콕을 만들어내긴 했으나 그의 소설은 '선정소설' 굴레에서 벗어나지 못하고 말았다.
 그는 당시 프랑스의 대중 통속작가였으므로 신문에 연재하는 가정소설 속에 탐정 장면을 부분적으로 삽입한 격이 되었지만 그의 소설은 결국은 선정적인 통속소설에 불과했다.
 그래서 프랑스의 추리소설은 에밀 가보리오의 전통을 지키느라 영미의 추리소설에 비하면 무척 격이 떨어졌다.

 시대적으로나 기술적으로 가보리오에 가까운 작가는 포르튀네 뒤 보아고베(Fortune du Boisgobey, 1821-1891)였다.
 뒤 보아고베는 가보리오의 충실한 제자였으며 그의 대표작

《르콕의 만년》(La Vieillesse de M. Lecoq, 1876)을 써서 스승이 창조한 르콕 탐정을 재등장시키고 있으나 그에게는 분석 능력과 수사의 흥미가 결여되어 있어서 그도 한낱 선정적 미스터리 작가가 되고 말했다.

프랑스가 세계적으로 이름을 떨치게 되는 미스터리 작가를 낳기 위해서는 20세기에 들어설 때까지 기다려야 했다. 그동안 영국의 추리소설 특히 코난 도일의 셜록 홈즈 모험담이 프랑스 작가들을 자극했을 것이다. 가장 두드러진 두 작가는 모리스 르블랑과 가스통 르루이다.

보알로 나르스자크의《추리소설》(Roman Policier, 1964)을 보면 "가보리오는 코난 도일에게 영감을 주었다. 그리고 코난 도일은 모리스 르블랑에게 특수한 의미에서 그러했다. 아르센 뤼팽을 창조함에 있어서 모리스 르블랑은 결국 셜록 홈즈와는 모든 점에서 대조적인 주인공을 내세웠다."는 부분이 있다.

모리스 르블랑(Maurice Leblanc, 1864-1941)이 대중잡지 〈Je Sais Tout〉에 괴도신사 아르센 뤼팽을 주인공으로 범죄 모험소설을 쓰기 시작한 것은 1906년이다.

첫 단편 〈체포된 뤼팽〉(L'arrestation d'Arsène Lupin)가 독자의 호평을 받자 이어서 〈감옥의 아르센 뤼팽〉 등 여덟 편을 추가해 《괴도신사 뤼팽》(Arsène Lupin, Gentleman-Cambrioleur)이라는 제목으로 1907년에 출판되었다.

르블랑은 코난 도일에게 대항하여 셜록 홈즈와 맞서는 아르센 뤼팽을 내세웠을 텐데 이러한 대항의식은 마지막 단편 〈한 발 늦은 셜록 홈즈〉(Sherlock Holmes arrive trop tard)에 노골적으로 나타나 있다. 장 폴 사르트르는 《말》(Mots, 1986)에서 "나는 아르센 뤼팽을 숭배한다. 헤라클레스와 같은 완력, 교활한 용기, 프랑스적 지성이……" 하고 말하는 것을 보면 오늘날 셜록 홈즈가 영미의 아니 전 세계 독자들에게 주는 이미지와 같은 이미지를 뤼팽은 당시의 프랑스 독자에게 그리고 전 세계 독자에게 주었을 것이다.

셜록 홈즈가 추리의 천재, 진실의 사도, 정의의 화신이라고 한다면 뤼팽은 강도이며, 멋쟁이 신사이며, 협객이며, 경찰관이며, 탐정이기도 하다. 홈즈가 이상적 영국인이라면 뤼팽은 전형적인 프랑스인이다.

《괴도신사 뤼팽》의 마지막 단편 〈한 발 늦은 셜록 홈즈〉에서 뤼팽은 홈즈의 시계를 훔쳤다가 돌려준다. 뤼팽은 소매치기의 명수이기도 하지만 신사강도로서는 좀 장난꾸러기 같은 인물이다. 그리고 드반이 폭소를 터뜨리는 것도 일부러 초대한 명탐정에 대한 에티켓으로는 조금 야비(?)하다.

코난 도일이 그가 창조한 명탐정이 아르센 뤼팽과 같은 신사강도에게 조롱당하는 것을 참지 못하여 모리스 르블랑에게 항의를 했다고 한다.

르블랑은 셜록 홈즈를 헐록 숌즈(Herlock Sholmes)로, 왓슨(Watson)을 윌슨(Wilson)으로 바꾸고 있을 뿐이다. 그래서 두 번째 단편집도 《아르센 뤼팽 대 셜록 홈즈》(Arsène Lupin contre Herlock Sholmes, 1908)로 되어 있고 〈한 발 늦은 셜록 홈즈〉도 그렇게 고치고 있다. 그러나 여기서는 셜록 홈즈로 부르기로 한다.

뤼팽은 장편 《수정마개》(Le Bouchon de Cristal, 1910), 《기암성》(L'aiquille-creuse, 1912), 《813의 수수께끼》(813, 1923), 단편집 《시계 종이 여덟 번 울릴 때》(Les huits coups de l'horloge, 1913), 《뤼팽의 고백》(Les Confidences d'Arsène Lupin, 1913), 《바네트 탐정사》(L'Aqence Barnett, 1927) 등 20여 권에서 활약한다.

아르센 뤼팽은 완력이나 배짱이나 두뇌가 슈퍼맨에 속한다. 그는 만능선수이다. 그에게는 왓슨 역이 없다. 부하는 있으나 도구에 불과하다. 다만 도덕성과 정의감이 부족한 것이 흠이랄까. 그러나 강도라도 '신사'가 붙어 있으며 때로는 경찰부장을 지내며 자신의 체포 명령을 내리기도 한다. 추리력도 대단하다. 종횡무진이며 신출귀몰한다. 그도 홈즈처럼 신화적 존재가 되었다. 그는 셜록 홈즈와 더불어 우리들의 청소년기뿐만 아니라 평생의 영웅이 된 것이다.

차례

작품을 읽기 전에   4

타워 위에서   11

물병의 비밀   50

테레즈와 제르멘   88

영화 같은 사건   125

장 루이 사건   159

도끼를 든 여인   193

눈 속의 발자국   227

메르쿠리우스 간판   267

타워 위에서

오르탕스 다니엘이 창문을 살며시 열고 나지막하게 물었다.

"로시니 거기 있어요?"

집 앞의 숲속에서 소리가 들렸다.

"네, 여기 있어요."

그녀는 창 밖으로 몸을 내밀어 소리나는 곳을 바라다보았다. 그곳에는 금빛의 수염이 텁수룩한 사내가 상기된 표정으로 서 있었다.

그가 물었다.

"괜찮아요?"

"괜찮아요. 어젯밤에 나, 삼촌하고 막 싸웠어요. 내 변호사가 보낸 서류에 사인하든지 아니면 내 남편 때문에 들어간 돈을 돌려달라고 하니까, 그렇게 못하겠다고 막무가내로 버티잖아요."

"하지만, 당신의 결혼에 책임을 져야 할 사람은 삼촌이잖아요?"

"안 통해요. 책임 못 진다고 하니까."

"그럼 이제 어떻게 할 건데요?"

오르탕스가 웃으며 물었다.

"아직도 나와 함께 도망칠 생각이 있어요?"

"내 마음은 변한 게 없어요."

"정말 고마워요. 잊지 않을게요."

"당신이 원하는 거잖아요. 나는 당신이 좋아서 정말 미치겠어요."

"미안한 얘기기만, 난 미칠 정도로 좋다는 생각은 들지 않아요."

"미칠 정도로 날 좋아해달라는 얘기가 아니에요. 그저 날 조금이라도 좋아해 주었으면 하고 바랄 뿐이에요."

"조금이라도? 당신은 조금으로 만족할 사람이 아닌데."

"그럼 도대체 날 선택한 이유가 뭐예요?"

"그냥요. 난 이제 지겨워요. 이런 생활에 질렸어요. 그래서 그냥 이 집에서 도망치고 싶은 거예요…… 내 가방 던질 테니까, 받아요!"

그녀는 창 밖으로 몸을 내밀며 커다란 가죽가방들을 던졌다.

로시니는 그 가방들을 두 팔을 벌려 받았다.

그녀가 차분하게 말했다.

"이제 주사위는 던져진 셈이에요. 돌아가서 차를 갖고 나와, 이에프 로드에서 기다려요. 난 말을 타고 갈게요."

"잠깐만요! 난 말을 다룰 줄 몰라요!"

"걱정 말아요. 말은 혼자 집으로 돌아올 줄 알아요."

"기가 막혀…… 이왕 말이 나왔으니 하는 말이지만……."

"뭐가요?"

"지난 3일 동안 이곳에 머물고 있는 레닌 공작이란 사람은 도대체 누구예요? 도무지 그 정체를 알 수가 없으니."

"나도 잘 몰라요. 삼촌이 친구랑 사냥 갔다가 만나서 같이 데리고 온 사람이니까……."

"그 사람에게 호감을 느낀 모양이던데. 어제 그 사람하고 꽤 오랫동안 같이 말을 탔잖아요. 난 그 사람이 영 마음에 들지가 않아요."

"두 시간 뒤면 같이 이 집을 떠날 텐데, 그런 얘긴 잊어버려요. 벌써, 시간이 꽤 됐어요. 이렇게 꾸물댈 시간이 없어요."

뚱뚱한 사내는 그녀가 던져준 가방을 들고 구부정한 모습으로 숨어 있던 곳에서 나와 인적이 없는 길로 사라져갔다. 그녀는 잠시 그 모습을 물끄러미 바라보고 있었다. 그녀는 창문을 닫았다.

사냥터에서는 사냥꾼들의 나팔소리가 울려 퍼지고 있었다. 사냥개들이 미친 듯이 짖어대는 소리도 들렸다. 라 마레즈 성에서는 그날 아침 사냥대회 개막식이 열리고 있었다. 이 사냥대회는 매년 9월 첫 주에 에글로시 백작 부부가 친한 친구들과 근처의 지주들을 초청하여 벌이는 행사였다.

오르탕스는 천천히 몸단장을 하고, 승마복을 입었다. 승마복을 입은 그녀의 몸매에는 아름다운 선이 살아 있었다. 그녀는 다시 펠트 모자를 썼다. 그녀의 아름다운 얼굴과 다갈색 머리카락은 푹 눌러쓴 모자에 가려 잘 보이지 않았다. 그녀는 에글로시 백작에게 떠난다는 편지를 쓰기 위해 책상에 앉았다. 편지는 저녁에 부칠 작정이었다. 그러나 글의 서두를 시작하는 것은 쉬운 일이 아니었다. 그녀는 어떻게 시작할까 하고 이리저리 궁리하다가 결국 포기하고 말았다.

'그래. 나중에 삼촌의 화가 좀 가라앉으면 그때 써서 부치자.'

그녀는 이렇게 생각하고는 식당으로 내려갔다.

화려하게 꾸며진 식당의 벽난로에서는 커다란 장작이 활활 타오르고 있었다. 벽에는 여러 가지 모양의 총이 걸려 있었다. 지방의 유지이자 사냥 애호가인 에글로시 백작은 여러 곳에서 온 손님들과 악수를 나누고 있었다. 그는 손에 커다란 브랜디 잔을 들고 벽난로 앞에 서서 새로 도착한 손님들에게 일일이 건배를 권하고 있었다.

오르탕스는 그에게 건성으로 키스를 했다.

"참, 삼촌도! 얼큰하게 취해야 직성이 풀리나보죠!"

그가 말했다.

"허허! 남자가 일 년에 한 번 정도야 뭐 어때?"

"그러시다 숙모한테 야단맞아요!"

"숙모는 머리가 아파서 내려오지 않을게다."

그가 퉁명스럽게 말을 이었다.

"이 일은 숙모가 간섭할 문제가 아니지. 너도 마찬가지고……."

레닌 공작이 오르탕스에게 다가왔다. 멋지게 차려입은 그는 한결 젊어 보였다. 갸름하면서도 다소 창백해 보이는 얼굴의 그는 눈매가 부드러우면서도 날카로워 보였다. 그의 태도에는 부드러움과 야릇함이 뒤섞여 있었다.

그가 손에 키스를 하면서 그녀에게 물었다.

"부인, 저와의 약속은 잊지 않으셨지요?"

"약속이라뇨?"

"어제 데이트를 하면서, 도멩 드 알렝그르라고 했던가? 문에 판자가 못질이 된 기괴한 모습의 성에 한 번 가보자고 하지 않았습니까?"

그녀가 그의 말을 끊었다.

"레닌 공작님, 정말 미안해요. 그곳은 꽤 멀어요. 그리고 전, 지금 좀 피곤하거든요. 그러니까, 나가서 잠시 말이나 타다가 돌아오겠습니다."

둘 사이에 침묵이 흘렀다. 잠시 뒤, 세르쥬 레닌 공작이 씨익 웃으며, 남이 알아듣지 못할 만큼 작은 목소리로 말을 꺼냈다.

"꼭 저도 같이 갈 수 있는 영광을 베풀어주시리라 믿습니다. 그게 더 나을 겁니다."

"누굴 위해서 낫다는 말씀이세요? 공작님을 위해서인가요?"
"모두 부인을 위해서입니다. 이것만은 확실합니다."
그녀의 안색이 조금 바뀌었다. 그러나 그녀는 아무런 대꾸도 하지 않은 채, 주변 사람들과 악수를 하곤 방을 나갔다.
계단 아래에는 하인이 말을 대기시켜 놓고 있었다. 그녀는 말에 올라 정원 너머의 숲속으로 떠났다.

선선하고 고요한 아침이었다. 잔잔한 나뭇잎 사이로 보이는 하늘은 수정처럼 맑은 빛을 내고 있었다. 그녀는 샛길에서 나와 구불구불한 가로수길 아래로 말을 몰았다. 30분가량 말을 달리자, 좁은 골짜기와 절벽이 끝나는 곳에 큰길이 눈에 들어왔다.
그녀는 말을 멈췄다. 아무 소리도 들리지 않았다. 로시니가 자동차의 엔진을 끈 채 이에프 로드 근처의 숲속에 차를 숨겨둔 것이 분명했다.
그곳은 그녀의 집에서 겨우 500미터 정도밖에 떨어지지 않은 곳이었다. 그녀는 잠시 망설이다가 말에서 내렸다. 말이 쉽게 끈을 풀고 집으로 돌아갈 수 있도록, 그녀는 말 끈을 느슨하게 묶어두었다. 그녀는 어깨 위에 걸치고 있던, 기다란 갈색의 베일로 얼굴을 가리고 천천히 걸어나갔다.
예상했던 것처럼 그녀가 길을 막 돌아서자마자 로시니가 그녀 앞에 나타났다. 그가 달려와 그녀를 숲속으로 이끌었다.
"얼른 이리 와요. 얼른요! 휴, 늦으면 어떡하나, 마음이 바뀌면 어떡하나, 얼마나 가슴이 떨렸는데……. 정말 와주었군요! 정말이었군요!"

그녀가 미소를 지었다.

"바보처럼 굴다니, 내가 온 게 그렇게 좋아요?"

"좋죠! 당신도 그럴 거예요. 이제 당신은 요정이야기에 나오는 공주처럼 살 수 있을 거예요. 이제 당신이 원하는 것은 뭐든지 할 수 있어요. 좋은 것도 사주고, 부자로 살게 해줄게요."

"난 그런 걸 바라지 않아요."

"그럼 뭘 원하는데요?"

"행복할 수만 있으면 돼요."

"그건 내게 맡기기만 하면 돼요."

그녀가 농담조로 대꾸를 했다.

"당신이 내게 어떤 행복을 가져다줄지 자못 궁금하네요."

"기다리면 알게 될 거예요!"

어느새 그들은 차 앞에 도착해 있었다. 로시니는 기쁨에 떨리는 마음으로 자동차의 시동을 걸었다. 오르탕스는 차에 올라 커다란 외투로 몸을 감쌌다. 차가 풀이 무성하고 좁은 길을 지나 그 뒤편의 사거리로 접어들자, 로시니는 액셀러레이터를 힘껏 밟았다. 그러나 바로 그 순간, 급히 차를 세우지 않을 수 없었다. 길 오른쪽 근처의 숲속으로부터 총소리가 들리는가 싶더니, 차가 균형을 잃고 길 양옆으로 춤을 추기 시작했기 때문이다.

로시니가 소리쳤다.

"앞 타이어가 펑크났어요."

오르탕스가 소리쳤다.

"펑크난 게 문제가 아녜요! 총에 맞았단 말이에요."

"말도 안 되는 소리 하지 말아요! 누가 총을 쏴요?"

바로 그 순간, 조금 떨어진 숲속에서 다시 두 발의 총성이 울렸다.

로시니가 화를 내며 소리를 질렀다.

"뒤 타이어도 터졌어! ······두 개 모두. ······아니 어떤 놈이 이러는 거야? 잡기만 하면, 가만히 안 둘 테다!"

그는 길옆의 비탈로 뛰어 올라갔다. 그러나 아무도 보이지 않았다. 더군다나 빽빽하게 들어찬 관목의 잎에 가려 앞이 제대로 보이지 않았다.

"제기랄! 당신 말이 맞았어요. 누군가 총을 쏜 거야! 정말 난처한데! 서너 시간 동안 꼼짝할 수가 없게 되었으니! 타이어가 세 개나 펑크가 났으니······ 당신은 어떻게 했으면 좋겠어요?"

오르탕스는 차에서 내려 그에게 달려갔다. 그녀는 몹시 흥분해 있었다.

"난, 갈래요."

"아니, 왜요?"

"내가 알아봐야겠어요. 누가 총을 쏘았는지. 꼭 범인을 찾아내겠어요."

"가지 말아요."

"그럼 여기에서 몇 시간 동안이고 기다리란 말이에요?"

"이렇게 가버리면, 우리 계획은······ 어떻게 되겠어요?"

"그 문제는 내일 다시 얘기해요. 오늘은 그냥 집으로 돌아가요. 내 짐도 그냥 갖고 있어요. 그럼 이만 갈게요."

그녀는 서둘러 그곳을 떴다. 운 좋게도 그녀의 말은 매어둔 곳에 그대로 있었다. 그녀는 라 마레즈 성과 정반대의 방향으로 서둘러 말을 몰았다.

세 발의 총알은 레닌 공작이 쏜 것이 틀림없었다.

그녀가 혼자 중얼거리는 말속에는 독기가 배어 있었다.

"그 작자야. 그 작자 말고는 이런 짓을 할 사람이 없어."

게다가 약속을 지키라고 요구하던 그의 능글맞은 표정이 그녀의 머릿속에 떠올랐다.

그녀는 눈물이 핑 돌 정도로 속이 상하고 분이 났다. 만약 그 순간 그가 앞에 있다면, 채찍으로 후려치고라도 싶었다.

사르트 북쪽 위로 우뚝 솟아 있는, 작은 스위스라고 불릴 만큼 아름답고 바위가 많은 풍경이 눈에 보였다. 가파른 언덕을 오르느라 실제 속도가 10킬로미터 이상 떨어졌지만, 그녀가 말을 모는 속도에는 그다지 변함이 없었다. 갈수록 점점 힘이 빠지기는 하였지만, 그녀의 레닌 공작에 대한 분노는 누그러지지가 않았다. 그가 방금 저지른 말도 되지 않는 행동 때문이기도 하였지만, 지난 3일 동안 끊임없이 치근대며 지나칠 정도로 호의를 보였던 그의 행동 때문이기도 하였다.

그녀는 마침내, 도멩 드 알렝그르에 도착했다. 계곡 아래로 보이는 성벽은 금방이라도 무너질 듯 금이 많이 나 있고, 그 위에는 이끼와 잡초만이 무성하게 자라고 있었다. 성 안의 둥그런 지붕과 굳게 닫힌 창문도 을씨년스런 모습을 하고 있었다.

그녀가 성벽을 따라 모퉁이를 돌아서자, 반달 모양의 마당이 나왔다. 마당 한가운데의 성문 앞에는 세르쥬 레닌이 말에서 내려 그녀를 기다리고 있었다.

그녀가 말에서 내리자, 그가 모자를 벗고 앞으로 다가오며 아는 척을 했다.

그녀는 목소리를 높이지 않을 수 없었다.

"우선, 한 가지만 묻죠. 정말 기가 막혀서……. 내가 타고 있던 차에 총알을 세 발씩이나 쏜 사람이 당신 맞죠?"

"맞습니다."

그녀는 말문이 막혔다.

"그래, 지금 그 일이 잘한 일이라고 이런 식으로 나오는 거예요?"

"물어보니까, 대답했을 뿐입니다."

"어떻게 그 따위 짓을 할 수가 있어요? 도대체 무슨 권리로 이러는 거예요?"

"제게 그럴 권리는 없죠. 저는 다만 의무를 다한다고나 할까?"

"의무라뇨? 무슨 의무를 다한다는 거예요?"

"남의 어려운 처지를 이용해서 이득을 챙기려는 사람에게서 부인을 보호해야 하는 게 제 의무입니다."

"그 따위로 얼버무리지 말아요. 내 문제는 내가 책임져요. 내가 어떻게 하든 그건 내 맘이에요."

"오늘 아침 부인께서 로시니 씨와 얘기하는 것을 우연히 들게 되었습니다. 그런데 가만히 생각해보니까, 부인께서 흔쾌히 그 사람을 따라가기로 하는 것 같지가 않았어요. 주제넘게 남의 일에 끼어든 점에 대해서는 사과합니다. 저는 그저 부인께서 다시 한 번 생각할 시간적 여유를 가질 수 있도록 이 일을 벌인 것뿐입니다."

"그 일은 내가 이미 충분히 생각해서 내린 결정이에요. 난 한 번 하기로 마음먹으면 절대 바꾸지 않아요."

오르탕스는 잠시 혼란을 느꼈다. 그녀는 더 이상 화를 낼 수가 없었다. 그녀는 주변 사람들과 달리 너무나 엉뚱한 행동을 스스럼없이 하는, 자상한 듯하면서도 무관심한 그를 보며 놀라지 않을 수 없었다. 그녀는 그에게 숨은 의도나 다른 속셈이 있는 것은 아니라고 느꼈다. 그가 자신의 말 그대로, 잘못된 길을 선택한 여자에 대한 신사로서의 의무만을 다하고 있다는 생각이 들었다.

그가 아주 부드러운 목소리로 말을 했다.

"부인에 대해서 잘 알지는 못합니다. 하지만 어느 정도는 알고 있습니다. 현재 나이 26세, 부모가 모두 돌아가셨고, 7년 전 정신병을 앓고 있던 에글로시 백작의 조카와 결혼한 유부녀라는 정도입니다. 남편이 정신병자라 이혼도 할 수 없고, 결혼할 때 갖고 있던 재산은 남편 때문에 모두 탕진하여 삼촌에게 기대어 살 수밖에 없다는 처지라는 사실도 알고 있습니다. 갑갑한 상황이겠지요. 백작 부부가 동의를 하지 않으니까요. 부인의 삼촌인 백작은 몇 년 전 첫번째 부인에게서 버림을 받은 사람입니다. 첫번째 부인은 지금 부인의 전 남편과 함께 도망을 갔으니까요. 아내와 남편에게서 버림을 받은 두 사람이 그에 대한 복수로 결합하여 살고는 있지만, 두 사람에게는 좌절감과 원망밖에는 아무것도 남은 게 없습니다. 그리고 그 피해는 고스란히 부인 몫이 되었고요. 1년 중 8개월 이상을 그들은 집 안에 틀어박혀 친구도 없이 외롭게 살고 있습니다. 이런 상황 속에서 부인은 로시니 씨를 만났습니다. 그런데 그 사람이 당신이 좋다며 같이 도망치자고 했지요. 부인은 그를 별로 탐탁하게 생각하지 않았지만, 따분한 삶과 아까운 청춘, 새로운 모험에 대한 호기심 때문에…… 한마디로 말해, '좋다고 하는 사람만 있으면 됐지.' 하는 단순한 생각에 그의 제안을 받아들였던 겁니다. 아니, 오히려, 이 스캔들이 삼촌의 귀에 들어가게 되면, 삼촌도 당신의 독립을 허락하지 않을 수 없으리란 순진한 희망으로 그랬을 겁니다. 이제 부인이 선택할 수 있는 길은 두 가지입니다. 로시니 씨를 따라가든가, 아니면 나를 믿고 따라오든가, 둘 중 하나를 선택하십시오."

그녀는 그를 올려다보았다.

'도대체 이 사람이 왜 이러는 걸까? 진정한 친구처럼 이렇게 진지하게 얘기하는 목적이 과연 무엇일까?'

잠시 침묵이 흘렀다. 이윽고 그가 자기가 타고 온 말과 그녀의 말을 함께 묶었다. 그러고는 육중한 성문을 이리저리 살폈다. 문에는 두꺼운 판자가 십자모양으로 단단히 못질이 되어 있었다. 그 위에 붙어 있는 20년 전의 선거용 벽보는 그 이후로 그 안에 들어간 사람이 없다는 사실을 증명하고 있었다.

레닌은 지렛대로 쓰기 위하여 마당 주위에 쳐진 울타리의 쇠기둥을 하나 뽑아 들었다. 문 위의 판자는 쉽게 뽑혔다. 그가 여러 가지 도구가 달린 커다란 나이프로 자물쇠를 풀자, 드디어 문이 열리고 고사리가 수북하게 자란 땅이 보였다. 그 끝에는 낡은 건물이 옆으로 길게 늘어서 있었다. 건물 옥상의 네 귀퉁이에는 망루가 하나씩 있고 한가운데에는 그보다 조금 큰 타워가 하나 있었다.

레닌 공작이 오르탕스에게 몸을 돌리며 말했다.

"서두르지 않아도 돼요. 결정은 오늘 저녁에 내려도 되니까. 아무리 생각해도 로시니 씨가 좋다면, 다시는 당신을 말리지 않을 겁니다. 그때까지만 나와 함께 같이 있도록 합시다. 이 성을 한 번 살펴보자고 약속한 게 바로 어제이니까 우선 그렇게 해봅시다. 괜찮겠습니까? 시간을 때우기에도 좋고, 또 꽤 재미있을 것 같잖습니까?"

그의 말에는 따를 수밖에 없는 그 무엇이 있었다. 그녀에게는 그의 말이 명령이자 곧 애원과도 같이 들렸다. 오르탕스의 의지는 서서히 무너지고 있었다. 하지만 그녀는 이러한 무기력함을 떨치고 싶지 않았다. 그녀는 그를 따라 반쯤 무너진 계단을 올라갔다. 계단 끝에 있는 문에도 성문과 똑같이 X자 모양으로 판자가 엇대어져 있었다.

그들은 성문을 열 때와 똑같은 방법으로 안으로 들어갔다. 바닥을 흑백의 판석으로 치장한 넓은 홀에는 고풍스런 장식장과 성가용 받침대가 놓여 있었다. 이 성의 가문(家門)을 상징하는, 돌 위에 새겨놓은 독수리 문장(紋章)은 접이문 아래까지 쳐진 빽빽한 거미줄로 그 모양을 거의 알아보기 힘들었다.

레닌이 말했다.

"분명 저게 응접실일 겁니다."

응접실의 문을 여는 것은 좀더 어려웠다. 그가 어깨로 여러 번 밀쳐내서야 간신히 문이 열렸다.

오르탕스는 아무 말도 하지 않았다. 그의 이러한 노력에 그녀는 놀라지 않을 수 없었다. 그저 힘으로 밀어붙여 문을 여는 것 같았지만, 그의 그러한 행동 속에는 정교한 기술이 숨어 있었기 때문이다.

그녀의 생각을 알아챘는지, 그가 뒤돌아 서서 정색을 한 표정으로 말을 했다.

"이런 일은 식은죽 먹기죠. 제 직업이 열쇠수리공이었거든요."

그녀가 그의 팔을 잡고 작은 목소리로 말했다.

"들어봐요!"

"뭔데요?"

그녀는 조용히 하라는 뜻으로 손에 힘을 주었다. 그러자 그가 중얼거렸다.

"정말 이상한데요."

오르탕스가 놀라서 말했다.

"잘 들어봐요! 가만히 들어봐요! 들려요?"

그들이 서 있는 곳으로부터 그리 멀지 않은 곳에서 날카로운 소리가 들렸다. 일정한 간격으로 무엇인가가 계속 똑딱 소리를 내며 돌아가고 있었다. 신경을 곤두세우고 들어보니까, 시계가 움직일 때 나는 소리 같았다. 컴컴한 방 안에 가득 찬 침묵을 깰 만한 것이라고는 이것밖에 없었다. 진동소리가 메트로놈처럼 리드미컬하면서도 규칙적이었다. 무거운 놋쇠 추의 움직임에 따라 나는 소리가 틀림없었다. 놀랍게도, 어떤 설명할 수 없는 현상에 의해 시계가 이 죽은 듯이 고요한 성의 한가운데에서 그동안에도 살아 숨쉬고 있었다는 생각이 들자, 그들은 이 단순한 구조의 물건이 규칙적으로 진동하며 내는 소리에 머리카락이 곤두서는 듯한 기분을 느꼈다.

오르탕스가 다 죽어 가는 목소리로 말을 더듬었다.

"아직 이 집에 들어온 사람이 없잖아요?"

"없죠."

"태엽도 감지 않았는데, 지난 20년 동안 시계가 저절로 갔다는 건 말이 안 돼요."

"불가능한 일이죠."

"그러면?"

레닌이 창문을 열고 덧문을 열어젖혔다.

그들이 지금 있는 응접실에는 어질러진 흔적은 없었다. 의자도 모두 제자리에 있었다. 가구가 없어진 흔적도 보이지 않았다. 이 성에 살던 사람들은 집 안의 가장 은밀한 공간이라고 할 수 있는 응접실의 모든 것을 그대로 둔 채 그냥 몸만 떠나간 것 같았다. 그들이 즐겨 읽던 책이며, 테이블과 콘솔 위의 자질구레한 장식품 따위도 모두 전과 다름없는 것 같았다.

레닌은 멋있게 조각이 된 커다란 케이스 속의 시계를 살펴보았다. 타원형의 유리 안으로 시계추가 보였다. 그는 시계 케이스의 뚜껑을 열었다. 시계추를 아래로 길게 내리자, 시계가 탁 소리를 내더니 종이 여덟 번 울렸다. 결코 오르탕스의 뇌리에서 사라지지 않을 것처럼 웅장한 소리였다.

"너무 이상해요!"

그가 말했다.

"정말 귀신이 곡할 노릇이군요. 시계의 원리야 간단한 건데. 밥을 주지 않으면 일주일 이상 갈 수가 없는데……."

"특별히 이상한 건 없어요?"

"없어요. ……아니 있다고 해봤자……."

그가 몸을 구부리고 시계 안을 들여다보았다. 시계추 뒷부분에 금속으로 된 튜브 같은 것이 보였다. 그는 그것을 꺼내어 햇빛에 비춰보았다. 놀란 표정이었다.

"망원경! 누가 이걸 숨겨두었을까? 망원경을 왜 이런 곳에 숨겨두었을까? 이상한 일이군. 도대체 왜 그랬을까?"

아무 일도 없다는 듯이 시계가 다시 종을 치기 시작했다. 모두 여덟 번 울렸다. 레닌은 망원경을 뺀 채 케이스를 닫고 검사를 계속했다. 응접실 옆에는 흡연실처럼 보이는 골방으로 향하는 커다란 아치가 나 있었다. 이 방에도 가구가 잘 정돈되어 있었다. 그러나 이 방의 유리로 된 총가에는 총이 보이지 않았다.

근처의 창틀에 걸린 일력은 9월 5일을 나타내고 있었다.

오르탕스가 놀라서 소리를 질렀다.

"아니, 오늘이 바로 9월 5일인데! 그럼 바로 오늘까지도 일력을 뜯어냈다는 얘기이잖아. 어떻게 이렇게 일치할 수가 있을까?"

그가 역시 놀랍다는 표정으로 대답을 했다.

"오늘이 바로 여기에 살던 사람들이 떠나간 날이군요. 20년 전의 바로 그날이라고요."

그녀가 말했다.

"당신도 도저히 이해할 수가 없죠?"

"물론 그렇지요. 하지만, 같은 날이라고 해도…… 아마 다를 겁니다."

"짚이는 데가 있나요?"

그는 대답하기 전에 잠시 뜸을 들였다.

"수수께끼는 저 구석에서 발견한 바로 이 망원경입니다. 이게 과연 무엇에 썼던 물건이냐 하는 얘기죠. 아래층에서부터 살펴봐도 정원의 나무밖에 보이지가 않는데……. 창으로 내다봐도 그렇고……. 우리가 수평선이 보이지 않는 깊은 계곡 속에 빠져 있다고 가정하면……. 그래요! 망원경을 사용하기 위해서는 지붕 위로 올라가야 할 겁니다. 올라가 봅시다."

그녀는 망설이지 않았다. 이 모험에서 계속 발생하고 있는 미스터리가 그녀의 호기심을 자극했기 때문이다. 그녀는 레닌의 조사에 그저 같이 따라가 주는 것만이 그를 돕는 유일한 길이라고 생각했다.

그들은 위로 올라갔다. 3층에 다다르자, 망루로 올라가는 나선 모양의 계단이 나타났다.

망루 위에는 노대(露臺)가 있었다. 그런데 이 노대는 높이가 약 1.8미터나 되는 흉벽으로 둘러싸여 있었다.

레닌이 말했다.

"여기에 총안(銃眼)이 있는 성가퀴가 있었던 게 틀림없어요. 지금은 메워져 있지만⋯⋯. 여길 봐요. 총안이 있던 흔적이 남아 있잖아요. 나중에 메워졌을 거예요."

그녀가 말했다.

"아무리 그래도 그렇지, 여기에서 망원경이 무슨 쓸모가 있었겠어요? 다시 내려가 보는 게 좋겠어요."

그가 말했다.

"그렇지 않아요. 논리적으로 따져볼 때, 지금 우리가 보고 있는 것은 과거의 것과 분명 다를 겁니다. 그렇다면 이곳이 바로 망원경을 사용했던 장소가 틀림없습니다."

그가 흉벽의 끝부분을 손으로 힘껏 쳤다. 그러자 알렝그르 성 안의 정원뿐만 아니라 계곡 전체의 모습이 한눈에 훤히 들어왔다. 정원에는 하늘을 찌를 듯이 커다랗게 자란 나무들이 빽빽이 들어서 있었다. 그런데 그 너머 700, 800미터쯤 떨어진 언덕 위의 숲속에 또 다른 타워가 보였다. 금방이라도 뒤로 넘어갈 것 같은 낡은 타워에는 바닥에서 꼭대기까지 담쟁이넝쿨이 뒤덮여 있었다.

레닌이 다시 주변을 살피기 시작했다. 망원경을 어떤 용도에 사용했느냐만 밝히면 문제의 핵심은 자연히 파악할 수 있다고 생각하는 것 같았다.

그는 총안을 하나하나 살펴보았다. 이들 중 하나의 총안이 그의 이목을 끌었다. 구멍이 있던 자리를 흙으로 메우고 석회를 발라놓은 흔적이 보였다. 그 주위에는 잡초가 무성하게 자라나 있었다. 그가 잡초를 뽑고 입구의 흙을 파내자, 지름이 약 15센티미터 되는 구멍이 그 모습을 드러냈다. 구멍은 흙벽 끝까지 뚫려 있었다. 레닌은 앞으로 몸을 굽히고 찬찬히 살펴보았다. 이 깊고 좁은 구멍은 나무가 울창한 정원 너머 언덕의 숲속에 있는, 담쟁이덩굴로 뒤덮인 타워를 향한 구멍인 것이 분명했다.

물받이 홈통처럼 생긴 총안 바닥의 긴 구멍에 망원경을 올려놓아 보았다. 망원경은 구멍의 좁은 바닥에 꼭 들어맞아, 좌우로 조금도 흔들리지 않았다.

레닌은 바깥 부분의 렌즈를 닦은 뒤, 조심스레 안쪽 부분을 눈 가까이에 대보았다.

그가 유심히 관찰하는 30~40초 동안 침묵이 흘렀다. 마침내 그가 몸을 일으키며 허스키한 목소리로 말을 꺼냈다.

"끔찍하군요. 정말 끔찍해요."

그녀가 의아하다는 표정으로 물었다.

"뭐가 보이는데요?"

"한 번 보세요."

그녀가 몸을 굽히고 유심히 관찰하였지만, 모든 것이 그저 뿌

엏게 보일 뿐이었다. 그녀는 망원경의 초점을 다시 맞추고 살펴보더니 이내 몸을 부르르 떨었다.

그녀가 말했다.

"허수아비가 두 개 보여요! 타워의 꼭대기에 매달려 있어요. 저것들이 왜 저기에 있을까?"

그가 말했다.

"다시 한 번 잘 봐요. 좀더 자세히…… 모자 밑의…… 얼굴을!"

그녀는 소름이 끼쳐 창백한 얼굴로 소리를 질렀다.

"아니, 이런 끔찍한 일이!"

마술램프를 비추면 보이는 요술 그림처럼 망원경에는 거의 다 허물어진 낡은 타워의 참모습이 보이고 있었다. 그 타워의 뒤로는 벽이 보이고, 그 벽은 담쟁이덩굴의 물결 속에 파묻혀 있었다. 그 앞에 보이는 관목 사이로는 분명 두 사람의 남녀가 무너진 돌무더기에 등을 대고 서 있었다.

볼썽사나운 허수아비 같은 두 개의 모습이 진짜 사람의 것이라고는 단정할 수 없었다.

그러나 그들이 천 조각을 걸치고 모자같이 생긴 것을 쓰고 있는 것만은 분명했다. 그러나 그들의 눈과 뺨과 턱에는 살점이 보이지 않았다. 그저 두 개의 해골과도 같은 모습이었다.

오르탕스가 말을 더듬었다.

"두 개의 해골이 옷을 입고 있다니. 누가 저기다 저것들을 세워놓았을까?"

"세워놓은 게 아니죠."
"하지만……."
"저 두 사람은 저 낡은 타워 위에서 죽은 사람들입니다. 아주 오래전에…… 살점은 썩어서 까마귀의 밥이 되었고요."
오르탕스는 두려움에 얼굴이 금방 잿빛으로 변했다.
"너무 끔찍해요!"

30분 뒤 오르탕스와 레닌은 알렝그르 성을 떠났다. 출발하기 전까지 그들은 너무 낡아 곧 쓰러질 것 같은, 담쟁이덩굴이 무성한 성곽의 타워에까지 가보았다.

안은 텅 비어 있었다. 비교적 최근까지도 타워 꼭대기로 올라가는 나무 사닥다리가 있었던 것처럼 보였다. 그러나 지금은 부서진 채 그 조각만이 땅 위에 뒹굴고 있었다. 타워 뒤에는 정원의 끝을 표시하는 담장이 세워져 있었다.

오르탕스는 레닌 공작의 태도에 놀랐다. 그는 이상하게도 그 문제에 대해서는 전혀 관심이 없는 사람처럼 더 이상의 상세한 조사도, 한마디의 말도 하지 않았다. 돌아오는 길에 요깃거리를 하러 들른 식당에서도 그 버려진 성의 주인이 누구였는지 물어본 사람은 오르탕스였다. 그러나 식당 주인도 새로 이사를 온 사람이라 특별히 아는 것이 없었으므로 그녀는 아무것도 알아낼 수가 없었다. 식당 주인은 그 성의 주인 이름조차도 몰랐다.

그들은 라 마레즈 성으로 말을 몰았다. 오르탕스는 자기 눈으로 직접 본 끔찍한 광경이 자꾸 눈에 아른거렸다. 그러나 레닌의 마음은 가벼웠다. 그는 같이 가고 있는 오르탕스에게 계속 관심을 보이면서도 그 문제들에 대해서는 아주 무관심한 태도를 보였다.

그녀가 참지 못하고 말을 꺼냈다.

"저기, 그렇지만요, 이제는 그 문제를 그대로 내버려둘 수는 없어요. 답을 찾아야 해요."

그가 대답했다.

"답이라…… 답은 이미 나와 있잖아요. 로시니 씨는 자신의 처지를 제대로 파악하면 되고, 당신은 그 사람에 대해 어떻게 할 건지 결정을 내리기만 하면 됩니다."

그녀는 어깨를 으쓱해 보였다.

"지금 문제는 그 사람이 아니잖아요. 오늘의 문제는……."

"문제가 뭔데요?"

"두 명의 시신이 누구의 것이냐를 알아내야 하잖아요."

"그래도, 로시니 씨는……."

"로시니는 기다려도 돼요. 하지만 나는 안 돼요. 미스터리 같은 문젯거리를 내준 사람이 바로 당신이니까, 지금 중요한 것은 바로 당신이에요. 도대체 어떻게 할 작정이에요?"

"어떻게 하다니요? 시신을…… 경찰에 신고해야죠."

그가 큰 소리로 웃으며 말했다.

"대단하시군요! 그래서 어떻게 하려고요? 어떻게 해서든, 수수께끼 같은 그 비극적인 사건을 해결해야 돼요."

"그럴 필요 없어요."

"뭐라고요? 그게 말이나 되는 소리예요?"

"사건의 전말이 뻔한데요, 뭐. 아주 간단한 문제예요."

그가 놀리고 있다는 생각이 들자 그녀는 눈을 흘겼다. 그러나 그의 표정은 진지했다.

그녀는 호기심이 발동하여 물어보았다.

"정말이에요?"

날이 어두워지기 시작했다.

그들은 말을 재촉하였다. 그들이 라 마레즈 성으로 향하고 있는 동안 사냥 나간 사람들도 돌아오고 있었다.

레닌이 입을 열었다.

"그래요. 우리가 모르는 부분은 주위 사람들에게 알아보면 됩니다. 그러니까 예를 들어 부인의 삼촌에게 물어보기만 해도, 이 사건의 진실에 논리적 접근을 할 수가 있어요. 일단 사건의 연결고리를 하나 발견하면, 원하든 원하지 않든 마지막 고리까지 자연히 발견하게 마련이죠. 그게 바로 세상 사는 재미죠."

집에 도착한 뒤, 오르탕스는 일단 레닌과 헤어져 자기 방으로 들어갔다. 방에는 로시니가 보낸 편지와 그녀의 짐이 놓여 있었다. 화가 난 로시니가 작별을 고하는 편지였다.

잠시 후, 레닌이 그녀의 방문을 노크했다.

그가 말했다.

"삼촌이 서재에 계시던데, 같이 가시겠습니까? 삼촌께는 제가 미리 전갈을 넣어두었습니다."

그녀는 그를 따라 나섰다.

그가 말을 덧붙였다.

"다시 한 번 말씀드리겠습니다. 오늘 아침, 부인의 계획에 훼방을 놓으면서까지 저를 믿어달라고 부탁을 드렸습니다. 따라서 당연히, 저는 부인에 대한 약속을 지키겠습니다. 그리고 그에 대한 확실한 증거를 보여드리고 싶습니다."

그녀는 웃음이 나왔다.

"당신이 책임질 것은 내 궁금증을 해결하는 것뿐이에요."

"그렇게 하도록 하겠습니다. 부인께서 상상할 수 있는 것 이상을 해결해 보이겠습니다."

그의 말은 진지하면서도 확신에 차 보였다.

에글로시 백작은 홀로 서재에 있었다. 그는 파이프 담배를 피우며 셰리(스페인 산 백포도주)를 마시고 있었다. 그가 레닌에게 잔을 건네며 술을 권했으나 레닌은 사양을 했다.

백작이 다소 쉰 목소리로 말을 꺼냈다.

"오르탕스! 이곳 생활이 참 따분할 게다. 그래도 9월 며칠 동안은 괜찮지. 이때가 기회야. 재미있는 시간을 가져야지. 레닌 씨와 승마를 즐기고 왔니?"

레닌 공작이 그의 말을 가로막았다.

"잠깐 드릴 말씀이 있는데요."

"죄송합니다만, 10분 뒤에는 집사람 친구를 마중하러 역에 가야 합니다."

"10분이면 충분합니다! 담배 한 대 필 시간밖에 되지 않는데요? 더 이상은 필요가 없습니다."

레닌은 에글로시 백작이 건네준 담배 케이스에서 담배를 하나 꺼내어 불을 붙인 뒤, 말을 꺼냈다.

"오르탕스 부인과 함께 말을 타고 가다가 우연히 옛 성을 발견하였습니다. 백작께서도 알고 계시겠지요, 도맹 드 알렝그르라고?"

"그럼요, 알다마다요. 하지만, 문이 닫힌 지가 20여 년이 되었죠. 그 안에 들어갈 수가 없었을 텐데요."

"아뇨. 들어가 봤습니다."

"정말입니까? 재미있는 거라도 있던가요?"

"대단하더군요. 저희는 그곳에서 이상한 것들을 발견했습니다."

백작이 시계를 들여다보며 물었다.

"어떤 것들인데요?"

레닌이 본 것들에 대해 상세하게 설명을 했다.

"그 성의 타워 위에서 뼈만 앙상하게 남은 시체를 둘 발견하였습니다. 하나는 남자고 하나는 여자이던데, 살해당할 때 입었던 옷을 그대로 입고 있었습니다."

"아니, 살인사건이 있었단 말입니까?"

"네! 그래서 이렇게 백작님께 말씀드리는 겁니다. 이 사건은 20여 년 전에 일어난 게 틀림없습니다. 그 당시에 이 사건에 대한 얘기가 전혀 없었습니까?"

백작이 단호하게 대답했다.

"그럴 리가요. 그런 범죄나 실종사건에 대해서는 들어본 적이 없습니다."

"아니, 정말입니까?"

레닌이 다소 실망한 표정으로 말을 이었다.

"뭔가 특별한 얘기를 들을 수 있으리라 기대했는데……."

"도와드리지 못해 죄송합니다."

"아뇨. 오히려 제가 사과드리겠습니다."

그는 오르탕스를 흘낏 쳐다보며 도움을 요청하더니, 이내 문으로 발길을 돌렸다. 그러나 무엇이 생각났는지 다시 돌아서며 말했다.

"그 사건에 대해 좀더 알 만한 사람이 가족이나 이웃 사람들 중에 누가 없을까요?"

"가족 중에서라뇨?"

"도맹 드 알렝그르는 예나 지금이나 에글로시 가문의 재산이 아닙니까? 돌 위의 독수리 문장을 보니, 분명 이 댁과 연관성이 있는 것 같은데……."

그의 말에 백작은 놀란 표정을 지었다. 그는 술병과 셰리 잔을 뒤로 물리며 말했다.

"도대체 이런 얘기를 내게 하는 의도가 뭡니까? 나는 그럴 만한 이웃을 알지 못합니다."

레닌이 고개를 저으며 웃었다.

"제 생각으로는, 백작님께서는 백작님과 그 성 주인과의 관계를 인정하고 싶지 않으신 거겠죠. 그 사람이 존경을 받지 못할 만한 사람입니까? 간단히 말씀드리자면, 그 사람은 살인자입니다."

"무슨 말이오?"

백작은 의자에서 일어나 있었다.

오르탕스는 가슴이 뛰어 참지 못하고 물어보았다.

"그곳에서 살인사건이 있었다는 것을 정말 확신하고 있는 거예요? 그리고 그 저택에 관련된 사람이 그들을 살인했다는 것이 정말인가요?"

"모두 정확한 사실입니다."

"그렇게 자신하는 이유가 도대체 뭐죠?"

"피해자 두 명이 누구인지를 이미 알고 있고, 또 왜 그들이 살해되었는지도 알고 있기 때문이죠."

레닌 공작의 대답은 단호했다. 그의 태도로 보아 그는 확고부동한 증거를 갖고 있는 것 같았다.

에글로시 백작은 뒷짐을 지고 방 안을 서성이고 있었다. 마침내 그가 입을 열었다.

"나도 본능적으로 무슨 일이 있었으리라고는 생각은 하고 있었죠. 하지만, 그것이 무엇인지를 알아내려고 하는 시도는 꿈도 꿔보지 못했습니다. 사실, 20년 전 도맹 드 알렝그르에는 나의 먼 사촌뻘 되는 친척이 살았습니다. 잘 알지도 못하면서 의심만 하는 게 아닌가 하는 생각에, 저는 그 이름을 영원히 비밀로 하고 싶었습니다."

"그럼 그 사람이 누군가를 살해했다는 말입니까?"

"살인을 저지를 수밖에 없는 상황이 있었겠지요."

레닌이 머리를 가로저었다.

"죄송합니다만, 사실은 그 반대지요. 그 친척 동생은 두 사람의 목숨을 비겁한 방법으로 냉혹하게 앗아간 살인자입니다. 그렇게 교활하고 교묘한 방법으로 살인 범죄를 저지른 사람을 전 본 적이 없습니다."

"도대체 알고 계신 내용이 무엇입니까?"

레닌이 하나하나를 명확하게 밝혀야 할 엄숙하고 중요한 순간이었다. 오르탕스가 미처 생각지도 못했던 비극의 전말을 레닌이 한 꺼풀씩 벗겨내야 하는 절체절명의 순간이었다.

레닌이 말했다.

"스토리는 간단합니다. 에글로시 성의 주인은 유부남이었습니다. 그런데 바로 그 근처에는 그와 친하게 지내던 한 쌍의 부부가 있었습니다. 이 네 사람 사이의 관계에 금이 가게 한 사건이 무엇인지는 저도 알 수가 없습니다. 아마도 백작님 동생의 부인이 담쟁이덩굴이 우거진, 창문이 밖으로 난 타워에서 다른 남자를 만나곤 하지 않았나 하는 게 제 추측입니다. 그들의 간통 사실을 알게 된 그는 그러한 사실이 소문나지 않도록 일을 꾸미되, 그 두 사람을 살해해도 그 사실이 외부에 알려지지 않도록 하기 위해, 아주 교묘한 방법으로 복수를 하기로 결심을 했습니다. 그 성의 망루는 타워에서부터 나무와 수풀 너머로 800미터 정도 떨어져 있었지만, 바로 그곳이 타워를 관찰하기에 가장 좋은 장소라는 사실을 그는 잘 알고 있었습니다. 그러므로 그는 흙벽에 구멍을 뚫은 다음, 그 구멍의 홈에 꼭 맞는 망원경을 설치해놓고 두 연인의 불륜 현장을 관찰했습니다. 그가 두 사람을 총으로 살해한 것은, 바로 모든 준비가 완료되고 거리 계산이 끝난 후로, 사람들이 집을 비우고 없는 9월 5일, 바로 그 자리에서였습니다."

진실이 밝혀지고 있었다. 사건 해결에 서광이 비치고 있었다.

백작이 말을 더듬었다.

"그렇군요. 그런 일이 있었군요. 내 동생이……"

레닌이 계속했다.

"살인범은 총안을 흙으로 깨끗하게 메웠습니다. 그 타워 위에서 두 사람의 시체가 썩어가고 있다는 사실은 누구도 몰랐습니다. 그곳에는 사람들이 드나들지도 않았고, 또 살인범이 용의주도하게 나무로 된 계단을 부숴 놓았으니까요. 그러므로 살인범은 그 두 사람이, 자신의 아내와 친구가 함께 사라졌다고 설명하면 그만이었지요. 그것은 별로 어려운 일이 아니었습니다. 둘이서 눈이 맞아 도망갔다고 했으니까요."

오르탕스는 깜짝 놀랐다. 레닌이 한 마지막 말로 모든 것이 끝나고, 또 전혀 예상치 못했던 사실이 다 밝혀지는 것 같았다. 그녀는 레닌의 말뜻을 이미 알아채고 있었다.

그녀가 물었다.

"무슨 말이에요?"

"에글로시라는 사람이 자기 아내와 친구가 눈이 맞아 도망갔다고 남에게 죄를 뒤집어씌웠다는 걸 얘기하는 겁니다."

그녀가 소리를 질렀다.

"말도 안 돼요. 그럴 리가 없어요. 지금 삼촌의 동생에 대해 얘기하고 있잖아요? 왜 두 가지 문제를 뒤섞어 얘기하는 거예요?"

레닌이 대답했다.

"두 가지 이야기를 뒤섞어 얘기하고 있다고요? 천만의 말씀입니다. 문제는 하나뿐입니다. 이제 그것에 대해 얘기하겠습니다."

오르탕스는 삼촌을 돌아다보았다. 그는 팔짱을 끼고 얼굴은 램프의 갓에 의해 생긴 그림자 속에 파묻은 채, 가만히 앉아 있었다.

'삼촌은 왜 레닌의 말에 이의를 달지 않을까?'

레닌은 단호한 어조로 말을 이어나갔다.

"결론은 하나입니다. 바로 그날, 다시 말해 9월 5일 8시 정각, 에글로시 씨는 그 저택의 대문을 판자로 막은 뒤, 도망간 연놈을 쫓아 그 성을 떠났습니다. 방 안에 있던 것들을 모두 그대로 둔 채, 그는 그곳을 떠났습니다. 물론, 살인에 썼던 총만은 가지고 나왔지요. 그 집을 떠나는 마지막 순간, 그는 살인 범죄를 저지르는 데 중요한 역할을 했던 망원경이 어떤 단서나 되지 않을까 하는 불길한 느낌을 받았습니다. 결국 오늘 그것이 사실로 판명되었습니다만……. 그래서 그것을 시계 케이스 안에 감추어 두었습니다. 그런데 우연히, 그 망원경이 시계추의 진동을 멈추게 하였습니다. 결국 20년이 지난 오늘, 모든 범죄가 다 그렇듯이, 그것이 그의 발목을 잡는 도구가 되었습니다. 그리고 저는 그것을 단서로 하여 해결의 실마리를 풀게 되었습니다."

오르탕스가 말을 더듬으며 따졌다.

"증거를 대봐요! 증거를 대보란 말이에요!"

레닌이 큰 소리로 되물었다.

"증거를 대라니요? 왜요, 증거는 많아요. 당신도 잘 알고 있잖습니까? 800미터 정도의 거리에서 사람을 쏘아 죽일 수 있는 사람이 누구겠습니까? 전문적인 총잡이가 아닙니까? 스포츠로 사냥을 즐기는 사람 아닙니까? 에글로시 백작님도 인정하시겠지요? 증거를 대라? 그 집에서 없어진 것은 총뿐입니다. 사냥을 즐기는 사람은 절대 자기가 쓰던 총을 다른 곳에 두는 법이 없습니다. 여기 벽에 트로피와 함께 걸려 있는 총들이 바로 그 증거입니다! 증거라? 저기에 쓰여진 9월 5일이라는 날짜 좀 보세요. 바로 살인 사건이 일어나던 날의 날짜입니다. 매년 이날이면 범인의 마음은 혼란스럽기 그지없었습니다. 평소에는 술을 거의 입에 대지도 않았지만, 매년 9월 5일이면, 범인은 술에 취하지 않고는 견딜 수 없을 만큼 정신적으로 두려움을 느끼고 있었습니다. 자, 오늘이 9월 5일입니다. 증거라? 다른 증거는 없지만, 이 정도면 충분하지 않을까요?"

레닌이 갑자기 손을 내밀며 에글로시 백작을 가리켰다. 그는 과거의 일이 떠오르는 듯 몸을 부르르 떨며 의자에 털썩 주저앉아 얼굴을 손에 파묻었다.

오르탕스는 그와 논쟁을 벌이고 싶지 않았다. 그녀는 자신의 삼촌을, 아니 남편의 삼촌을 결코 좋아하지는 않았다. 그러나 이제 삼촌의 살인혐의를 인정할 수밖에 없었다.

1분가량이 지나자, 에글로시 백작이 자리에서 일어나 그들에게 다가왔다.

"지금 한 얘기가 사실이든 아니든, 복수심에서 아내를 죽인 범인이 바로 그 남편이라고 단정할 수는 없어요."

레닌이 대꾸했다.

"그럴 수는 없겠지요. 그러나 제 이야기는 이제부터가 시작입니다. 좀더 조사해 봐야겠지만, 다른 이유가…… 아마도 좀더 중요한 이유가 있었을 겁니다."

"도대체 무슨 말을 하려는 거요?"

"말하자면 이렇습니다. 이것은 남편이 자신의 손으로 단죄를 했다, 안 했다 하는 문제가 아니라, 친구의 재산과 아내를 탐내던 타락한 남자가, 오로지 자신의 영욕을 위해, 친구뿐만 아니라 자신의 아내마저도 살해하려는 목적으로 그 두 사람을 함정으로 유인하여 그 외딴 타워에서 만나게 한 다음 멀리 떨어진 곳에 숨어 총으로 쏘아 죽인 사건이란 뜻입니다."

백작이 울부짖었다.

"말도 안 되는 소리 하지 말아요. 당신이 한 말은 절대 사실이 아니오."

"제 말이 전부 사실이란 건 아닙니다. 저는 그저 모든 증거, 지금까지 틀린 적이 없었던 직관력과 논리에 입각하여 당신의 혐의를 추정하고 있을 뿐입니다. 제가 추리한 것이 나중에 틀린 것으로 판명날 수도 있겠지요. 그렇다면 왜 지금 양심의 가책을 느끼시는 겁니까? 죄를 지은 사람을 처벌한 사람은 절대 양심의 가책을 느끼지 않는 법입니다."

"살인범이 살해당한 남자의 아내와 결혼했다고 그에게 양심의 가책에서 벗어날 수 있는 용기가 생겼을까요? 그게 바로 문제의 핵심입니다. 그러한 결혼의 동기가 무엇이었을까요? 에글로시 씨가 가난했던가요? 에글로시 씨가 새로 맞이한 여자가 부자였던가요? 두 사람이 사랑하는 사이라, 같이 짜고 두 사람을 살해하려고 한 것 아니었던가요? 이런 것은 저도 모르겠습니다. 지금 현재, 이런 것은 아무 상관이 없는 것처럼 보일는지도 모릅니다. 그러나 경찰이 자세히 조사하면 다 밝혀질 겁니다."

에글로시는 몸을 가눌 수가 없었다. 그는 의자에 등을 깊숙이 대고 앉았다.

그는 새파랗게 질린 얼굴로 내뱉듯이 물었다.

"이제 나를 경찰에 신고할 겁니까?"

레닌이 말했다.

"아닙니다. 그럴 생각은 없습니다. 우선, 법에는 시효가 있으니까 그럴 수가 없습니다. 그리고 또한, 20년이란 세월 동안 양심의 가책과 두려움을 겪었으니까 그것으로 됐습니다. 물론, 당신은 죽는 그 순간까지도 지은 죄에 대한 대가로 온갖 심리적인 불안과 혐오감을 느끼게 될 겁니다. 지옥 같은 하루하루를 살 겁니다. 그리고 결국에는 그 저택으로 돌아가 시신의 흔적을 없애버려야겠다는 생각에, 그 타워에 올라가 썩어 문드러진 시신이라도 거두어 묻어주어야겠다는 생각에 몸서리를 칠 겁니다. 벌은 그 정도면 충분할 겁니다. 더 이상 바라는 것은 없습니다. 자꾸 일을 벌여봤자 에글로시 백작의 조카딸에게는 누워서 침 뱉는 꼴밖에 되지 않습니다. 그러니 이제 이 창피한 문제는 그대로 덮어두고 싶습니다."

백작은 이마를 손으로 짚으며 다시 테이블에 자리를 잡았다.

"그러면 왜 이런 일을 벌인 겁니까?"

레닌이 대답했다.

"제가 끼어든 이유가 뭐냐는 말씀이죠? 내가 이런 일을 벌인 데에는 다 그럴 만한 이유가 있을 것이란 뜻이겠죠? 그렇습니다. 제가 이런 일을 벌인 목적은 하나뿐입니다. 별로 큰 게 아닙니다. 대화의 주제를 실질적인 방향으로 돌리도록 하죠. 그렇다고 걱정하실 필요는 없습니다. 제가 에글로시 백작님께 원하는 것은 별게 아닙니다."

게임은 끝났다. 백작은 형식적으로라도 어떤 희생을 치러야겠다는 생각이 들었다.

다시 자신감이 생긴 그는 빈정거리듯 레닌에게 물었다.

"내가 어떤 보답을 해드리면 되겠습니까?"

레닌이 갑자기 웃음을 터뜨렸다.

"대단하시군요! 백작님답습니다. 이제 거래를 하자는 말씀이신데, 저는 그저 영광에 살고 영광에 죽는 사람입니다."

"그렇다면?"

"원상회복만 해놓으시면 됩니다."

"원상회복이라?"

레닌이 테이블 위로 몸을 숙이며 말했다.

"책상 속 어디엔가 백작님의 사인이 필요한 재산양도 증서가 있을 겁니다. 오르탕스 다니엘 부인의 재산에 관한 계약서 초안 말입니다. 오르탕스 부인의 재산에 관한 관리와 책임은 모두 백작님에게 있다는 서류 말입니다. 이제 그 서류에 사인을 하시고 돌려주시지요."

에글로시 백작이 눈을 크게 뜨며 물었다.

"금액이 얼마나 되는지 알기나 해요?"

"그런 것은 알고 싶지가 않습니다."

"만약 내가 거절한다면 어떻게 하겠소?"

"그러신다면, 백작부인을 만나뵈어야 하겠지요."

백작은 군말 없이 서랍을 열어 서류를 작성하고 스탬프를 찍은 뒤 그 위에 사인을 했다.

"자, 여기 있습니다. 내가 바라는 건……."

"백작님이나 저나 바라는 건 하나뿐일 겁니다. 앞으로는 이런 거래를 위해 다시 만나는 일은 없도록 하자. 이것 아닙니까? 저는 오늘 저녁에 떠나겠습니다. 오르탕스 부인은 내일 떠나실 겁니다. 그럼 이만!"

손님들은 저녁을 먹을 준비를 하고 있었다. 그러나 응접실은 아직 텅 비어 있었다.

레닌은 응접실에서 양도서류를 오르탕스에게 건네주었다. 그녀는 방금 들은 얘기 때문에 정신이 혼란스러운 것처럼 보였다. 그런데 삼촌의 어두운 과거보다 더 그녀를 놀라게 한 것은 이 신사가 보여준 신기한 통찰력과 놀라운 두뇌의 명석함이었다.

그가 단지 몇 시간 동안에 모든 일을 파악하여 누구도 상상하지 못했던 비극적인 사건을 마치 실제처럼 그녀의 눈앞에 그대로 재현했기 때문이다.

레닌이 물었다.

"이제 됐죠?"

그녀는 졌다는 표정을 지었다.

"로시니에게서 저를 구해주시고, 제게 자유와 독립을 찾아주시고, 정말 진심으로 고맙습니다."

그가 대답했다.

"어? 그건 제가 원하는 대답이 아닌데요. 제 관심사는 첫째도 둘째도 부인께서 즐거우셨냐 하는 겁니다. 그 동안 너무 무료하고 따분한 생활을 하셨는데, 오늘도 그랬나요?"

"어떻게 그런 질문을 할 수가 있어요? 오늘 전 정말 신기하고 감동적인 경험을 했어요."

그가 말했다.

"그게 인생이죠. 사람이 세상을 볼 줄 아는 눈이 있으면, 교활한 사람의 헛간에서도 진귀한 경험을 할 수 있는 겁니다. 정말 의지만 있다면, 감동도 느낄 수 있고, 선을 베풀 수도 있으며, 피해자를 구제할 수도 있고, 또 불의를 처단할 수도 있는 겁니다."

그의 능력과 권위에 눌려 그녀는 말이 제대로 나오지 않았다.

"당신은 정말 어떤 사람인가요?"

"모험을 좋아하는 사람일 뿐입니다. 그 이상도 그 이하도 아닙니다. 다른 사람의 모험이든, 자기 자신의 모험이든, 세상에 모험이 없다면 인생은 별로 재미가 없어요. 오늘의 모험이 아마 당신의 마음을 심란하게 했을 겁니다. 당신이란 존재의 마음 깊은 곳에 상처를 주었으니까요. 그러나 자신의 모험이 아닌 다른 사람의 모험은 적지 않은 재미가 있죠. 한 번 시험을 해보시겠습니까?"

"어떻게요?"

"제 모험의 동반자가 되어보세요. 저에게 도움을 요청하는 사람이 나타나면, 같이 그 사람을 도와봅시다. 슬픈 일이든, 나쁜 일이든 같이 한 번 해보십시다. 괜찮겠습니까?"

그녀가 말했다.

"그래요. 하지만……."

그녀는 망설였다. 그녀는 레닌의 숨은 의도를 알고 싶었다.

그는 그녀의 생각을 알아채기라도 한 듯 빙그레 미소 지으며 말했다.

"다소 의아할 겁니다. '도대체 나보고 어디까지 가자는 거야? 내가 마음에 들었나 보지. 내 문제를 해결해 준 대가를 받지 않은 것을 조만간 후회할걸.' 하는 생각도 들 겁니다. 당신 생각이 맞을 겁니다. 그러면 정식으로 계약을 해도 좋습니다."

오르탕스가 농담조로 말해보았다.

"정식 계약이라니까, 어떤 계약을 제시할지 한 번 들어봐야겠군요."

그가 잠시 생각을 하더니 말을 꺼냈다.

"그러니까, 이렇게 합시다. 오늘 오후, 우리 최초의 모험에서 알렝그르 성의 시계가 여덟 번 울렸습니다. 그 뜻을 받아들여 앞으로 일정한 기간 동안, 예를 들면 3개월 정도의 기간 동안, 이러한 신나는 모험을 일곱 번 더 해보면 어떻겠습니까? 그리고 시계 종이 여덟 번 울릴 때에는 제 말대로 하겠다고 약속하실 수 있겠습니까?"

"무슨 약속을요?"

그는 잠시 뜸을 들인 뒤 그녀의 물음에 대답했다.

"물론, 제가 하는 일이 재미가 없으면 언제든지 떠나도 괜찮습니다. 3개월 동안 함께 하면서 여덟 번째 일까지 모두 끝마치는 12월 5일, 바로 이날 시계 종은 여덟 번이 울릴 겁니다. 그 후 시계는 영원히 멈춰 설 겁니다. 만일 정말로 그렇게 된다면 당신은 저에게……."

그의 말을 기다리다 지쳐 그녀가 물어보았다.

"그러면 제가 어떻게 하면 되는데요?"

그는 대답 없이, 그녀의 아름다운 입술만을 쳐다보고 있었다. 그가 상으로 원한다고 말하고 싶었던 것은 바로 그녀의 입술이었다. 그는 오르탕스도 그 사실을 잘 알고 있을 거라 생각해 굳이 더 이상 얘기할 필요를 못 느꼈다.

"부인을 바라보고만 있어도 난 좋습니다. 부인께서 원하시는 조건을 제시하라고 말하려고 했습니다. 원하시는 게 있으면 얘기해 보시죠."

그의 호의가 고마웠다. 그녀는 웃으며 물어보았다.

"내가 원하는 것을 말이죠?"

"얘기해 보세요."

"어렵고 불가능한 것을 요구해도 되나요?"

"부인을 원하는 사람에게 어렵고 불가능한 일이 없을 겁니다."

그러자 그녀가 말했다.

"금(金)에 홍옥수(紅玉髓)를 장식으로 넣은, 브로치처럼 생긴 조그만 블라우스 장식을 찾아주었으면 하는 게 저의 조건이에요. 어머니가 주신 건데, 행운의 상징이었지요. 보석상자에서 그게 없어진 다음부터는 자꾸 나쁜 일만 생기는 것 같아요. 그걸 찾아주면 좋겠어요."

"그걸 언제 잃어버렸는데요?"

그녀가 재미있다는 듯이 대답했다.

"7년 전인가⋯⋯ 아냐, 8년쯤 되었나? 아냐, 9년? 잘 기억이 나지 않아요. 어디에서 잃어버렸는지도 정확히 모르겠어요. 정말 제대로 생각이 나지 않네요."

레닌이 확답을 주었다.

"제가 찾아드리겠습니다. 그러면 되겠죠."

물병의 비밀

　　　　파리에 도착한 지 사흘 만에, 오르탕스 다니엘은 보아 공원에서 레닌 공작을 만났다. 밝고 화사한 아침이었다. 그들은 임페리얼 레스토랑의 테라스 한쪽 구석에 자리를 잡고 앉았다.

　그녀는 삶의 기쁨을 느끼고 있었다. 해맑은 얼굴이 아주 매력적이고 우아하게 보였다. 레닌은 그녀가 마음 상하지 않도록, 전에 맺은 계약에 대해서는 언급을 하지 않았다. 그녀는 라 마레즈를 떠나게 된 과정을 상세하게 설명하면서, 로시니에 대해서는 그 후 아무런 소식을 듣지 못했다는 말을 덧붙였다.

　레닌이 말했다.

"그 사람에 대해서는 내가 잘 알고 있죠."

"정말요?"

"네. 나에게 시비를 걸어오기에, 오늘 한판 붙었습니다. 로시니가 어깨에 상처를 입는 것으로 싸움은 끝났죠. 이제 다른 얘기를 합시다."

로시니에 대한 더 이상의 언급은 없었다. 레닌은 곧바로 자기가 마음속에 두고 있는 두 가지 계획에 대해 열심히 설명을 하면서 같이 해보자는 제안을 했다.

그가 말했다.

"모험은 우리가 전혀 예상할 수 없을 때 가장 재미가 있죠. 기상천외의 사건이라야 재미가 있는 겁니다. 창의력이 없는 사람은 자신의 능력을 발휘하고 쓸 수 있는 기회가 바로 가까이에 있다는 사실을 깨닫지 못합니다. 기회는 순간적으로 포착해야 합니다. 조금만 망설여도 금방 놓치게 됩니다. 탐색견에게는 이상한 냄새가 조금만 나도 그 냄새가 나는 물건을 정확히 찾아낼 수 있는 능력이 있는 것처럼, 우리에게도 그런 것들을 느낄 수 있는 특별한 감각이 있습니다."

테라스가 손님들로 붐비기 시작했다. 바로 옆 테이블에서는 어떤 청년이 신문을 읽고 있었다. 수염이 텁수룩하게 자란 청년의 모습은 꾀죄죄하기 이를 데 없었다. 그들의 등뒤로 희미한 밴드 소리가 열린 창문을 통해 들렸다. 밴드 소리가 들리는 방에서는 여러 커플이 춤을 추고 있는 것 같았다.

레닌이 음료수 값을 계산하고 있는 동안, 그 청년이 숨넘어갈 듯한 목소리로 웨이터를 불렀다. 그의 목소리에는 곧 울음이 터질 것 같은 기색이 엿보였다.

"얼마죠? 잔돈이 없다고요? 서둘러 주세요!"

레닌은 얼른 신문을 집어들고 숨을 죽인 채 쭉 훑어보았다.

자크 오브리외 사건의 피고인측 변호사인 두르뎅 씨가 대통령궁에 피고의 사형집행을 유예해달라는 청원서를 제출하였지만, 그의 청원은 기각되었다. 사형은 내일 아침 예정대로 집행될 것이다.

청년이 서둘러 테라스를 나갔다. 레닌과 오르탕스는 레스토랑 입구에서 그의 앞을 가로막고 물었다.

"실례합니다만, 지금 자크 오브리외 사건 때문에 이렇게 서두르시는 겁니까?"

청년이 말을 더듬거렸다.

"네, 그렇습니다. 자크 오브리외의 일 때문입니다. 어릴 적부터 친구였거든요. 지금 그 친구의 아내를 만나기 위해 서둘러 가는 중입니다. 그녀는 분명히 슬픔으로 제정신이 아닐 것입니다."

"제가 도와드릴까요? 저는 레닌 공작이라는 사람입니다. 이 숙녀분과 제가 오브리외 부인을 만나뵙고 힘닿는 데까지 도와드리고 싶습니다."

신문에 난 기사를 읽고 혼비백산한 젊은이는 그들의 말뜻을 잘 이해하지 못하는 것처럼 보였다. 그는 간신히 정신을 차려 자기 소개를 했다.

"제 이름은 뒤트뤼입니다. 가스통 뒤트뤼입니다."

레닌이 레스토랑에서 조금 떨어진 곳에 있는 자신의 차에 그를 태우며 물었다.

"주소가 어떻게 되지요? 오브리외 부인의 주소 말입니다."

"룰 가 23-2입니다."

레닌은 오르탕스도 차에 태운 후 운전사에게 다시 한 번 주소를 알려주었다. 차가 출발하자마자, 그는 가스통 뒤트뤼에게 다시 질문을 했다.

"아는 대로 이 사건에 대해 말씀해 주십시오. 자크 오브리외가 가까운 친척을 죽인 게 사실인가요?"

청년이 대답했다.

"그 친구는 죄가 없습니다."

그는 설명조차 하기 힘들어 보였다.

"그 친구는 절대 살인을 할 사람이 아닙니다. 제가 20년 동안 봐왔으니까요. 그는 죄지을 사람이 아닙니다. 생각만 해도 소름이 끼치는……."

그로부터 더 이상 나올 게 없었다. 더군다나, 그 집까지의 거리가 너무 짧았다. 차는 이미 사블롱 성문을 지나 뇌이로 접어들고 있었다. 그들은 2분도 채 지나지 않아 목적지에 도착했다. 높은 벽을 따라 좁은 길을 쭉 따라가니 작은 단층 건물이 눈에 들어왔다.

가스통이 벨을 누르자, 가정부가 문을 열어주었다.

"부인께서는 어머니와 함께 응접실에 계십니다."

그가 레닌과 오르탕스를 안으로 안내했다.

응접실은 제법 넓고 예쁘게 꾸며져 있었다. 평상시에는 서재로 사용하는 것 같았다. 응접실 안에서는 두 명의 여자가 서로 부둥켜안고 울고 있었다. 머리가 하얗게 센 여자가 가스통에게 다가왔다. 가스통이 레닌을 데려온 이유를 설명하자 그녀는 다시 흐느껴 울기 시작했다.

"제 사위는 죄를 짓지 않았습니다. 그 사람은…… 정말 착한 사람입니다. 그렇게 착할 수가 없었는데! 친척 동생을 죽이다니요? 그 동생을 얼마나 좋아했는데! 사위가 그럴 사람이 아니라는 것은 제가 보장합니다. 그런데 죄도 없는 사람을 사형시키려고 하다니, 말도 안 돼요! 선생님, 그러면 내 딸도 죽습니다!"

레닌은 이들이 모두 지난 몇 달 동안 그가 무죄인 이상 결코 처형되지는 않으리라는 확신을 갖고 있었다는 사실을 깨달았다. 이제는 피할 수 없게 되었지만, 곧 사형이 집행되리라는 소식에 그들은 거의 제정신이 아니었다.

그는 이 불쌍한 두 여인 중 젊은 여인에게로 다가갔다. 담황갈색의 머리카락을 곱게 빗은 그녀는 절망의 슬픔에 몸을 부들부들 떨고 있었다. 이미 그 옆에 자리를 잡고 앉아 있던 오르탕스가 그녀의 머리에 가만히 어깨를 기대어 주었다.

레닌이 그녀에게 말했다.

"부인, 제가 어떻게 하면 도움이 될지 모르겠습니다. 하지만

이 세상에서 부인께 도움이 될 수 있는 사람은 바로 저뿐이라는 사실을 굳게 믿고, 제 물음에 대답해 주셨으면 합니다. 명확하고 정확하게 얘기해 주셔야, 이 곤란한 상황에서 벗어날 수가 있고, 또 저도 부인의 의견에 동조를 할 것입니다. 남편은 죄가 없습니다. 안 그렇습니까?"

그녀가 큰 소리로 대답했다.

"선생님, 제 남편은 죄가 없어요!"

이 말속에는 그녀의 모든 것이 담겨 있었다.

"부인께서는 지금까지 남편의 무죄를 주장하고 계시지만, 법정에서는 부인의 주장을 믿어주는 사람이 없었습니다. 그렇다면 이제, 제가 부인의 주장을 믿을 수 있도록 해주셔야만 합니다. 저는 시시콜콜한 것까지 물어보고 싶은 생각은 없습니다. 또 부인께서 지금까지 겪어온 끔찍한 고통을 다시 떠올리게끔 하고 싶은 마음도 추호도 없습니다. 하지만, 그래도 몇 가지 질문에는 대답을 해주셔야만 합니다. 괜찮으시겠습니까?"

"네, 괜찮습니다. 물어보세요."

레닌은 이미 그녀를 압도하고 있었다. 그는 단지 몇 마디 말로 그녀 스스로가 모든 것을 말하도록 설득하는 데 성공했다. 오르탕스는 새삼 레닌의 힘과 권위와 설득력을 깨달았다.

그는 그녀의 어머니와 가스통에게 그녀가 말을 하는 동안에는 절대 아무 말도 하지 말 것을 신신당부했다.

"남편의 직업은 무엇이었습니까?"

"보험설계사였어요."

"사업은 잘되셨습니까?"

"작년까지는 잘됐습니다."

"그렇다면, 지난 몇 달 간은 경제적으로 어려웠다는 말씀입니까?"

"네, 어려웠어요."

"그러면, 살인사건은 언제 일어났습니까?"

"지난 3월의 어느 일요일이었습니다."

"피해자가 누구였습니까?"

"먼 친척뻘의 동생이었습니다. 이름은 기욤이라고 하는데, 쉬레스네에 살고 있었습니다."

"도난당한 금액은 얼마나 되었습니까?"

"1,000프랑짜리 지폐가 60장이었어요. 죽은 동생이 아는 사람에게 오래전에 빌려주었다가 바로 전날 받은 돈이었습니다."

"남편께서도 그 사실을 알고 있었습니까?"

"그럼요. 전화통화 중에 그 동생이 오래전에 꿔주었던 돈을 돌려받았다고 얘기를 하니까, 제 남편이 그렇게 많은 돈은 집에 두지 말고, 곧바로 다음 날 은행에 입금하라고 시켰습니다."

"그게 아침이었습니까?"

"오후 1시경이었습니다. 남편은 동생 집에 가기로 약속이 되어 있었지만, 피곤하다고 하면서, 그냥 집에 있겠다고 말했습니다. 그리고 하루종일 이곳에 있었습니다."

"혼자서요?"

"네. 일하는 사람 둘 다 외출하고 없었습니다. 저는 어머니를 모시고 가스통 뒤트뤼 씨와 함께 테르네 극장에 갔습니다. 동생이 피살되었다는 소식을 들은 것은 그날 저녁이었습니다. 그리고 바로 다음 날 아침에 제 남편이 체포되었습니다."

"무슨 물증이라도 있었습니까?"

가엾게도, 그녀는 대답하기를 주저했다. 범죄를 입증하기에 충분한 물증이 분명 있었던 것 같았다. 그러나 레닌이 눈짓을 하자, 그녀는 이내 망설이지 않고 대답했다.

"살인범이 쉬레스네에 타고 간 오토바이 바퀴자국이 바로 제 남편의 것과 똑같았어요. 그리고 그곳에서 경찰이 발견한 손수건에는 남편 이름의 이니셜이 새겨져 있었죠. 게다가, 살인에 쓰인 권총이 바로 제 남편이 갖고 있던 리볼버였어요. 이웃사람들 중에는, 제 남편이 3시경에 오토바이를 타고 나갔다가 4시 30분경에 돌아오는 것을 본 사람들이 있어요. 그런데 살인사건은 4시에 일어났거든요."

"그래, 남편께서는 뭐라고 하던가요?"

"하루종일 잠만 잤대요. 자기가 잠자고 있는 동안, 누군가가 오토바이를 훔쳐 타고 쉬레스네에 간 것 같다고. 살인범이 사용한 손수건과 리볼버는 오토바이의 연장통에 넣어두었던 거라고 했어요."

"그럴 수도 있겠죠."

"네. 하지만, 검사가 두 가지 이의를 제기했습니다. 제 남편은 일요일 오후면 오토바이를 타고 외출하는 습관이 있는데, 그날 하루종일 집에 있었다는 것은 말이 안 된다는 거예요."

"다른 것은요?"

그녀가 더듬거렸다.

"살인범이 기욤의 집 부엌에 있는 창고에서 와인을 한 병 꺼내 반 정도 마셨대요. 그런데 그 병에 묻은 지문이 제 남편의 것과 일치한대요."

그녀는 기진맥진한 것처럼 보였다. 뿐만 아니라 그 불리한 증거들 앞에서 혹시나 레닌이 도와줄 수 있지 않을까 하는 희망도 어느새 모두 사라진 것 같았다. 희망이 무너지자, 그녀는 다시 말문을 닫았다. 오르탕스가 아무리 그녀를 다독거려도 그녀는 더 이상 말이 없었다.

그녀의 어머니가 더듬거리며 말했다.

"이 애 남편은 죄가 없어요. 안 그렇습니까, 선생님? 죄가 없는 사람을 처형하면 안 돼요! 마델린, 우리가 무슨 잘못을 했다고 이런 고통을 겪어야 하나 모르겠다. 이 불쌍한 것!"

뒤트뤼의 목소리에도 두려움이 섞여 있었다.

"이러다간, 저 사람도 죽어요! 자크가 사형당하는 것을 차마 눈뜨고는 볼 수가 없을 겁니다. 오늘 밤 안으로 자살할지도 몰라요. 오늘 밤에……."

레닌이 방 안을 서성였다.

오르탕스가 물었다.

"자크 부인을 위해 할 수 있는 게 아무것도 없어요. 안 그래요?"

그도 역시 불안하기는 마찬가지였다.

"벌써 11시 30분인데…… 내일 아침에는 사형이 집행될 텐데……."

"그 사람이 범인일까요?"

"잘 모르겠어요. 나도……. 저 부인이 저렇게 자신하는 걸 보면, 그냥 넘어갈 일도 아니고……. 몇 년 동안 같이 산 사람이 그 정도로 남편에 대해 모를 리는 없고……. 하지만……."

그는 소파에 앉아 다리를 쭉 뻗고 담배에 불을 붙였다. 연거푸 세 대씩이나 피우며 그는 골똘히 생각에 잠겼다. 때때로 손목시계를 들여다보았다. 1초가 아쉬운 상황이었다.

한참 뒤, 그가 마델린 자크에게 다시 다가가 손을 잡으며 아주 부드럽게 말했다.

"자살을 해서는 안 됩니다. 마지막 순간까지 희망을 잃으면 안 됩니다. 마지막 순간까지 저도 분명 포기하지 않을 겁니다. 저는 부인께서 마지막 순간까지 침착함과 자신감을 잃지 않으리라고 믿습니다."

그녀가 애처로운 표정을 지으며 대답했다.

"침착하도록 노력할게요."

"자신 있으세요?"

"네."

"됐습니다. 그럼 저는 지금부터 두 시간 뒤에 돌아오겠습니다. 그때까지만 기다리십시오. 뒤트뤼 씨, 저와 함께 가시죠."

차를 타며 레닌이 그에게 물었다.

"혹시 파리 시내에서 그리 멀지 않은 곳에 조그맣고 조용한 레스토랑을 알고 계십니까?"

"플라스 데 테르네에 있는 브라스리 뤼트티아가 괜찮을 겁니다. 저희 집 1층에 있는 레스토랑이라 제가 잘 압니다."

"잘됐군요. 그곳이 좋겠습니다."

그들은 레스토랑으로 가는 도중에 서로 거의 말을 하지 않았다. 그런데 갑자기 레닌이 가스통 뒤트뤼에게 말을 걸었다.

"제 기억으로는, 지폐번호가 발견된 것으로 아는데. 안 그렇습니까?"

"맞습니다. 기욤이 수첩에 적어둔 60개의 지폐번호는 이미 발견되었습니다."

레닌이 목소리를 깔고 말했다.

"아, 그렇군요. 문제는 바로 그겁니다. 지폐는 지금 어디에 있습니까? 우리가 그 지폐들을 보면, 모든 일이 쉽게 풀릴 겁니다."

브라스리 뤼트티아에서 레닌은 웨이터에게 별실을 달라고 요구했다. 웨이터가 나가자, 그는 단호한 표정으로 전화기를 집어들었다.

"여보세요! ……관할 경찰서 부탁합니다. ……여보세요! ……여보세요! ……경찰서입니까? 범죄수사과 좀 바꿔주십시오. 중요한 일로 상의드릴 게 있습니다. 저는 레닌 공작이라고 합니다."

그가 전화기를 들고서 가스통 뒤트뤼를 돌아다보며 말했다.

"이리로 손님을 한 분 오시라고 해도 괜찮을까요?"

"그러시죠, 뭐."

"치안국장님 비서십니까? 아, 그러시군요. 뒤듀 씨는 몇 번 뵌 적이 있습니다. 제가 몇 번 쓸 만한 정보를 전해드렸지요. 저에 대해서는 그분께 여쭤보면 될 겁니다. 오늘은 제가, 살인범 오브리외가 훔친 돈을 숨겨놓은 장소에 대한 정보를 드리려고 하는데, 혹시 관심이 있으시면, 브라스리 뤼트티아 레스토랑으로 담당형사 한 분만 보내주십시오. 저도 오브리외의 친구인 뒤트뤼 씨와 다른 여자 한 분과 그리로 나가겠습니다. 그럼, 이만 끊겠습니다."

레닌이 전화를 끊고 돌아가자, 가스통과 오르탕스가 놀란 얼굴로 쳐다보았다.

오르탕스가 가만히 물었다.

"그럼 알아낸 거예요? 알아낸 게 있죠?"

그가 웃으며 말했다.

"아뇨. 아무것도 없어요."

"그런데 그래요?"

"알아낸 게 있는 척하는 거예요. 별로 나쁜 방법이 아닙니다. 이제 점심이나 먹읍시다."

시계가 1시 15분을 가리키고 있었다.

"관할 경찰서에서 담당형사가 이리로 올 겁니다. 오래 걸려도 20분 내에는 도착할 겁니다."

오르탕스가 물었다.

"아무도 안 오면요?"

"그럴 리가 있나요. 내가 뒤듀 국장님에게 '오브리외는 범인이 아니다.' 하고 했다면 모를까. 사형집행 바로 전날 밤에 그런 말을 하면 씨알도 안 먹히죠. 오브리외의 목숨은 벌써 사형집행인의 손에 넘어갔거든요. 그러나 없어진 지폐 60장을 손에 넣는다면 커다란 횡재를 하는 셈이 되니까, 꼭 형사를 보낼 겁니다. 공소장에 기재된 내용 중에서 문제가 되는 것이 있다면, 그것은 바로 사라진 지폐의 행방일 겁니다."

"지폐의 행방은 레닌 씨도 모르잖아요."

"오르탕스! 이런 말을 해도 될지 모르겠지만, 참 귀엽군요! 여러 가지 복잡한 물리현상을 설명할 수 없을 때에는, 그러한 다양한 현상의 출현을 설명할 수 있는 이론을 채택한 뒤 모든 것이 다 그 이론대로 될 거라고 얘기하면 그만이지요. 저는 지금 그걸 하고 있는 겁니다."

"가정을 세우고 그 가정을 따라 한다는 얘긴가요?"

레닌은 대답하지 않았다. 잠시 후 점심식사가 끝나서야 비로소 그가 그녀의 질문에 대답했다.

"분명, 저는 지금 어떤 가정에 따라 행동하고 있습니다. 만약 며칠 간의 여유가 있었다면, 저는 기꺼이, 직관력과 여러 가지 사실에 기초를 둔 이론을 먼저 확립했을 겁니다. 그러나 지금 내게 주어진 시간은 단지 두 시간뿐입니다. 따라서 이 길이 진실에 이르는 길이다 싶으면, 불확실하더라도 그냥 그 길로 가는 겁니다."

"그랬다가, 틀리면 어떻게 하려고요?"

"선택의 여지가 없죠. 너무 늦었잖아요. 누가 노크를 하는군요. 미리 한마디만 할게요. 지금부터 내가 하는 말에 토를 달지 마세요. 뒤트뤼 씨도요!"

그가 문을 열었다. 붉은 수염을 황제처럼 기른, 비쩍 마른 사내가 들어왔다.

"레닌 공작이신가요?"

"네, 그렇습니다. 뒤듀 씨가 보낸 분이신가요?"

"네, 맞습니다."

새로 온 사람이 자신의 이름과 신분을 밝혔다.

"수사반장 모리소입니다."

"모리소 반장님께서 이렇게 빨리 와주셔서 정말 감사합니다. 뒤듀 씨께서 이렇게 직접 반장님을 보내셨는데, 실망을 드리지 않도록 노력하겠습니다."

"지금까지 저와 함께 이 사건을 담당해 온 형사 두 명도 같이 왔습니다. 밖에서 대기하고 있습니다."

"뭐, 금방 끝날 테니까, 앉으시란 말도 하지 못하겠습니다. 문제를 해결하기에는 시간이 촉박합니다. 반장님은 무슨 문제 때문인지 알고 오셨습니까?"

"자크가 기옴에게서 훔친 6만 프랑을 말하시는 것 아닙니까? 지폐번호는 여기에 있습니다."

레닌이 수사반장이 건네 준 종잇조각을 쭉 훑어보고 말했다.

"맞습니다. 두 개의 목록이 일치하는군요."

수사반장이 매우 흥분한 표정을 지었다.

"가장 중요한 문제는 지폐가 어디 있느냐 하는 겁니다. 이제 범인이 지폐를 숨긴 곳을 가르쳐주실 수 있겠습니까?"

레닌은 한동안 아무 말이 없었다.

이윽고 그가 입을 열었다.

"반장님, 그럼, 이제 설명을 드리겠습니다. 제가 자세히 조사를 해보니까, 살인범은 쉬레스네에서 돌아올 때 룰 가에 있는 창고에서 오토바이를 바꿔 탔습니다. 그러고는 테르네로 달려와 이 건물로 들어왔습니다."

"이 건물이라고요?"

"네, 그렇습니다."

"이리 온 이유가 뭘까요?"

"훔친 돈을 숨기기 위해서였겠지요."

"무슨 말씀이신지? 어디에 숨겼는데요?"

"6층에 숨겼습니다. 그 방의 열쇠를 갖고 있었으니까요."

가스통 뒤트뤼가 놀라서 소리를 질렀다.

"하지만 6층에는 내가 사는 집밖에 없는데요!"

"그렇죠. 자크 부인과 그녀의 어머니와 함께 극장에 있었으니까, 집에는 없었겠지만……."

"그건 불가능한 일이에요. 열쇠를 갖고 있던 사람은 나밖에 없어요."

"열쇠가 없이도 들어갈 수는 있죠. 하지만 열쇠 없이 문을 따고 들어간 흔적은 없었습니다."

수사반장 모리소가 끼어들었다.

"자, 하나씩 차근차근 따져봅시다. 레닌 공작 말씀은 뒤트뤼 씨의 방에 지폐가 숨겨져 있다는 말 아닙니까?"

"그렇습니다."

"그렇다면, 사건이 발생한 다음 날, 자크 오브리외가 체포되었을 때에도 그 지폐들이 거기에 있었다는 얘기 아닙니까?"

"맞습니다."

가스통 뒤트뤼는 터져 나오는 웃음을 참을 수가 없었다.

"말도 되지 않는 소리 하지 마세요! 그랬다면, 내가 발견했을 거 아녜요!"

"찾아보기나 했습니까?"

"아니오. 하지만 내 집에 숨겼다면, 언젠가는 나오겠지요. 고양이 한 마리 키우기에도 좁아터진 집구석에 뭐가 있겠습니까? 가 보실래요?"

"아무리 좁아도 60장 정도의 지폐 숨길 만한 곳은 있습니다." 뒤트뤼가 말했다.

"그럴 수도 있을 겁니다. 하지만, 내가 아는 한 내 방에 침입했던 사람은 없습니다. 열쇠가 하나인데, 그리고 그 방의 주인이 바로 전데, 어떻게 그런 일이 있을 수가 있습니까? 도저히 이해할 수가 없군요."

오르탕스도 이해할 수가 없었다. 그녀는 레닌 공작을 유심히 쳐다보며, 그의 속내를 읽으려고 노력했다.

'도대체 레닌이 무슨 뜻으로 이런 말을 하는 것일까? 내가 거들어야 할까?'

결국 그녀가 나섰다.

"반장님, 레닌 공작께서 범인이 지폐를 위층에 숨겼다고 계속 우기시니, 한 번 가서 살펴보면 되지 않겠습니까? 뒤트뤼 씨, 위층으로 안내해 주시겠습니까?"

뒤트뤼가 말했다.

"당장 올라가 봅시다. 당신 말마따나 간단한 일이니까요."

네 사람은 모두 6층으로 올라갔다. 뒤트뤼가 문을 열었다. 응접실, 침실, 부엌, 그리고 화장실이 각각 하나뿐인 자그마한 집이었지만, 안은 모두 깔끔하게 잘 정돈이 되어 있었다. 응접실의 의자도 모두 제자리에 놓여 있었다. 담배 파이프와 성냥들도 가지런히 놓여 있었다. 세 개의 지팡이도 모두 크기 순서대로 가지런히 못에 걸려 있었다. 창문 앞의 조그만 테이블 위에는, 펠트 모자를 넣고 그 사이에 조심스럽게 티슈페이퍼를 채운 상자가 놓여 있었다. 그리고 그 옆의 상자 뚜껑 위에는 장갑이 놓여 있었다.

방 안의 물건은 깔끔하게 정돈이 되어 있었다. 그는 한 번 쓴 물건은 꼭 제자리에 갖다두어야 직성이 풀리는 깐깐한 성격을 가진 사람 같았다. 레닌이 모자 상자를 건드려 그 위치가 바뀌자, 곧바로 뒤트뤼는 언짢은 표정을 지었다. 그는 모자를 꺼내 푹 눌러쓰고는 창문을 열어젖혔다. 팔꿈치로 창턱에 몸을 기대어 선 그는 방 안에 등을 돌린 채 그대로 서 있었다. 그런 야만적인 행동은 도저히 참고 볼 수가 없다는 듯한 태도였다.

수사반장이 레닌에게 물었다.

"여기에 숨긴 게 분명합니까?"

"네, 분명합니다. 기욤을 살해하고 훔친 돈은 분명 이곳에 숨겨놓았을 겁니다."

"어디 한 번 수색해 봅시다."

수색작업은 어렵지 않게 끝났다. 거의 한 시간 반 동안 집 안 구석구석까지 이 잡듯이 뒤져보았다.

모리소 반장이 말했다.

"나온 게 없습니다. 계속할까요?"

레닌이 대답했다.

"아뇨, 됐습니다. 돈이 이제 이곳에 없습니다."

"무슨 얘깁니까?"

"이미 없어졌다는 뜻입니다."

"누가 없앴다는 뜻입니까? 좀더 정확하게 설명해주실 수 있습니까?"

레닌은 대답하지 않았다.

가스통 뒤트뤼가 홱 돌아서더니, 더 이상 참을 수 없다는 표정으로 말을 내뱉었다.

"반장님, 저 양반이 하는 식으로라면, 제가 상세하게 설명을 드려도 되지 않겠습니까? 이곳에 나쁜 사람이 있다. 살인범이 숨겨놓은 돈이 이곳에서 발견되었는데 그 나쁜 사람이 그 돈을 훔쳐 다른 안전한 장소에 옮겨놓았다, 그런 얘기 아닙니까, 레닌 씨? 도둑놈이 나란 얘기 아닙니까?"

그가 주먹으로 자기 가슴을 치며 레닌에게 따져 물었다.

"내가! 내가! 내가 돈을 발견해서 숨겨두었다고요?"

레닌은 아무 말이 없었다. 뒤트뤼가 펄펄 뛰며 수사반장을 붙잡고 소리를 질렀다.

"반장님, 기가 막혀 말이 안 나오네요. 아무리 고의는 아니라지만 이런 식으로 나와도 되는 겁니까? 반장님이 오시기 전에 레닌 공작이 저희에게 그랬습니다. 자기는 알아낸 게 아무것도 없다고……. 그러니까 그냥 아무렇게나 적당히 하다보면 실마리를 찾을 수 있다고 했습니다. 레닌 씨, 제 말이 틀렸습니까?"

레닌은 입술을 꼭 물고 있었다.

"대답해 보세요! 설명해 보라니까요. 아무런 증거도 없이 그냥 각본을 쓰고 있군요. 돈을 훔친 범인이 나라고 그렇게 쉽게 얘기하는데, 돈이 여기 있었다는 것을 당신이 어떻게 압니까? 그리고 그 돈을 여기에 가져다 놓은 사람은 누굽니까? 살인범이 그 돈을 내 집에 숨겨놓은 이유는 도대체 무엇입니까? 말도 안 되는 터무니없는 얘기잖아요. 아귀가 맞는 게 없잖아요. 단 하나라도 좋으니까 그 증거를 대보세요!"

모리소 반장은 황당한 표정을 지었다. 그가 레닌에게 눈총을 주자 레닌은 입을 열었다.

"정확한 내용을 알기를 원하신다면, 자크 부인에게 알아보면 될 겁니다. 전화를 해봅시다. 자, 내려가 봅시다. 이제 곧 모든 것을 알게 될 겁니다."

뒤트뤼가 어깨를 으쓱했다.

"맘대로 하세요. 헛수고일 테니까……."

뒤트리는 매우 초조한 기색이었다. 뜨거운 햇빛이 비치는 창가에서 잠시 기다리는 동안 온몸이 이미 땀에 젖어 있었다. 아마도 그에게는 꽤 긴 시간이었을 것이다. 그는 침실로 가더니 물병을 들고 나왔다. 물을 몇 모금 마신 것 같았다.

그가 물병을 창틀 위에 내려놓으며 말했다.

"가십시다."

레닌 공작이 낄낄 웃었다.

"빨리 이곳을 떠나고 싶은 모양이군요."

뒤트뤼가 문을 세게 닫으며 대꾸했다.

"나는 당신의 정체를 밝히고 싶어 서두르는 것입니다."

그들은 아래층으로 내려가 전화가 설치돼 있는 별실로 들어갔다. 그 방은 비어 있었다. 레닌은 뒤트뤼에게 자크의 전화번호를 물어보았다. 전화는 금방 연결이 되었다.

전화를 받은 사람은 그 집의 하녀였다.

"아주머니가 너무 상심해서 정신을 잃었어요. 지금 막 잠이 드셨는데, 바꿔드릴까요?"

레닌 공작이 말했다.

"그럼, 자크 부인의 어머니를 바꿔주세요. 빨리요!"

레닌은 모리소에게 다른 수화기를 건네주었다. 가스통 뒤트뤼와 오르탕스도 그들의 통화내용을 모두 들을 수 있을 만큼 소리가 깨끗하게 잘 들렸다.

"자크 부인의 어머니십니까?"

"레닌 공작님이신가요?"

"네, 그렇습니다."

노부인이 애원하듯 물었다.

"아, 공작님, 무슨 좋은 소식이라도 있습니까? 가망이 있겠습니까?"

레닌이 말했다.

"조사는 아주 만족스럽게 진행되고 있습니다. 좋은 결과를 기대하셔도 되겠습니다. 제가 꼭 알아야 할 게 있어서 이렇게 전화를 드렸습니다. 살인이 일어나던 날 가스통 뒤트뤼 씨가 그 집에 왔었습니까?"

"네, 점심식사 뒤에 저와 제 딸을 데리러 왔었습니다."

"기욤 씨가 자기 집에 6만 프랑을 갖고 있다는 사실을 그때 뒤트뤼 씨도 알고 있었습니까?"

"네! 제가 얘기했으니까요."

"자크 오브리외 씨가 그날 몸이 좋지 않아, 다른 때와 달리 오토바이를 타러 나가지 않고 그냥 집에서 잠자고 있다는 것도 알고 있었습니까?"

"그럼요."

"분명합니까?"

"네, 분명하게 기억하고 있습니다."

"그리고 세 분이서 함께 영화를 보러 갔죠?"

"네."

"그러면 세 분이 나란히 함께 앉아서 영화를 보셨습니까?"

"아니오. 빈자리가 별로 없어서, 그 사람은 좀 떨어진 자리에서 영화를 봤습니다."

"부인의 자리에서 잘 보이는 곳이었습니까?"

"아니오."

"그러면 휴식시간에는 만났습니까?"

"아니오. 영화가 끝나서 나갈 때까지는 보지 못했습니다."

"잘못 기억하고 계신 건 아닙니까?"

"그럴 리가요."

"좋습니다. 한 시간 뒤에 다시 연락드리겠습니다. 그때까지는 절대, 따님을 깨우지 마십시오."

"그래도, 혹시 깨면 어떡하죠?"

"안심하라고 하십시오. 자신감을 갖고 기다리라고 하시면 됩니다. 일이 아주 잘될 겁니다."

그는 전화를 끊고 돌아서서 뒤트뤼를 보고 큰 소리로 웃었다.

"하하, 이봐! 이제 모든 게 분명해지기 시작하는데, 뒤트뤼 씨 어떤가?"

이 말이 무엇을 뜻하는지, 레닌이 그녀와 통화한 뒤 어떤 결론을 유도해냈는지 가늠하기가 어려웠다. 숨이 막힐 듯 갑갑하고 고통스런 침묵이 흘렀다.

"반장님, 밖에 부하가 몇 명 있다고 하셨죠?"

"형사 두 명이 지키고 있습니다."

"밖에 있는 형사분들께 절대 자리를 뜨지 말라고 해주십시오. 레스토랑 매니저에게도 절대로 아무도 이 방에 들어오지 못하도록 해달라고 하십시오."

모리소가 나갔다가 다시 돌아오자, 레닌이 문을 걸어 잠갔다.

레닌이 뒤트뤼 앞에 자리를 잡고 서서 부드러우면서도 강한 어조로 그를 추궁하기 시작했다.

"이봐, 젊은 사람이 정말 이런 식으로 나올 거야? 그날 같이 갔던 두 사람이 3시에서 5시까지 자네를 보지 못했다고 했어. 좀 수상한 냄새가 나는 것 같은데."

뒤트뤼가 따졌다.

"그게 뭐가 수상하단 말씀이죠? 아주 당연한 일 아닙니까? 수상하다니 뭐가 수상한데요? 아무 증거도 없지 않습니까?"

"이봐, 바로 그게 증거야. 자네가 마음대로 활동할 수 있었던 두 시간 말이야."

"난, 분명 두 시간 동안 극장에 있었습니다."

"아니, 다른 장소에 있었겠지."

뒤트뤼가 그를 쳐다보고 물었다.

"다른 장소에 있었다고요?"

"그래. 두 시간 정도 자유롭게 쓸 수 있는 시간적 여유가 있었으니까. 그 정도 시간이면, 어디든지 갔다올 수가 있지. 가령, 쉬레스네라든가……."

뒤트뤼가 어이가 없다는 표정으로 따졌다.

"극장에서 쉬레스네까지 거리가 얼마나 되는지 알아요?"

"아주 가까운 거리지. 자크의 오토바이를 타고 간다면……."

뒤트뤼는 그 뜻을 도무지 이해할 수 없다는 듯이, 이마를 찡그리며 가만히 있었다.

이윽고 그가 중얼거렸다.

"그놈의 살인범이 그런 식으로…… 죽일 놈……!"

레닌은 그의 어깨 위에 손을 얹었다.

"이제, 그만하지! 정보는 두 가지뿐이었네! 하나는, 기욤이 6만 프랑을 집에 보관하고 있다는 것, 그리고 또 하나는 그날 자크 오브리외가 나가지 않으리라는 것, 이 두 가지 중요한 정보를 알고 있었던 사람은, 바로 가스통 뒤트뤼 자네뿐이야. 절호의 기회가 왔다고 생각했겠지. 오토바이도 쓸 수 있었으니까……. 그들이 영화를 보는 동안 몰래 빠져나와 쉬레스네로 가서 기욤을 살해하고 6만 프랑을 훔쳤지. 그리고 그 돈을 집에 숨겨두고 5시에 다시 극장으로 돌아가 두 사람이 나오는 것을 기다렸고……."

레닌이 얘기를 하는 동안, 뒤트뤼는 가소롭다는 표정을 짓기도 하고 황당하다는 표정을 짓기도 하면서 모리소 반장을 흘끔흘끔 쳐다보았다. 그에게 레닌이 하는 미친 짓을 잘 봐두라는 식이었다.

레닌이 말을 마치자, 그가 웃기 시작했다.

"정말 재미있군요! 장난도 유분수지! 그래, 오토바이를 타고 나갔다가 들어오는 것을 본 사람이 있는데, 그게 나라고 합디까?"

"자크 오브리외라고 하지만, 사실은 자네가 그 사람의 옷으로 변장을 했던 거지."

"기욤의 식당 창고에서 발견된 병에 묻어 있는 지문이 내 것이던가요?"

"그 병은 자크가 점심때 자기 집에서 따서 마셨던 거야. 그 병을 기욤 씨 집으로 옮겨다 증거물로 남겨놓은 사람은 바로 당신이야!"

정말 우습다는 표정으로 뒤트뤼가 외쳤다.

"이야기가 점점 재미있게 되는군요. 그래, 내가 자크에게 혐의를 뒤집어씌웠다는 얘기군요?"

"의심을 받지 않으려면 그 방법밖에 없었으니까."

"좋아요. 그렇다고 칩시다. 하지만, 그는 어렸을 때부터 같이 지낸 내 친구란 말이오."

"자네는 자크의 아내를 좋아하고 있었지."

그가 갑자기 화난 표정을 지었다.

"아니, 감히 그 따위…… 뭐라고? 내가 그런 파렴치한이란 말이야!"

"증거가 있지."

"이런 사기꾼! 난 단지 자크 부인을 존경하는 것뿐이야."

"존경이야 하지. 하지만 자크 부인을 좋아하는 것 또한 사실이지. 자네는 그녀를 원하고 있어. 부인할 수 없는 증거가 많아."

"말 같지도 않은 소리 하고 있어! 날 만난 지가 몇 시간이나 되었다고 그렇게 잘 아실까?"

"자, 자! 진정해. 자네를 단 한 번에 옭아매기 위해 내가 여러 날 동안 감시하고 있었어."

레닌이 그의 어깨를 쥐고 흔들었다.

"이봐, 뒤트뤼! 이제 순순히 자백하는 게 좋아! 모든 증거가 내 손아귀에 있으니까. 조금 있다 범죄수사과에서 만나보면 알겠지만 증인도 있어. 자백할 수 있겠나? 이유야 어떻든, 자네도 양심의 가책으로 고통당하고 있잖아. 식당에서 신문을 보다가 낙담하던 것 생각나나? 자크를 교수형에 처한다는 기사 말이야! 자네도 일이 이렇게 크게 벌어질 거라고는 생각 못했겠지! 징역형 정도로 끝나리라고 생각했지만, 결국 교수형이야 교수형! 자크 오브리외의 사형집행일이 내일이야 내일! 무고한 사람이 죽는단 말이야! 자, 이제 그만 자백해. 더 큰 죄를 짓기 전에 얼른 자백해! 얼른 자백하란 말이야!"

레닌은 몸을 숙이고, 뒤트뤼에게서 자백을 얻어내기 위해 사력을 다하고 있었다. 그러나 뒤트뤼는 몸을 뒤로 빼며 경멸하듯 차갑게 말했다.

"완전히 정신이 나갔군요. 당치도 않은 얘기 그만 좀 하십시오. 나한테 혐의를 뒤집어씌우려고 하는데, 틀렸어요. 없어진 돈은 어디 있습니까? 그렇게 자신 있게 얘기하더니, 내 집에서 그 돈을 발견했습니까?"

레닌은 화가 머리끝까지 치솟아 주먹을 불끈 쥐었다. 그는 주먹을 뒤트뤼의 코앞에 들이밀며 소리를 버럭 질렀다.

"이 망할 놈의 자식! 내 기필코 네놈의 코를 납작하게 해주마!"

레닌이 수사반장의 팔을 잡고 물었다.

"반장님, 이 악당 같은 놈을 어떻게 처치할까요?"

"글쎄요. 하지만, 아직 확실한 증거도 없으니……."

"뒤듀 씨를 만날 때까지만 기다려보죠. 경찰서에서 그분을 만날 수 있겠죠?"

"3시에 나오신다고 했습니다."

"그럼, 됐습니다. 그럼 이제 안심해도 됩니다."

레닌이 싱글벙글 웃었다. 사건의 전말을 완전히 파악한 사람처럼 보였다. 오르탕스는 레닌 바로 옆에 서 있었다. 그녀는 다른 사람들에게 들리지 않도록 작은 목소리로 그에게 물었다.

"이제 다 잡은 셈이죠?"

그가 머리를 끄덕였다.

"다 잡았다? 다 잡은 거나 마찬가지라고 생각해야겠지요. 처음보다 나아진 게 없으니까……."

"아니, 어떻게 그런! 그럼 증거는요?"

"증거는 하나도 없습니다. 스스로 자기 꾀에 넘어가기만 바라고 있어요. 이미 자기 꾀어 걸려들었으니까……."

"저 사람이 범인이 확실해요?"

"저 사람 말고는 범인이 될 만한 사람이 없어요. 처음부터 저 사람이 범인이라고 직감하고 있었습니다. 그래서 그때부터 지금까지 그의 일거수일투족을 예의 주시하고 있습니다. 그는 나의 수사망이 점점 자신에게로 좁혀지자 더욱 불안해하고 있습니다."

"그리고, 저 사람이 정말 자크 부인을 사랑하는 건가요?"

"논리적으로 따져볼 때, 그건 틀림없는 사실입니다. 하지만 지금까지 우리에게는 오직 가정적 전제, 아니 오히려 내 개인의 확신만이 있었습니다. 이렇게 해서는 사형집행을 막을 길이 없습니다. 훔쳐간 돈만 찾아내면 되는데……. 그 돈만 내보이면, 뒤듀 씨가 즉시 조치를 취할 겁니다. 하지만, 그게 없으면 코웃음이나 치겠죠."

"그러면 어떻게 해요?"

오르탕스가 걱정이 되어 물어보았지만, 그는 말없이 쾌활하게 손을 비비며 이리저리 서성일 뿐이었다.

'모든 게 생각했던 대로 착착 진행되고 있으니까, 자동적으로 다 해결되겠지. 그냥 구경이나 하자고…….'

"경찰서장님께서 돌아오셨을 테니까, 이제 경찰서로 가보는 게 어떻겠습니까, 반장님? 일이 여기까지 왔으니까, 이제 끝내는 게 당연하겠죠. 뒤트뤼 씨 같이 가시죠?"

뒤트뤼가 퉁명스럽게 대답했다.

"못 따라갈 이유가 없죠."

레닌이 문을 열었다. 그러나 복도에는 일대 소동이 벌어지고 있었다. 매니저가 팔을 저으며 헐레벌떡 달려왔다.

"뒤트뤼 씨가 아직 이곳에 있습니까? 뒤트뤼 씨, 집에 불이 났어요! 밖에서 사람들이 보고 그러는데 불이 났대요, 불이……!"

그의 눈이 빛났다. 그의 입가에 짧은 미소가 흘렀다. 잠깐이었다. 그러나 레닌은 그것을 놓치지 않았다.

"이런, 나쁜 놈! 이제 아주 막 나가는군! 제 집에 불까지 지르

다니……. 이제 돈도 다 타버리겠군!"

레닌은 그가 도망치지 못하도록 앞을 가로막았다.

뒤트뤼가 소리를 질렀다.

"비켜요. 불이 났잖아요. 열쇠를 갖고 있는 사람이 나밖에 없으니까, 아무도 문을 열고 들어갈 수가 없단 말이에요. 비켜달라니까요!"

레닌이 열쇠를 뺏으면서 그의 목덜미를 움켜쥐었다.

"움직이지 마! 장난은 이제 끝났어! 반장님, 만약 이놈이 도망치려고 하면 총으로 머리통을 날려버리라고 부하들에게 일러주세요. 형사님, 여러분만 믿겠습니다. 만약의 경우에는 총으로 쏴버리세요!"

레닌은 오르탕스와 수사반장과 함께 서둘러 위로 올라갔다.

수사반장이 레닌의 뒤를 따라 올라가며 언짢은 표정으로 물었다.

"보세요. 불을 지른 사람은 그 사람이 아녜요. 지금까지 쭉 우리하고 같이 있었는데, 그 사람이 어떻게 불을 질렀겠습니까?"

"아닙니다. 분명, 미리 불을 질러놓고 내려갔을 겁니다."

"무슨 방법으로요? 말씀해보세요."

"제가 어떻게 알겠습니까? 의심을 받는 자리에서 바로 불을 지를 사람은 없겠죠."

계단이 시끄러웠다. 식당의 웨이터들이 문을 때려부수는 소리였다. 매캐한 냄새가 계단통로를 따라 코를 찔렀다.

레닌이 마침내 6층에 도착했다.

"잠깐만요. 열쇠 여기 있어요!"

그가 자물쇠 구멍에 열쇠를 넣어 문을 열었다.

연기가 자욱했다. 집 전체가 화염에 휩싸였던 것처럼 보였다. 그러나 인화물질이 없어서 이미 불길이 저절로 꺼졌다는 사실을 그는 곧 알아차렸다.

"반장님, 아무도 들어오지 못하게 해주십시오. 사람이 들어오면, 모든 게 엉망이 됩니다. 문을 잠그는 게 가장 좋겠습니다."

그는 정면에 보이는 방으로 들어갔다. 불은 분명 그곳에서 발화가 된 것 같았다. 연기로 시커멓게 그을린 가구며 벽과 천장에는 아무도 손을 댄 흔적이 없었다. 불이 난 것은, 창문 앞의 방 한가운데에 놓인 종이뿐이었다. 종이에는 아직 불씨가 남아 있었다.

레닌이 이마를 탁 치면서 말했다.

"아이고, 나도 바보가 다 되었군! 정말 멍청해, 멍청해!"

수사반장이 물었다.

"아니, 왜요?"

"저기 있는 모자 상자를 보세요. 테이블 위에 있는 마분지로 된 모자 상자 말이에요. 돈은 저 안에 숨겨두었던 겁니다. 조사를 하면서도 그걸 몰랐으니……."

"그럴 수가 있을까요?"

"물론이죠. 사람은 누구나 아주 손쉽게 눈에 띄는 곳, 찾기 쉬운 곳에 숨겨진 것은 방심하고 그냥 지나치는 경우가 많죠. 6만 프랑이란 거금이 저 열린 상자 속에 있으리라고 누가 상상이나 할 수 있겠습니까? 더군다나 범인이 방 안에 들어와서 태연하게 모자를 벗어 저 상자 안에 넣어두는데, 미처 의심할 겨를이 없었겠죠. 우리가 조사하지 않은 것은 바로 저 상자 내부밖에 없었습니다. 가스통 뒤트뤼, 속이는 데에는 천재야!"

수사반장은 믿기지 않는 듯했다.

"아녜요! 그건 불가능해요! 쭉 우리와 같이 있었는데, 불을 지를 수가 있었겠습니까?"

"비상시에 대비해, 미리 모든 것을 준비하고 있었을 겁니다. 모자 상자, 티슈페이퍼, 지폐, 이 모든 것을 인화성 물질에 미리 적셔놓았다가, 나갈 때 성냥불을 붙여 던졌다든가, 아니면, 어떤 다른 화학 장치를……."

"그 사람의 행동을 계속 살펴보지 않았습니까! 6만 프랑 때문에 살인을 저지른 사람이 그 돈을 이런 식으로 버린다는 게 가능한 얘깁니까? 돈을 숨겨놓은 장소가 그렇게 안전한데, 왜 이런 쓸데없는 짓을 했겠습니까?"

"반장님, 그놈은 겁을 잔뜩 먹고 있었습니다. 자기 목이 걸린 문제라는 것을 그놈은 잘 알고 있었던 겁니다. 태워 없애는 것이 교수대에 서는 것보다는 낫죠. 지폐만이 그놈을 엮어 넣을 수 있는 유일한 증거물이었는데. 어떻게 불을 질렀을까?"

모리소 반장이 소스라치게 놀라 물었다.

"뭐라고요? 유일한 증거물이라고요?"

"네, 그렇습니다."

"증인이 있다고 하지 않았습니까? 경찰서장께 알려준다던 다른 정보는요?"

"그건 내가 거짓으로 한 얘기입니다."

수사반장이 황당하다는 표정으로 화를 냈다.

"대단한 사람이군!"

"내가 거짓말이라도 하지 않았다면, 반장님이 손이나 하나 까딱했겠습니까?"

"절대, 오지 않았을 겁니다."

"그럼, 이제 제게 뭘 더 원하시는 겁니까?"

레닌은 재를 휘저어 보았다. 그러나 남은 것이 없었다. 돈이 타다 남은 흔적이 없었다.

그가 말했다.

"아무것도 남은 게 없군. 참 이상해! 아니 어떻게 이렇게 싹 태워버릴 수가 있을까?"

그는 일어서서 뒤트뤼에 대해 곰곰이 생각해 보았다. 오르탕스는 그가 자신의 모든 노력을 기울이고 있다는 사실을 깨달았다. 그리고 결국에는, 그가 이 싸움에서 이길 수 있는 방법을 궁리해 내거나 패배를 자인하리라는 것을 직감했다.

그녀가 조심스럽게 물었다.

"이제 가망이 없나보죠?"

"아니오. 아직 끝나지 않았어요. 몇 분 전만 해도 가망이 없었지만, 이제, 서광이 비치네요. 희망의 싹이 내게 트고 있습니다."

"하느님이 그 공을 인정해주실 거예요!"

"천천히 해야 합니다. 이제 시작이니까……. 그래도 시작치고는 제법 괜찮군요. 성공할 겁니다."

그는 잠시 동안 말을 하지 않았다. 그러더니 씩 웃으며, 혀를 찼다.

"정말 영리한 놈이군! 돈을 태우는 재주도 있고······. 상상력이 대단한 놈이야! 빈틈없어! 그놈 장단에 내가 춤을 추다니······. 천재야, 천재!"

그는 부엌에서 빗자루를 가지고 와서 깨끗이 재를 쓸어버렸다. 그리고 타서 없어진 모자 상자와 크기와 모양이 똑같은 상자를 가지고 돌아왔다. 티슈페이퍼를 둘둘 뭉쳐 넣은 후 테이블 위에 올려놓고 성냥으로 불을 붙였다.

상자에서 불길이 솟았다. 티슈페이퍼가 거의 다 타 없어지고 상자의 마분지가 반쯤 탔을 때, 그는 불을 껐다. 그런 다음 조끼의 안쪽 주머니에서 지폐 다발을 꺼내어, 6장을 빼냈다. 그러고는 지폐의 흔적이 거의 남지 않을 정도로 돈을 태웠다. 그는 다시 태운 돈을 잘 매만진 뒤, 상자 바닥 안에 남은 재와 시커먼 티슈페이퍼 사이에 넣었다.

그 일을 마친 뒤, 그는 모리소 반장에게 부탁을 했다.

"마지막으로 하나만 더 부탁합시다. 내려가서 뒤트뤼를 좀 데려다 주십시오. 그 작자에게는, '이제 네 정체가 다 드러났어. 지폐에는 불이 붙지 않았거든. 자, 같이 올라가 보자.'라고 얘기해 주고요."

반장은 상부의 수사지침을 벗어나는 행동에 걱정이 되기도 하고 망설여지기도 하였지만, 레닌의 부탁을 거절할 수 없었다.

그는 이미 레닌에게 압도당하고 있었다. 그가 방을 나갔다.

레닌이 오르탕스를 바라보며 물었다.

"이제 내가 어떻게 싸울지 알겠습니까?"

"네. 하지만, 위험한 싸움이 될 것 같아요. 뒤트뤼가 함정에 빠질 것이라고 생각하나 보죠?"

"그의 정신상태와 사기저하의 정도에 따라 달라지겠죠. 이런 예기치 않은 공격이 효과가 있을 수도 있습니다."

"그래도, 상자가 바뀌었다는 걸 알아차리면 어떻게 하죠?"

"그럴 수도 있겠죠. 그에게도 반격의 기회는 있을 테니까요. 이놈은 내가 생각했던 것보다 훨씬 약은 놈입니다. 내가 쳐놓은 함정에서 요리조리 잘 빠져나가죠. 하지만, 그래도 겁이 많아요! 피가 머리끝까지 솟고, 앞이 캄캄할 겁니다! 내 함정에서 빠져나가지 못할 겁니다. 결국 포기하겠죠."

그들은 더 이상 아무 말도 하지 않았다. 레닌은 미동도 하지 않고 가만히 앉아 있었다. 오르탕스는 내심 혼란스러웠다. 무고한 한 남자의 생명이 왔다 갔다 하는 순간이었다.

'조금만 어긋나도 모든 것이 끝난다. 그러면 자크 오브리외는 열두 시간 뒤에 사형을 당한다. 그러면, 지금까지 갖고 있던 모든 호기심은 사라지고 끔찍한 고통만이 남을 것이다. 레닌 공작은 어떻게 하려는 것일까? 그가 벌이고 있는 모험의 결과는 어떻게 될까? 가스통 뒤트뤼가 어떻게 저항을 할까?'

그녀는 항상 초긴장 상태로 살아왔지만, 진정한 삶이란 최선의 가치에 도달할 때까지는 그러한 긴장 속에서 더욱더 노력해야 하는 것이라고 믿고 있었다.
 계단을 올라오는 발자국 소리가 들렸다. 남자들이 서둘러 올라오고 있었다. 발자국 소리가 점차 가까이 들렸다. 드디어 맨 위층에 도착한 것 같았다.
 오르탕스는 자신의 동료인 레닌을 살펴보았다. 그는 이미 일어서서 귀를 기울이고 있었다. 이미 행동에 들어간 것 같았다. 이때 복도에서 발자국 소리가 들리기 시작했다.
 그가 갑자기 문으로 뛰어나가며 소리를 질렀다.
 "자, 서두릅시다! 이제 끝내야죠!"
 형사들과 웨이터들이 들어왔다. 그는 형사들 가운데 서 있는 뒤트뤼의 팔을 휘어잡고 끌었다.
 "좋아, 이 여우 같은 놈! 테이블과 물병으로 그런 놀라운 트릭을 쓰다니! 정말 머리 굴리는 데에는 천재야 천재! 완벽하게 성공하지 못한 게 문제지만 말이야!"
 가스통 뒤트뤼가 말을 더듬거렸다.
 "무슨 말입니까? 무슨 일이에요?"
 "얘기해주지. 티슈페이퍼와 모자 상자가 반밖에 타지 않았어. 지폐가 티슈페이퍼처럼 완전히 타버린 것도 있지만, 그래도 제법 멀쩡한 것도 있어. 거기 바닥을 봐봐! 이제 알겠어? 그 잘난 돈을 봐! 명백한 살인증거이니까……. 그래도 다행히 타지 않고 남은 것들이야. 지폐번호가 있지? 눈으로 똑똑히 볼 수 있지? 이제 넌 끝장난 거야!"
 그는 뻣뻣하게 굳어 있었다. 그의 눈꺼풀이 흔들렸다. 그는 레닌의 말을 따르지 않았다. 그는 모자 상자와 지폐를 들여다볼 생각을 하지 않았다. 처음부터 생각해볼 여유가 없었다. 자신의 본능이 경보를 울리기도 전에, 그는 레닌이 한 말을 사실이라고 믿고 말았다. 결국 그는 무너지고 말았다. 그는 의자에 쓰러져 흐느껴 울기 시작했다.

레닌의 말마따나, 기습공격이 성공을 한 것이었다. 자신의 모든 계획이 물거품이 되었고, 적이 자신의 비밀을 모두 파악하고 있다는 사실을 안 바로 그 순간, 교활한 그에게는 자신을 방어할 힘도, 통찰력도, 또 그럴 필요성도 사라지고 없었다. 그는 체념을 해버렸다.

레닌은 그에게 숨쉴 여유를 주지 않았다.

"대단해! 자기 살자고 잔꾀나 부리고……. 이제 끝났으니까 다 불어봐. 자, 여기 만년필 받아. 운명의 여신은 네 편이 아니었어. 마지막 순간의 트릭은 정말 기가 막혔어. 돈을 갖고 있다가 괜히 문제가 될 것 같으니까 그걸 태워버리려고 했지만 쉽지가 않았겠지. 주둥이가 크고 둥근 물병을 가져다, 창가에 놓고는 그게 볼록렌즈처럼 마분지와 티슈페이퍼에 집광작용을 하도록 했지? 그래서 모든 준비가 끝난 10분 후에 불이 났고? 대단한 아이디어야! 대단한 발견들이란 다 그렇듯이 그것도 우연히 떠오른 걸 거야. 그게 뭔 줄 아나? 뉴턴의 사과? 어느 날 저 물병에 있는 물을 통과한 햇빛에 천 조각이나 성냥이 불이 붙었던 게 틀림없어. 그런데 마침 해도 떠 있으니까, '기회는 이때다.' 하고 물병을 그곳에 갖다 놓았고……. 축하하네, 가스통! 자, 여기 종이에 '기욤은 내가 살해했습니다.'라고 얼른 써!"

뒤트뤼가 자술서를 쓰는 동안 레닌은 위에서 내려다보며, 이 문장은 이렇게, 저 문장은 저렇게 쓰라고 하나하나 강요를 했다. 결국 그의 위세에 눌려, 뒤트뤼는 그가 시키는 대로 받아 적었다.

레닌이 말했다.

"반장님, 여기 범인의 자술서가 있습니다. 이걸 뒤듀 국장님께 드리면 될 겁니다."

레닌은 웨이터들을 돌아다보며 말을 계속했다.

"그리고 여기 계신 웨이터들께서는 기꺼이 증인이 되어주시리라 믿습니다."

그리고 그는, 방금 일어난 일에 넋을 빠져 꼼짝 달싹하지 못하고 있던 뒤트뤼를 잡아 흔들었다.

"이제 정신이 드나보군! 자기가 지은 죄를 스스로 자백하다니 어리석기 짝이 없는 친구군!"

다른 사람들이 레닌의 행동을 지켜보고 있었다.

레닌은 계속했다.

"자네가 어리석었어. 모자 상자는 이미 완전히 재로 변한 상태였어. 돈도 마찬가지고……. 이 상자는 원래의 모자 상자가 아냐. 그 돈도 내 것이고. 자네가 내 미끼를 덥석 물도록 내 돈 6장을 태운 거야. 무슨 일이 일어났는지 알 수 없었겠지. 자네는 약삭빠르기만 했지, 어리석었어! 증거가 완전한 인멸된 그 순간, 내게 자백을 했으니, 참 딱해! 그렇게 솔직하게 자백을 하다니 말이야! 더군다나 자술서까지 쓰고! 증인들 앞에서 말이야! 이제는 교수형을 받아도 어쩔 수가 없지. 이제, 그만 하자. 잘 가게, 뒤트뤼!"

길거리에서 레닌은 오르탕스 다니엘에게 자기 차를 타고 자크 부인에게 가서 지금까지 있었던 일에 대해 전해달라는 부탁을 했다.

오르탕스가 물었다.

"그럼, 당신은요?"

"나는 할 일이 많아요. 급한 약속도 있고……."

"좋은 소식을 직접 전해주시면 기쁘지 않아요?"

"김빠진 맥주 같다고나 할까. 영원한 기쁨은 싸움 그 자체에서 나오는 겁니다. 그 뒤에는 아무 재미가 없는 겁니다."

그녀는 그의 손을 잡았다. 잠시 동안 두 손으로 그의 손을 잡고 있었다. 그녀는 마치 게임을 하듯이 최선을 다하고 천재와 같은 재기를 가진 이 이상한 남자에게 한없는 경의를 표현하고 싶었다. 그러나 그녀는 말할 수가 없었다. 너무 급속하게 벌어진 일련의 사건 때문에 그녀는 이미 정신이 혼란한 상태였다. 그녀는 감정이 북받쳐 눈물이 나왔다.

레닌은 인사를 하며 말했다.

"고마워요. 제 노력에 대한 보상을 받은 셈이니까……."

테레즈와 제르멘

10월 12일, 화사한 아침이었다. 전형적인 가을 날씨였다. 에트르타의 별장 주변을 산책하던 사람들은 모두 해변으로 내려갔는지 아무도 눈에 띄지 않았다. 하늘은 포근하고 하얀 구름에 가려 끝없이 펼쳐져 있었다. 깎아지른 절벽과 수평선 위의 구름 사이에 걸려 있는 바다는, 시원한 바람과 구름만 빼놓고는, 바위 병풍 속의 잔잔한 호수처럼 곤히 잠을 자고 있었다.

오르탕스가 말했다.

"너무 근사해요."

그러나 그녀는 얼른 말을 바꿨다.

"왼쪽에 있는 저 커다란 석조건물이 바로 아르센 뤼팽이 살던 기암성이라던데……. 참, 경치 구경하러 온 게 아니죠."

레닌이 말했다.

"괜찮아요. 이제는 이곳에 오자고 한 이유를 밝혀야 할 때가 되었군요. 지난 이틀 동안 유심히 살펴보았는데도 제가 기대하던 결과는 아직 얻지 못했지만, 그래도 조금은 실마리를 잡았으니까……."

"무슨 말이에요?"

"오래 걸리지는 않을 겁니다. 그러나 미리 밝혀두자면…… 동료나 친구들이 제공하는 정보가 별로 쓸모가 없다거나, 재미가 없다면, 저는 그냥 지나치는 사람입니다. 그런데, 지난주에 파리에 있는 내 친구가 놀랄 만한 정보를 보내왔어요. 자기 아파트에 사는 여자가 파리 근교의 어떤 커다란 호텔에 묵고 있는 남자와 전화통화를 하는 것을 들었는데, 그 도시의 이름뿐만 아니라 남자와 여자의 이름이 모두 이상하다는 것이었습니다. 두 사람이 스페인어로 얘기를 하는데, 자바네(역자 주 : 음절마다 av 또는 va를 붙여 남이 알아들을 수 없도록 한 일종의 은어)를 사용하더래요. 그들이 하는 말이 어려워서 모두 알아들을 수는 없었지만, 그 핵심내용은 세 가지라고 하더군요. 첫째, 오누이 사이인 남녀가 제3의 인물과 만나기로 약속을 했다. 그런데 이 제3의 인물은 남자인지 여자인지는 모르지만, 현재의 결혼생활을 청산하고 싶어하는 사람이다. 둘째, 만나는 날짜는 10월 2일로 하되, 시간과 장소는 추후에 신문의 광고란을 이용하여 알린다.

셋째, 10월 2일에 만나면 그날 저녁에 이 제3의 인물은 자신이 제거하고 싶은 사람을 데리고 절벽으로 산책을 나간다. 그런데 그저께 아침 신문에 이런 줄 광고가 났습니다.

10월 2일 12시. 트로아 마틸드에서 만납시다.

"과연 누구를 없애려고 하는지는 나도 모릅니다. 여기까지가 이번 사건의 핵심입니다. 내 생각으로는 트로아 마틸드란 게 에트르타 해변 끝 저기 어디인 것 같은데, 그리 잘 알려진 곳이 아니에요. 전 이 이상한 사람들의 계획을 사전에 차단하기 위해 어제 이리로 내려오자고 했던 겁니다."
오르탕스가 물었다.
"그 사람들의 계획이 뭔데요? 누군가가 절벽 꼭대기에서 사람을 밀어뜨려 죽일 거라는 얘기 같은데, 실제로 얘기하는 것은 듣지 못했다면서요."
"맞습니다. 오빠든 동생이든 둘 중 한 사람의 결혼생활에 관한 문제였는데, 어쨌든 여러 가지 상황으로 볼 때, 틀림없이 사건이 발생할 것 같습니다."
그들은 카지노의 테라스에 앉아 있었다. 테라스 앞에는 해변으로 내려가는 층계가 보였다. 그리고 멀리로는 자갈 위에 지어진 개인 소유의 방갈로 몇 채가 한눈에 들어왔다. 방갈로 안에서는 서너 명의 남자가 브리지 게임을 하고 있었고 여자들은 뜨개질을 하며 잡담을 하고 있었다.

그리 멀지는 않지만, 바다 쪽으로 좀더 떨어진 곳에는 방갈로가 한 채 외로이 서 있었다. 그러나 방갈로의 문은 굳게 닫혀 있었다. 물가에서는 대여섯 명의 아이가 맨발로 놀고 있었다.

오르탕스가 말했다.

"이제, 이 아름답고 매혹적인 가을도 싫네요. 아무래도 이 끔찍한 문제에 대한 당신 추측이 맞을 거라는 생각을 떨쳐버릴 수가 없군요."

레닌이 말했다.

"그래요, 끔찍하죠. 그래서 그저께부터 모든 사람을 하나하나 유심히 살펴보는데…… 아무 소득이 없어요."

그녀가 맞장구를 쳤다.

"소용이 없겠죠? 저쪽에 있는 사람들 중의 한 명이 위험에 빠질까요? 희생당할 사람은 이미 정해졌을 텐데, 누구일까요? 저기에서 웃고 있는 저 금발의 여자일까요? 저기에서 담배를 피우고 있는 저 키 큰 남자일까요? 살해 계획을 마음속에 품고 있는 사람은 누구일까요? 사람들은 모두 그저 조용히 즐거운 시간을 보내고 있는데, 죽음의 그림자가 그 주위를 맴돌고 있어요."

레닌이 말했다.

"그렇죠! 오르탕스 당신도 너무 이 일에 깊숙이 빠진 것 같은데요. 내가 그랬죠? 인생이란 모든 것이 모험이라고……. 그리고 모험이 없으면 그 가치가 없다고. 코앞에 닥친 사건 앞에서 당신은 모든 신경을 곤두세우고 떨고 있습니다. 당신은 주변에서 일어나는 모든 비극적인 사건에 이미 발을 들여놓은 겁니다. 수수께끼 같은 사건에 대한 감이 마음속 깊은 곳에서 일어나고 있는 거죠. 자 봐요, 당신은 방금 도착한 커플을 유심히 살펴보고 있지 않습니까? 그러나 저기 저 남자가 자기 아내를 죽일 작정인지, 저기 저 여자가 자기 남편을 없앨 생각인지 아직 당신은 알 수가 없습니다."

"뎅브르발 부부 말이에요? 말도 안 돼요! 얼마나 잉꼬부부인데! 어제 호텔에서 뎅브르발 부인하고 꽤 많은 얘기를 나누었어요. 그때, 당신은······."

"아, 그때 나는 자크 뎅브르발 씨와 함께 골프를 치러 갔죠. 골프를 선수 못지않게 잘 치기에 나는 저 사람의 딸 두 명과 인형놀이를 했죠."

자크 뎅브르발 부부가 다가왔다. 오르탕스와 레닌은 그들과 잠시 대화를 나누었다. 뎅브르발 부인은 애들이 가정교사와 함께 오늘 아침 파리로 돌아갔다는 말을 했다. 그녀의 남편은 노란 수염에 키가 매우 컸다. 그는 플란넬 코트를 팔에 걸치고 있었는데, 성기게 짠 셔츠 아래로는 가슴이 훤히 들여다보였다. 그는 날씨가 너무 덥다고 툴툴댔다.

뎅브르발 부부는 그들과 헤어져 약 1미터 정도 떨어진 계단을 오르고 있었다. 층계 끝에 다다랐을 무렵 자크가 자기 아내에게 물었다.

"테레즈, 방 열쇠 당신이 갖고 있어요?"

그녀가 대답했다.

"네, 여기 있어요. 신문 읽을래요?"
"산책이나 나가면 모를까, 그냥 신문이나 읽고 있지, 뭐."
"오후까지 기다려야 할 텐데, 괜찮겠어요? 오늘 아침에 써야 할 편지가 아주 많은데."
"그럼, 그렇게 해요. 나중에 절벽 쪽으로 올라가 봅시다."
오르탕스와 레닌은 놀란 표정으로 서로를 바라보았다.
'그가 한 말이 우연일까? 아니면, 우리가 찾고 있는 커플이 바로 저들일까?'
오르탕스가 일부러 웃음을 지으며 말했다.
"심장이 막 뛰네요. 그래도 믿고 싶지가 않아요. 저 부인은 남편하고 말싸움 한 번 해본 적이 없다고 했어요. 저 두 사람은 아니에요. 서로를 얼마나 아끼는 사람들인데……."
"곧 알게 되겠죠. 둘 중 한 사람이 오빠와 여동생을 만나러 트로아 마틸드에 갈지 안 갈지는."
자크 뎅브르발은 계단 아래로 내려가서 보이지가 않았다. 그러나 그의 부인은 테라스 난간에 몸을 기대고 서 있었다. 호리호리할 정도로 쭉 빠진 몸매는 아름답기 그지없었다. 그러나 가만히 살펴보니까, 턱의 윤곽이 너무 선명하여 다소 날카로운 인상을 주었다. 더군다나 미소가 사라진 얼굴에는 알 수 없는 슬픔과 고통이 함께 배어 있었다.
그녀가 자갈 위로 허리를 굽히고 서 있는 남편에게 물었다.
"여보, 뭘 잃어버렸어요?"
그가 말했다.

"응. 열쇠가 없어졌어. 방금 여기에서 떨어뜨렸거든."

그녀가 내려가 같이 열쇠를 찾기 시작했다. 잠시 뒤, 그들의 모습이 오른쪽으로 사라졌다. 그들은 절벽 바로 밑에까지 가 있었으므로 오르탕스와 레닌이 있는 곳에서는 보이지가 않았다. 그들의 목소리는 카드놀이를 하고 있는 사람들이 떠드는 시끄러운 소리에 묻혀 전혀 들리지 않았다.

두 사람은 거의 동시에 다시 모습을 드러냈다. 부인은 천천히 계단을 올라가다가 멈춰 서서, 지평선을 바라보았다. 남편은 코트를 어깨 너머로 걸친 채, 멀리 떨어진 객실로 향했다. 그가 옆으로 지나가자, 브리지 게임을 하고 있던 사람들이 테이블 위에 펼쳐져 있는 카드들을 가리키며 어떤 카드를 선택하면 좋겠냐고 물었지만, 그는 손사래를 치며 아무런 대꾸도 하지 않은 채, 30미터 정도 떨어진 숙소로 묵묵히 발걸음을 옮겼다. 그는 방문을 열고 안으로 들어갔다.

테레즈 뎅브르발은 테라스로 돌아와 거의 10분 동안 앉아 있더니, 카지노 밖으로 나갔다. 앞으로 몸을 숙이고 있던 오르탕스의 눈에 그녀가 오뷔 호텔에 딸린 방갈로로 들어가는 것이 보였다. 잠시 뒤 그녀는 다시 발코니에 나타났다.

레닌이 말했다.

"11시군요. 테레즈나 자크, 아니면 카드 치는 사람 중 한 명이, 그것도 아니면 카드 치는 사람들 부인 중 한 명이 분명 곧 약속된 장소로 나갈 겁니다."

20분이 지났다. 그러나 25분이 지나도 움직이는 사람들이 없었다.

오르탕스가 걱정이 되는지 레닌에게 말했다.

"아마도 자크 부인이 갔을 거예요. 발코니에 있던 시간이 별로 되지 않았거든요."

레닌이 말했다.

"만약 그녀가 트로아 마틸드에 있다면, 우리가 가서 잡을 수 있을 겁니다."

카드를 치고 있던 사람들 사이에 다시 문제가 생기자 그중 한 사람이 소리를 질렀다.

"이 문제는 자크에게 맡깁시다."

다른 사람이 맞장구를 쳤다.

"그렇게 합시다. 그 친구 말이라면 내 수긍하겠지만…… 심판을 봐달라고 했다고, 건방이나 떨지 않을지 모르겠는데……."

카드를 치던 사람들이 자크의 이름을 외쳤다.

"자크! 자크! 빨리 와봐!"

그때, 자크가 문을 닫는 듯한 소리가 들렸다. 자크가 들어간 방갈로는 창문이 없어 아무것도 보이지 않았다.

"이 사람이 잠을 자나……."

"깨워 봅시다."

네 사람이 모두 그의 방 앞으로 갔다. 그러나 안에서는 아무런 응답이 없었다.

그들이 문을 두드리며 물었다.

"자크! 자는 겁니까?"

테라스에 있던 레닌은 갑자기 불안한 생각이 들어 자리를 박차고 일어났다. 오르탕스가 놀랄 정도였다.

레닌이 말을 더듬었다.

"이거 너무 늦은 거 아닌지 모르겠네!"

오르탕스가 도대체 무슨 뜻이냐고 묻기도 전에 그는 계단을 뛰어내려 방갈로로 달려가고 있었다. 그가 방갈로에 도착했을 때에는 이미 카드게임을 하던 사람들이 문을 부수고 있었다.

그가 그들을 제지하며 말했다.

"그만두세요! 하나하나 풀어가야 합니다."

"무슨 얘기요, 도대체?"

그는 여닫이문 위에 있는 베네치아 양식의 블라인드를 검사했다. 그중 하나가 윗부분이 부서져 있었다. 그는 지붕 꼭대기까지 올라가 안을 들여다보았다.

그가 카드 치던 남자들에게 말했다.

"역시 내 추측대로군요. 자크가 대답을 하지 않았다면 다 그 이유가 있었을 겁니다. 부상을 당했다거나 죽었으니까……."

그들이 소리쳤다.

"죽었다고요? 도대체 무슨 말을 하는 겁니까? 방금 전에도 봤는데……."

레닌이 나이프를 꺼내 자물쇠를 따고, 문을 열었다.

사람들은 낙담하여 숨을 들이켰다. 자크는 한 손에는 신문을 들고 다른 한 손으로는 웃옷을 꼭 쥔 채, 똑바로 누운 자세였다. 등에서 흐른 피가 흥건히 셔츠를 적시고 있었다.

누군가가 소리를 질렀다.

"어! 자살한 거야!"

레닌이 말했다.

"자살이라뇨? 등 한가운데를 찔렸는데, 손이 거기까지는 닿지 않죠. 더군다나, 이 방에는 칼이 보이지 않잖아요."

그들이 레닌의 말에 반박했다.

"그렇다면 살해되었다는 얘긴데……. 하지만, 말도 안 됩니다. 이 방 안에는 아무도 없었습니다. 만약 누군가가 있었다면 분명 우리 눈에 띄었을 겁니다. 몰래 빠져나갈 구멍이 없는데……."

사람들이 몰려왔다. 물가에서 놀던 아이들도 달려왔다. 레닌은 의사 외에는 아무도 방에 들어가지 못하도록 막았다. 의사는 자크가 칼에 찔려 죽었다는 사실 말고 다른 말은 할 수 없었다.

마을 사람들도 몰려왔다. 그리고 시장이 경찰과 함께 도착했다. 경찰은 사람들에게 이것저것 물어본 다음, 곧바로 그의 시신을 옮겼다. 자크 부인의 모습이 다시 발코니에 보였다. 사람들이 이 비극적인 소식을 전하러 그녀에게 달려갔다.

한 편의 드라마였다. 문이 잠긴 방 안에 있던 남자가 자물쇠가 부서지지 않은 상태에서 눈 깜작할 사이에 그것도 20여 명이 지켜보는 앞에서 살해된 사건을 풀 수 있는 단서는 아무것도 발견되지 않았다. 그 방에 들어간 사람도, 그 방에서 나간 사람도 없었다. 자크를 살해하는 데 사용된 칼의 행방도 묘연했다. 이것이 살인사건만 아니라면, 마술이라고 할 수 있을 정도였다.

사람들이 자크 부인에게 달려갔지만, 오르탕스는 그들을 따라가지 않고 그냥 가만히 있었다. 그녀는 온몸이 마비된 것 같아, 꼼짝을 할 수가 없었다. 그녀로서는 처음 겪는 일로, 살인이 일어나리라는 사실을 알고 용의자 추적을 돕고 있었으면서도 결국 사건의 중심현장에서 아무런 손도 쓰지 못한 것이다.

그녀는 몸이 덜덜 떨렸다.

"끔찍해요! 너무 불쌍하게 죽었어요! 레닌, 이번에는 당신도 그를 구할 수가 없었군요. 이미 범행계획을 알고 있었으니까, 그의 목숨을 지켜줄 수 있었을 텐데, 너무 안타까워요."

그녀가 어느 정도 냉정을 되찾자, 레닌이 말했다.

"이 소금병의 냄새를 맡아보세요."

그는 그녀의 눈치를 살피며 물었다.

"이번 살인사건과, 우리가 미리 막으려고 했던 범행계획 사이에 어떤 상관관계가 있을까요?"

그녀가 그의 질문에 눈을 동그랗게 뜨고 대답했다.

"분명, 상관이 있을 거예요."

"그렇다면, 이 사건을 원래 자크가 꾸몄는지 아니면 자크 부인이 꾸몄는지는 모르겠지만, 아무래도 자크 부인에게 혐의가……."

그녀가 말했다.

"말도 안 돼요! 자크 부인은 자기 방에서 꼼짝하지 않았잖아요. 더군다나, 저렇게 예쁜 여자가 그럴 리는 없어요. 정말 말이 안 돼요. 다른 사람이 저지른 짓이 분명해요."

"다른 사람이라니, 누가요?"

"잘 모르겠어요. 오빠와 동생의 대화내용을 당신이 잘못 이해했을 수도 있잖아요. 살인사건이 일어난 상황이 당신이 얘기했던 것과 판이하게 다르잖아요. 시간도 틀리고, 장소도 다르고……."

레닌이 결론을 내렸다.

"그래서 결국 이 두 사건이 전혀 상관이 없다는 겁니까?"

그녀가 말했다.

"아, 그건 아녜요. 다만 이해할 수 없다는 얘기예요. 모든 게 너무 이상해요!"

레닌이 조금 빈정거렸다.

"내 수제자인 당신이 오늘은 내가 미덥지 않은가 보군요. 이 사건의 스토리는 아주 간단한 겁니다. 극장에서 영화를 보듯 당신은 이미 모든 것을 다 보았습니다. 그런데 문제는, 당신이 이 사건이 아주 먼 곳에서 발생한 것처럼 제대로 파악하지 못하고 있다는 점입니다."

오르탕스는 혼란스러웠다.

"무슨 얘기죠? 당신은 이미 다 알고 있다는 의미인가요? 무슨 단서라도 발견했나요?"

레닌이 시계를 보았다.

"다 안다고는 할 수가 없죠. 이 사건은 잔인하기는 하지만, 단순한 살인사건에 불과합니다. 이 사건의 본질은 범죄심리에 있는 거지요. 그것에 대한 단서는 아직 없습니다. 단서라고는 오직, 시간이 12시라는 것뿐입니다. 트로아 마틸드에 오기로 약속을 했던 사람이 아직 나타나지 않았으니까, 분명 그 오빠와 동생이 해변으로 내려올 겁니다. 그렇다면, 우리가 용의선상에 올려놓은 공범이 이 사건에 관련이 있는지 없는지 알 수 있지 않겠습니까?"

그들은 오뷔 방갈로 앞에 있는 해변의 산책길로 내려갔다. 어부들이 해변에 닻을 대고 있었다. 사람들이 호기심에 방갈로 문밖에 몰려 있었다. 문 앞에는 해안 경비대원 두 명이 지키고 서서 사람들의 출입을 통제하고 있었다.

시장이 간신히 사람들 사이를 어깨로 뚫고 지나갔다. 그는 우체국에서 르 아브르 지검장에게 전화를 걸고 돌아오는 길이었다. 검사와 치안판사는 오후에 에트르타에 도착할 예정이었다.

레닌이 말했다.

"점심시간까지는 아직 시간이 많이 남아 있군요. 이 사건의 조사는 2, 3시 이전까지는 끝나지 않을 겁니다. 이 사건의 여파가 굉장하겠습니다."

시간이 많이 남았지만, 그들은 서둘렀다. 오르탕스는 피곤했지만, 무엇보다도 무슨 일이 일어났는지 알고 싶어, 계속 레닌에게 질문을 던져보았다. 그러나 레닌은 대답은 하지 않고 식당 창문 너머로 보이는 해변의 산책길로 시선을 돌리고 있었다.

오르탕스가 물었다.

"그 두 사람이 오는지 안 오는지 지켜보고 있는 건가요?"

"그래요. 오빠와 동생이란 사람이 오는지 지켜보고 있습니다."

"정말 그 사람들이 이런 짓을 저질렀을까요?"

그가 잽싸게 밖으로 나가며 소리를 질렀다.

"저것 봐요! 드디어 나타났어요!"

해변 정면으로 난 길에 드디어 그들이 기다리고 있던 남녀가 나타났다. 두 남녀는 그곳 지리에 익숙하지 않은 듯 두리번거리며 움직이고 있었다. 오빠는 땅딸막한 키에 얼굴빛이 창백해 보였다. 그는 선캡을 쓰고 있었다. 동생도 키가 작았다. 다소 뚱뚱해 보이는 그녀는 커다란 외투로 몸을 감싸고 있었다. 제법 나이가 든 것 같았지만, 얇은 베일 속으로 보이는 얼굴에는 여자의 아름다움이 아직 남아 있었다.

그들은 몰려든 구경꾼들을 보고, 천천히 그들에게로 다가갔다. 어딘지 모르게 그들의 걸음걸이가 불안정하면서도 어색해 보였다.

무슨 일이 일어났는지 여동생이 어부에게 물어보았다. 자크가 살해되었다는 어부의 말에 그녀는 외마디 소리를 지르며, 사람들 사이로 몸을 비집고 나가려고 애를 썼다.

사태를 짐작한 그녀의 오빠는 두 팔을 치켜들며 해안 경비대원을 향해 소리를 질렀다.

"자크의 친구, 프레데릭 아스텡입니다! 자크 부인은 제 동생 제르멘이 잘 아는 사람입니다. 만나기로 약속이 되어 있기 때문에 기다리고 있을 겁니다!"

그들이 안으로 들어가도 좋다는 허락을 받았다. 그들 뒤에 서 있던 레닌은 아무 말 없이 오르탕스와 함께 그들을 따라갔다.

침실이 네 개 딸린 자크 집은 응접실이 3층에 있었다. 제르멘은 시신이 안치된 방으로 달려들어가, 침대 옆에 털썩 주저앉았다. 테레즈 뎅브르발은 응접실에서 조용히 문상을 하고 있는 사람들 틈에 끼어 흐느끼고 있었다.

제르멘의 오빠가 자크 부인의 손을 꼭 잡고, 떨리는 목소리로 말했다.

"참 안됐어요! 불쌍한 친구 같으니⋯⋯."

레닌과 오르탕스는 가만히 그들을 바라보고 있었다.

오르탕스가 다른 사람에게 들리지 않게 조그맣게 속삭였다.

"저런 여자가 남편을 죽였다니 말도 안 돼요!"

레닌이 말했다.

"그래도 아직 몰라요. 저 사람들은 서로 잘 아는 사이입니다. 또 저 남자와 여동생이 공범인 제3의 인물과 잘 알고 있으니까⋯⋯."

오르탕스가 대꾸했다.

"그래도 불가능한 일이에요."

추리야 어찌되었든 간에, 그녀는 자크 부인에게 강한 매력을 느끼고 있었다. 프레데릭 아스텡이 자리를 뜨자마자, 얼른 그녀 옆으로 자리를 옮겨 앉아 따뜻한 위로의 말을 건넸다. 이 불쌍한 여인의 눈물에 그녀는 마음이 몹시 아팠다.

레닌은 처음부터 프레데릭과 제르멘을 유심히 관찰하고 있었다. 프레데릭에게서 잠시도 한눈을 팔지 않는 것만이 그의 중요한 관심사인 것 같았다. 프레데릭은 짐짓 무관심한 표정으로 집

안을 살폈다. 그는 응접실을 둘러보기도 하고, 침실로 가보기도 하고, 집 안에 있는 사람들과 섞여 살인사건이 일어난 경위에 대해 물어보기도 하였다. 여동생이 다시 올라와 무슨 말인가를 하자, 그는 자크 부인 옆에 앉아 깊은 애도의 뜻을 표했다. 그 뒤, 그는 다시 여동생과 꽤 오랫동안 얘기를 하더니, 마치 완전히 이해했다는 표정으로 밖으로 나갔다. 그들이 떠나기까지는 삼사십 분이 걸렸다.

치안판사와 검사가 탄 자동차가 방갈로 밖에 멈추어 서는 소리가 들렸다. 이제 얼마 안 있어 그들이 들어올 것이다.

레닌이 오르탕스에게 말했다.

"서둘러야 해요. 절대 자크 부인 곁을 떠나서는 안 됩니다."

이번 사건에 도움이 될 만한 사실을 알고 있는 사람들은 모두 해변으로 모이라는 명령이 떨어졌다. 치안판사가 그곳에서 예비심문을 시작할 모양이었다. 자크 부인의 심문 차례는 맨 나중인 것 같았다. 집 안에 있던 사람들이 모두 떠나고, 해안 경비대원 두 명과 제르멘만이 남게 되었다. 제르멘은 죽은 남자의 옆에 무릎을 꿇고 앉아 허리를 숙인 채 머리를 손에 파묻고 기도를 했다. 한참 뒤 그녀는 자리에서 일어나 층계참에 있는 문을 열었다. 바로 그때 레닌이 그녀 앞에 나타났다.

"할 얘기가 있습니다."

그녀가 놀라서 물었다.

"무슨 일인데요? 말씀하세요."

"여기서는 안 됩니다."

"그럼 어디서요?"

"옆방, 응접실에서요."

그녀가 날카롭게 말했다.

"안 돼요."

"왜 안 됩니까? 자크 부인과 악수조차 하지 않으시던데, 잘 아는 사이가 아닙니까?"

그는 그녀에게 생각할 시간을 주지 않았다. 그는 그녀를 옆방으로 몰아넣고 문을 닫았다. 그와 동시에, 밖으로 나가려고 하던 자크 부인을 급히 붙잡아 앉혔다.

레닌이 말했다.

"이러시면 안 됩니다. 부인, 제 말을 들어보세요. 제르멘 때문에 이 방에서 나가실 필요는 없습니다. 이렇게 허비할 시간이 없습니다. 아주 중요한 문제가 있으니까요."

서로 마주보고 있는 두 여자에게는 도저히 화해시킬 수 없는 증오심이 얼굴 가득 차 있었다. 두 사람 모두 심적 갈등과 억제할 수 없는 분노를 표출시키고 있었다. 그들이 친구 사이이면서 동시에 공범자일지도 모른다고 생각을 했던 오르탕스는 이제 그들이 곧 서로에게 적대적인 태도를 보이리란 것을 직감했다. 그녀는 자크 부인을 다시 자리에 앉혔다.

레닌이 방 한가운데에 서서 단호한 목소리로 입을 열었다.

"이제 모든 것이 확실하니까, 두 분이 모두 제가 묻는 물음에 솔직하게 대답해 주신다면, 저도 여러분을 돕도록 하겠습니다. 두 분은 각자의 잘못이 무엇인지를 잘 알고 있기 때문에 현재

상황의 심각성에 대해서도 잘 이해하시리라 믿습니다. 서로에 대한 미움 때문에 두 분은 사이가 벌어졌습니다. 제가 보기에는 분명 그렇습니다. 30분 뒤면 치안판사가 이리로 올 겁니다. 그때까지는 두 분이서 같이 약속을 해주셔야 할 일이 있습니다."

그들은 레닌의 말에 기분이 상한 표정을 지었다.

그는 말을 이었다.

"그렇습니다. 같이 약속을 해야 합니다. 좋든 싫든, 결국 약속하시리라 믿고 말씀드리겠습니다. 지금 우리가 고려해야 할 사람은 바로 자크 씨의 두 딸입니다. 어쩌다 보니 이 일에 끼어들게 되었습니다만, 자크 부인, 따님들의 안전이 우선입니다. 한마디라도 잘못 입을 열면, 아이들이 큰 상처를 입게 됩니다. 그런 일이 결코 일어나선 안 됩니다."

레닌이 아이들에 대해 언급하자 그녀는 다시 흐느껴 울기 시작했다. 제르멘 아스텡은 어깨를 으쓱하더니 문 쪽으로 몸을 돌렸다.

레닌이 다시 그녀의 앞을 가로막으며 물었다.

"어디 가시는데요?"

"치안판사가 모두 모이라고 했잖아요."

"당신에게 오란 말은 없었소."

"아뇨. 사건해결에 도움을 줄 수 있는 사람은 모두 모이라고 했잖아요."

"당신은 살인현장에 없었으니까, 아무것도 알지 못해요. 더군다나, 이 살인사건의 진실에 대해서는 누구도 아는 사람이 없어요."

"내가 알고 있습니다."

"말도 되지 않는 소리 하지 말아요."

"살인범은 테레즈 뎅브르발입니다."

테레즈는 살인용의자로 몰리자, 그녀를 잡아먹기라도 할 듯이 불같이 화를 냈다.

그녀는 제르멘에게 달려들며 욕을 퍼부었다.

"못된 것! 꺼져 버려! 어서 이 방에서 썩 꺼지란 말이야! 어디서 감히!"

오르탕스가 그녀를 진정시키려고 했다. 그러나 레닌이 나지막이 말렸다.

"그냥 두세요. 서로 실컷 싸우고 나야 일이 풀릴 겁니다."

제르멘은 그녀에게 당한 모욕에 앙갚음을 하기 위해 필사적인 노력을 했다.

그녀가 킬킬거리며 되받아쳤다.

"뭐라고? 왜? 내가 너를 살인범이라고 지목해서?"

"왜냐고? 이유야 많지! 넌 정말 상종 못할 인간이야! 내 말뜻이 뭔지 잘 알잖아!"

자크 부인은 답답한 마음이라도 풀려는 듯 거침없이 내뱉었다. 그녀의 분노는 서서히 누그러졌다. 그녀는 더 이상 싸움을 계속할 힘이 없는 것 같았다. 그러자, 이번에는 제르멘이 그녀에게 퍼부어 대기 시작했다. 얼굴이 일그러질 정도로 주먹을 꼭 쥐고 부르르 떨었다. 화를 내는 그녀의 모습은 20년은 더 나이가 들어 보였다.

"어디에 대고, 욕이야, 욕이! 감히, 살인범인 주제에! 네가 죽인 남편이 저기 저 방에 누워 있는데, 얼굴을 꼿꼿이 세우고 나한테 대들어? 욕을 얻어먹어야 할 사람은 바로 너야! 그건 네가 더 잘 알잖아! 살인마!"

그녀는 분이 풀리지 않는지, 테레즈에게 삿대질을 했다. 그녀의 날카로운 손톱이 테레즈의 얼굴에 거의 닿을 정도였다.

"살인범이, 어디서 뻔뻔하게 오리발이야! 다시 그 따위 짓 한 번만 더 해봐, 내가 가만두나! 살인에 쓴 칼, 네 가방 속에 있잖아. 오빠하고 얘기할 때 다 알아봤어! 오빠 손등에 핏자국이 있었어. 네 남편의 피였겠지. 내가 아무것도 찾아내지 못했으니까, 내가 알리라고는 미처 생각 못했겠지? 나는 척 보고 알았어! 어부에게서 자크가 살해되었다는 얘기를 듣는 순간, 테레즈 네년이 한 짓이라는 걸 다 알고 있었어."

테레즈는 대꾸하지 않았다. 그녀는 이미 맞서 싸울 의사를 잃어버린 사람처럼 보였다. 오르탕스는 이미 자포자기의 상태에 빠진 그녀를 안타깝게 바라보고만 있었다. 그녀가 절망의 눈빛을 보이며 얼굴을 떨구자, 오르탕스는 그녀가 측은하다는 생각이 들었다. 오르탕스는 그녀에게 뭐라고 대꾸라도 해보라고 달래보았다.

"설명이라도 좀 해보세요. 살인사건이 일어났을 때 당신은 여기 발코니에 있었잖아요. 그런데, 칼은 어떻게 된 거예요? 설명을 좀 해봐요."

제르멘이 비웃었다.

"설명은 무슨 설명을 해요! 그것을 어떻게 말로 설명할 수 있겠어요? 밖으로 어떻게 드러났든, 누가 무엇을 보았든, 보지 않았든, 그게 뭐 그리 중요해요? 명백한 증거가 있는데……. 테레즈, 칼은 네 가방 속에 있잖아. 그러니까 살인범은 바로 너야! 네가 자크를 죽인 범인이란 말이야! 자크가 결국 네 손에 죽었어! 내가 오빠한테 그렇게 얘기했는데……. 네가 자크를 죽일 거라고 아무리 얘기해도, 오빠는 언제나 네 편을 들곤 했지. 오빠는 너를 귀엽게 생각했으니까……. 하지만 속으로는 무슨 일이 일어나리란 것을 알고 있었어. 결국 이런 끔찍한 일이 벌어졌으니……. 그래, 겁이 나든? 어떻게 등을 찔러? 그러고도 내 입을 막겠다고? 왜, 내가 잠시라도 주저하지 않아서? 프레데릭 오빠나 나나 우리는 결정적인 증거를 찾고 있었던 거야. 내가 너를 욕하든 말든 그건 내 자유야. 나도 내가 무슨 짓을 하고 있는지는 잘 알고 있어. 테레즈, 이제 넌 끝장이야, 끝장. 이제 넌 빠져나갈 방법이 없어. 칼이 든 가방을 손에 꼭 쥐고 있으니까……. 이제 치안판사가 오면, 넌, 끝장이야. 자크의 피가 묻은 칼이 그 가방 안에서 발견돼봐, 어떻게 되나 두고 보자고……. 수첩도 거기에 들어 있지. 그것들을 치안판사가 발견하면……."

그녀는 삿대질하던 손을 계속 그대로 든 채 무섭게 분노를 쏟아냈다. 화를 퍼부어 대는 그녀의 턱에 경련이 일 정도였다.

레닌이 자크 부인의 가방을 부드럽게 잡아당기자, 그녀는 그것을 놓지 않으려고 애를 썼다.

그가 힘을 주어 말했다.

"제가 한 번 볼게요. 제르멘의 말이 옳아요. 치안판사가 곧 올 겁니다. 만약 그때 칼과 수첩이 부인 가방에서 나오면 그 즉시 체포당하게 됩니다. 이런 일은 막아야지요. 제가 한 번 보겠습니다."

그의 은근한 말에 테레즈는 더 이상 저항할 힘을 잃었다. 그녀는 가방을 쥐고 있던 손을 풀었다. 그는 백을 받아 열어보았다. 손잡이가 흑단으로 된 칼과 회색 가죽의 조그만 수첩이 보였다. 그는 그것들을 자기 주머니 안에 넣었다.

제르멘이 놀라서 그를 뚫어지게 쳐다보았다.

"미쳤군요! 도대체, 무슨 권리로 그것들을……?"

"이 물건들은 치워버려야 합니다. 이제 걱정할 거 없어요. 치안판사가 내 호주머니를 뒤지는 일은 결코 없을 겁니다."

그녀는 화가 나서 소리쳤다.

"하지만, 내가 경찰에 고발할 거예요. 다 얘기할 겁니다."

그가 웃으며 말했다.

"그러지 마세요! 그러면 안 됩니다! 경찰은 이 물건들과는 아무런 상관이 없어요. 두 사람의 싸움은 개인적으로 해결해야 합니다. 경찰이 어떻게 개인의 모든 일에 개입할 수 있습니까?"

제르멘은 화가 나서 숨이 막혔다.

"당신이 무슨 권리로 이런 말을 합니까? 도대체 정체가 뭐예요? 테레즈의 편인가요?"

"지금까지 테레즈를 공격한 사람이 당신이니까……."

"나는 저 여자가 살인범이라는 것을 말했을 뿐이에요. 저 여자가 자기 남편을 죽였다는 사실은 당신도 부인할 수 없겠죠?"

레닌이 침착하게 말했다.

"그것을 부인하고 싶은 마음은 추호도 없습니다. 그 점에 대해서만은 우리 모두 동의합니다. 자크가 자기 아내에게 살해되었다는 것은 사실입니다. 하지만, 경찰이 꼭 그 일을 알아야 한다고는 생각하지 않습니다."

"경찰은 나를 통해서 알게 되겠지요. 나는 반드시 알려야 하겠어요. 저 여자는 벌을 받아야 해요. 살인범이니까……."

레닌은 그녀에게로 다가가 어깨에 손을 얹고 말했다.

"조금 전에 내가 무슨 권리로 이러느냐고 물으셨죠? 그렇다면, 부인은요?"

"나는 자크의 친구입니다."

"단지 친구이기 때문에 이러는 건가요?"

그녀는 다소 주춤하더니, 다시 마음을 추스르고 대답했다.

"친구였으니까, 친구의 죽음에 복수하는 것이 당연하죠."

"그래도, 죽은 친구처럼 침묵을 지켜야 합니다."

"죽은 사람이 그걸 어떻게 알았겠어요."

"그게 바로 당신의 실수입니다. 자크는 얼마든지 자기 아내를 신고할 수 있었습니다. 시간은 충분했습니다. 그러나 아무 말도 하지 않고 눈을 감았습니다."

"왜였죠?"

"아이들 때문이었습니다."

제르멘은 도저히 믿어지지 않았다. 그녀의 태도에는 타는 복수심과 원망이 여전히 그대로였다. 그러나 그녀는 자신도 모르게 서서히 레닌에게 넘어가고 있었다. 증오심만이 격돌하는, 문이 닫힌 이 작은 방에서 레닌은 천천히 분위기를 장악하고 있었다. 제르멘은 자기가 싸울 상대는 바로 레닌이라는 사실을 알고 있었다. 그러나 자크 부인은 절망의 구렁텅이에 빠지려는 순간 혜성처럼 나타난 구세주의 모습을 그에게서 발견하고 있었다.

그녀가 말했다.

"고맙습니다. 정확하게 보셨어요. 제가 스스로 포기하지 못한 이유는 바로 아이들 때문이었습니다. 하지만, 그 문제에 대해서는…… 저는 지금 너무나 피곤합니다."

상황이 변하고 있었다. 이젠 다른 양상을 띠고 있었다. 제르멘과 언쟁을 벌이다가 범인으로 몰렸던 테레즈는 고개를 들고 마음을 가다듬고 있었다. 그러나 그녀를 몰아세우던 제르멘은 머뭇거리며 불안한 모습을 보이고 있었다. 이제 제르멘은 더 이상 아무 말도 할 수 없는 처지가 되었다. 그러나 테레즈는 드디어 침묵을 깨고, 자백이든 하소연이든 모든 것을 털어놓을 필요성을 느꼈다.

레닌의 태도에는 변화가 없었다. 그가 부드럽게 테레즈에게 말했다.

"이제 때가 되었습니다. 이제 자초지종을 얘기할 수 있겠지요."

그녀는 의자에서 몸을 숙이고 다시 흐느껴 울었다. 북받치는 슬픔에 얼굴은 더욱 핼쑥하고 나이에 비해 더 늙어 보였다.

그녀는 아주 작은 목소리로 띄엄띄엄 아무런 원망도 하지 않고 담담히 사건의 전말을 털어놓았다.

"지난 4년 동안, 제르멘은 자크의 숨겨진 애인이었습니다. 정말 얼마나 숨이 막히던지, 말로는 표현하기 힘든 시간이었습니다. 제르멘이 자기 입으로…… 뻔뻔스럽게도…… 털어놓더군요. 자크를 사랑하는 것보다 더 저를 미워했지요. 저는 매일 마음의 상처를 입고 또 입으면서도 그저 참아야만 했습니다. 남편과 만날 약속이 있으면 꼬박꼬박 내게 알렸습니다. 내가 고통에 지쳐 스스로 목숨을 끊기를 바랐겠죠. 저도 가끔은 자살하고 싶은 충동이 생겼지만, 아이들 때문에 그냥 참을 수밖에 없었습니다. 남편은 점점 마음이 나약해지고 있었습니다. 그녀는 남편에게 이혼을 요구했습니다. 남편도 결국은 교활하고 위험스럽기 짝이 없는 그녀의 꾐에 빠져…… 조금씩 이혼문제를 생각하게 되었습니다. 저는 모든 것을 알고 있었습니다. 날이 갈수록 남편은 저를 구박했습니다. 그 사람은 저와 헤어질 용기가 없었지만, 어쨌거나 저는 남편의 짐이었습니다. 그 모든 원망은 결국 제가 짊어져야 했습니다. 제가 겪은 마음의 고통은……. 아, 하느님!"

제르멘이 소리를 질렀다.

"그러면 이혼을 해주었어야지! 이혼하자고 한다고 남편을 칼로 찔러 죽여?"

테레즈는 머리를 가로저었다.

"그 사람이 이혼을 원했기 때문에 죽인 게 아니에요. 만약 그가 정말로 이혼을 원했다면 나를 버리고 떠났을 테죠. 그러면 내가 할 수 있는 일이 뭐가 있었겠어요? 하지만, 제르멘, 당신은 계획을 바꿨어요. 이혼만으로는 충분하지 않았겠죠. 당신들 남매가 그리도 원하던 것, 보다 소중하게 여기던 것은 그게 아니라 다른 것이었어요. 남편도 동의했지만……. 바보같이…… 어쩔 수 없이……."

제르멘이 내뱉듯이 물었다.

"도대체 무슨 말을 하려는 거야? 다른 것이라니 다른 게 뭐야?"

"나의 죽음."

제르멘 아스텡이 소리를 질렀다.

"거짓말하지 마!"

테레즈는 목소리를 높이지 않았다. 그녀에게는 싫은 내색도, 화를 낼 기색도 전혀 보이지 않았다.

"제르멘, 나의 죽음을 원했지. 당신이 최근에 보낸 편지를 읽어봤어. 자크의 수첩에 편지가 6통 들어 있었어. 어젯밤 읽어봤지. 편지 속에 직접적으로 나의 죽음에 대해 언급한 말은 없었어. 하지만, 글 전체의 내용을 보고, 충분히 속뜻을 알 수가 있었어. 그 편지들을 하나하나 읽으면서 정말 많이 떨었지. 자크가 이렇게 하겠구나 하는 생각에……. 하지만, 그의 등에 비수를 꽂을 생각은 한 번도 한 적이 없어요. 나 같은 여자는, 제르멘, 살인을 저지를 사람이 못 돼요. 만약 내가 이성을 잃었다면, 결국 그것은 당신 책임이에요."

그녀는 레닌을 바라보았다. 마치 모든 사실을 다 털어놓아도 괜찮겠냐고 묻는 것 같았다.

그가 말했다.

"걱정하지 말아요. 제가 모두 책임지겠습니다."

그녀는 손으로 머리를 짚었다. 새삼 떠오른 끔찍한 장면에 괴로워하는 것 같았다. 제르멘 아스텡은 꼼짝하지 않고 팔짱을 낀 채 불안한 표정으로 서 있었다. 오르탕스는 테레즈의 고백과 불가사의한 비밀에 대한 설명을 마음 조이며 기다렸다.

"일단 수첩을 원래 있던 서랍 속에 넣어두었어요. 그리고 오늘 아침에도 남편에게는 아무 말도 하지 않았죠. 내가 알고 있는 것을 말하고 싶지가 않았어요. 너무 끔찍한 일이니까……. 어쨌든 빨리 결정을 내려야 했어요. 당신들이 몰래 도착하는 날짜가 바로 오늘이었으니까……. 처음에는 기차를 타고 도망갈까도 생각해봤죠. 내가 칼을 집어넣은 것은 자기방어를 위한 기계적 반사행동이었을 뿐이에요. 하지만, 자크와 함께 해변으로 내려갔을 때는 모든 것을 단념한 상태였어요. 나는 이미 죽음을 각오하고 있었어요. '그래. 죽자. 그래서 이 모든 악몽을 끝내자!' 이런 생각이었어요. 아이들을 위해서, 내 죽음이 남편하고는 상관없는 사고인 것처럼 보이기를 바랬죠. 당신들이 원한 것도 바로 그것이었고……. 절벽 꼭대기에서 떨어져 죽는다면 정말 자연스러울 것 같았어요. 그리고 자크는 나와 헤어져 방갈로로 갔습니다. 나중에 트로아 마틸드에서 당신들을 만날 예정이었으니까요. 그런데 도중에, 테라스 아래에서 열쇠를 잃어버렸죠. 내가 내려가 같이 열쇠를 찾기 시작했어요. 그때, 우연히…… 다 당신 때문에…… 제르멘 당신 때문에…… 그 수첩이 자크의 주머니에서 떨어졌어요. 그때 사진도 한 장 같이 떨어졌는데, 그 사진은 올해 내가 아이들과 함께 찍은 사진이란 걸 금방 알 수 있었어요. 사진을 주웠어요. 그런데 그 사진에는……. 제르멘, 당신이 더 잘 알 거예요, 내 얼굴이 없고 대신 제르멘의 얼굴이 들어 있었어요! ……제르멘, 저 여자가 내 얼굴을 빼고 자기 얼굴을 집어넣은 것이었어요! 팔로는 큰애를 감싸 안고 무릎에는 작은애를 앉힌 여자……. 저 여자의 사진이었어요. 남편의 아내, 아이들의 미래의 엄마, 그 사람은 바로 제르멘, 저 여자였어요! 저 여자! 저는 정신이 없었어요. 그래서 칼을 빼들었죠. 자크의 등에 칼을……."

그녀가 털어놓은 얘기는 모두 사실이었다. 그녀의 말을 듣던 사람들은 모두 가슴이 찡했다. 오르탕스와 레닌은 이보다 더 비극적인 일은 없으리란 생각이 들었다.

그녀는 완전히 맥이 빠져 몸이 의자에 푹 파묻혔다. 그 상태에서도 그녀는 계속 말을 했다. 하지만, 무슨 얘기인지 알아들을 수가 없었다. 그녀에게 몸을 가까이 숙여서야 간신히 들을 수 있었다.

"곧 난리가 일어나서 난 체포될 거란 생각을 했죠. 하지만, 그렇지가 않았어요. 누구도 아무것도 보지 못했으니까요. 더군다나, 자크는 멀쩡히 몸을 세웠어요. 쓰러지지 않았죠. 쓰러지지 않았어요! 내 칼을 맞고서도 쓰러지지 않고 일어나 있었습니다! 저는 테라스로 돌아왔어요. 그리고 그곳에서 보니까, 상처를 숨기려고 그랬는지 자크가 코트를 어깨 너머로 걸치고 꼿꼿한 자세로 가고 있었어요. 아니, 나만 알 수 있을 정도로 조금 비틀거리는 것 같았어요. 그는 카드놀이를 하고 있던 친구들에게도 아무 말 하지 않고 그냥 방갈로로 들어갔습니다. 잠시 뒤, 저는 안으로 들어갔습니다. 저는 이 모든 일이 그저 악몽일 뿐이라고 스스로에게 다짐하고 있었습니다. 자크는 죽지 않았다. 아니, 조금 부상을 당한 것뿐이다. 곧 다시 밖으로 나올 것이다. 저는 그렇게 믿었습니다. 그에게 도움이 필요하다고 생각했다면, 달려갔을 겁니다. 하지만, 전 정말 몰랐습니다. 미처 생각을 못했죠. 사람들이 육감에 대해 말하지만, 그런 것은 없는 것 같아요. 악몽을 꾼 뒤에 곧 그 기억을 잊어버리는 사람처럼, 저는 그저 마음이 아주 편했어요. 정말, 아무것도 몰랐습니다. 그 순간까지는……."

그녀는 슬픔에 목이 메어 말을 잇지 못했다.

레닌이 그녀를 위해 말을 끊었다.

"사람들이 와서 말하기 바로 전까지 말이지요?"

테레즈는 더듬거렸다.

"네. 내가 저지른 일이 무엇인지 깨달은 것은 바로 그때였습니다. 내가 미쳤구나 하는 생각이 들었습니다. 그이를 죽인 사람이 나란 걸 알리고, 칼도 내놓았어야 하는데……. 살인범이 나란 걸 밝히려고 했죠. 그때 불쌍하게 죽은 자크의 시신이 보였습니다. 사람들이 옮기고 있던 중이었습니다. 아주 부드럽고 평온한 모습이었습니다. 그의 시신 앞에서, 그가 그랬던 것처럼 저도 저의 의무가 무엇인지를 깨달았습니다. 그는 아이들의 장래를 위해서 침묵을 지켰던 겁니다. 저도 침묵을 지켜야만 했습니다. '우리 모두가 죄인이다. 자크는 그 희생양일 뿐이다. 이 일로 애들이 다쳐서는 안 된다. 그러기 위해 최선을 다하자.' 자크는 죽음의 고통 속에서 분명히 이런 생각을 했을 겁니다. 그는 사람들에게 이 말을 하기 위하여 침묵을 지키고 죽을 수 있는 놀라운 용기를 보여주었습니다. 이렇게 함으로써 그는 자신의 모든 잘못을 씻을 수 있었습니다. 그는 나를 원망하지 않고 관용을 베풀어 준 사람입니다. 그는 나에게 평온을 지키라고……, 스스로를 방어하라고 명령을 했던 겁니다. 특히 제르멘 당신으로부터 나 스스로를 지키라고 말입니다."

그녀는 이 마지막 말에 힘을 더욱 주었다. 무의식적이었지만, 자기 남편을 살해했다는 충격에 완전히 넋이 나갔던 그녀는 자신이 저지른 짓이 무엇인지 파악할 수 있는 힘과 스스로 강력하게 방어할 수 있는 능력을 이미 회복한 상태였다. 미움 때문에 남편과 아내를 죽음과 살인범죄로 몰아넣었던 여자에 맞서 그녀는 주먹을 쥐고, 단호하게 싸울 수 있는 준비가 되어 있었다.

제르멘은 물러서려 하지 않았다. 그녀는 테레즈의 고백이 하나하나 정확하게 이어지는 동안, 표독한 얼굴로 한마디 대꾸도 하지 않은 채 듣고만 있었다. 그녀에게는 스스로를 누그러뜨릴 수 있는 감정이 없는 것처럼 보였다. 바늘로 찔러도 피 한 방울

나오지 않을 것 같았다. 테레즈가 말을 마칠 무렵에야, 그녀의 얇은 입술에 희미한 미소가 흘렀다. 그녀는 먹이를 낚아챌 궁리를 하고 있었다.

그녀는 천천히 얼굴을 들고 거울을 바라보았다. 모자를 고쳐 쓰고, 얼굴의 화장도 고쳤다. 그러고는 천천히 문으로 걸어갔다.

테레즈는 급히 그녀에게 몸을 돌렸다.

"어딜 가는 거예요?"

"가고 싶은 곳으로……."

"치안판사를 만나려고요?"

"정확히 맞췄어."

"가면 안 돼요."

"그럼, 여기서 기다리지, 뭐."

"치안판사에게 하고 싶은 얘기가 뭔데요?"

"왜? 지금 한 말, 그대로 전하지, 뭐. 그 얘기를 얼마나 궁금해하겠어? 이미 나에게 전부 설명했잖아."

테레즈가 그녀의 어깨를 잡았다.

"좋아요. 하지만, 그렇게 하면, 나도 제르멘 당신에 대한 것들을 모두 밝힐 거예요. 만약 내가 파멸하게 되면, 당신도 똑같이 파멸당하게 될걸요."

"그게 그렇게 마음대로 될까?"

"당신의 정체를 폭로할 거예요. 당신이 쓴 편지들을 모두 보여주면 되니까."

"무슨 편지를?"

"나의 죽음에 대해 결정을 내렸다고 한 편지 말이에요."

"거짓말도 잘해, 테레즈! 그런 음모는 당신의 상상 속에나 존재하는 거야! 나나 자크나 당신의 죽음을 바란 적이 없어."

"아무튼 그런 말을 썼잖아요. 당신이 보낸 편지가 충분한 증거가 될 거예요."

"말도 안 되는 소리, 집어치워! 그건 친구끼리 주고받은 편지야."

"부정한 연놈들끼리 주고받은 편지겠죠."

"그럼, 그 편지를 보여줘 봐."

"자크의 수첩 속에 있어요."

"그럴 리가 있나?"

"뭐라고요?"

"그 편지들은 내 것이야. 그래서 돌려받았어. 아니, 오빠가 돌려받았지."

테레즈가 머리를 가로저으며 소리쳤다.

"이런 나쁜! 어느새 훔쳐갔군! 얼른 내놔!"

"나에게는 없어. 오빠가 가지고 떠났거든."

테레즈가 비틀거렸다. 모든 것을 포기한 것 같았다. 그녀가 레닌에게 구원의 손길을 내밀었다.

레닌이 말했다.

"저 여자 말이 맞아요. 저 여자 오빠란 사람이 당신 가방을 뒤질 때 다 봤어요. 그 사람이 수첩을 꺼내 저 여자와 살펴보더니, 다시 가져다 놓고 나갔습니다. 편지만 빼서 갖고 나간 것 같습니다."

레닌이 잠시 간격을 두고 말을 덧붙였다.

"아마 적어도 5통은 되는 것 같던데."

두 여자가 레닌 곁으로 가까이 다가왔다.

'도대체 이 사람이 무슨 뚱딴지같은 말을 하는 거야? 만약 프레데릭이 5통의 편지만 가져갔다면, 나머지 한 통은 어찌된 일일까?'

레닌이 말했다.

"수첩이 돌 위에 떨어졌을 때 여섯 번째의 편지도 사진과 함께 떨어졌습니다. 그런데, 자크 뎅브르발 씨가 그 편지를 집었지요. 틀림없을 겁니다. 왜냐하면, 그 편지가 침대 옆에 걸려 있던 죽은 사람의 옷주머니에서 발견되었으니까요. 그 편지는 여기 있습니다. 제르멘 아스텡이란 사인만으로도, 서명한 사람의 살인 의도와 계획을 충분히 입증할 수 있을 겁니다."

제르멘의 얼굴이 잿빛으로 변했다. 자기변명 따위는 생각할 겨를이 없었다.

레닌이 그녀에게 말을 계속했다.

"내가 보기엔, 이 사건의 책임은 모두 당신에게 있습니다. 수중에 돈은 없고 달리 돈을 구할 데도 없으니까, 별의별 방법을 다 써서 자크 뎅브르발 씨에게 같이 살자고 살살 꼬드기고 그 재산에까지 손을 대려고 한 사람이 누굽니까? 바로 당신 아닙니까? 그 사람의 재산을 탐하지 않았습니까? 당신의 그 모든 이해 타산적인 행동에 대한 증거는 내가 가지고 있습니다. 당신이 이런 식으로 나오면 내가 먼저 경찰에게 그 모든 증거를 넘길 겁니다. 내가 자크의 호주머니를 뒤진 뒤 얼마 지나지 않아. 당신이 그 호주머니를 다시 뒤지더군요. 당신이 그렇게 열심히 찾던 여섯 번째 편지는 이미 내가 빼낸 뒤였지요. 그 편지 대신 당신 오빠 앞으로 발행된 10만 프랑짜리 수표를……. 그냥, 쌈짓돈이랄까 결혼선물이랄까…… 수표를 넣어뒀거든요. 그러니까, 당신의 오라버니란 사람은, 당신이 시키는 대로 르 아브르에 있는 은행으로 달려갔고요. 은행은 4시면 문을 닫으니까……. 하지만, 그 수표를 현금으로 바꾸지는 못했을 겁니다. 내가 은행 지점장에게 자크 씨가 살해당했으니까 그의 모든 은행거래를 중지시켜달라고 했거든요. 내 말뜻은, 당신이 자꾸 이런 식으로 나온다면, 나도 경찰에게 모든 것을 불어버리겠다는 겁니다. 하나만 더 분명히 얘기하겠습니다. 지난주에 당신이 당신의 오빠와 암호 같은 자바네 은어를 사용하여 전화통화한 내용도 다 그대로 말해버릴 겁니다. 하지만, 내가 이런 식으로 극단적인 방법을 쓰기를 원하는 것은 아니겠죠? 서로를 너무 잘 알고 있으니까……. 그렇지 않습니까?"

제르멘은 상대가 만만하고 싸울 만하다 싶으면, 머리를 곤추세우고 덤벼드는 성격이었다. 그러나 일단 안 되겠다 싶으면, 그래도 일말의 희망이 남아 있을 때, 기꺼이 패배를 인정할 것은 인정하는 사람이었다. 만약 그녀가 조금이라도 딴 생각을 하는 기색이 있으면, 그가 즉시 그 생각을 뿌리째 뽑아버릴 것이란 걸 그녀는 잘 알고 있었다. 이미 그녀는 그의 손아귀에 잡힌 부나방과 다름없었다. 그녀는 항복할 수밖에 없었다.

그녀는 빠져나갈 구멍이 없었다. 그렇다고, 협박을 하거나, 히스테리를 부리며 울고불고할 처지도 아니었다. 결국 고개를 떨구었다.

그녀가 말했다.

"알았어요. 시키는 대로 하지요. 어떻게 하면 될까요?"

"여기서 얼른 꺼져요. 그것뿐."

"그래도 누가 물어보면, 어떻게 하죠?"

"당신에게 물어볼 사람이 어디 있어요?"

"그래도……."

"그러면, 아는 게 없다고 대답해요."

그녀가 발걸음을 옮겼다. 문 앞에서 쭈뼛쭈뼛하던 그녀가 입술을 깨물며 물었다.

"수표는요?"

레닌이 자크 부인을 쳐다보았다.

자크 부인이 소리를 버럭 질렀다.

"가져요. 나는 그 따위 돈에 관심 없어요."

레닌은 경찰이 묻는 질문에 대해 어떻게 대답해야 할지 행동은 어떻게 해야 할지에 대해 자세히 가르쳐주었다. 그 뒤, 그는 오르탕스와 함께 방갈로를 떠났다.

방갈로 아래의 해변에서는, 치안판사와 검사가 머리를 맞대고, 목격자를 심문하면서 조사를 하고 있었다.

오르탕스가 말했다.

"생각해 보니까, 자크 뎅브르발 씨의 수첩과 칼은 당신이 갖고 있는 것 같은데요."

그가 웃으며 말했다.

"그래서, 겁이 나요? 날 웃기려고 그러는 거죠?"

"두렵지 않으세요?"

"뭐가요?"

"사람들이 의심하지 않겠어요?"

"의심은 무슨 의심을 해요! 그러면 본 대로 다 얘기해주면 돼요. 아는 것도 없으면서 괜히 이러쿵저러쿵 하면 사람들만 혼란스럽게 만들잖아요. 하루나 이틀만 지나면 다 잘 해결이 될 거예요. 도대체, 어떻게 된 일인지는 잘 모르겠지만, 하여튼 좋게 해결이 되었습니다."

"하지만, 처음부터 어떤 일이 일어날지 알고 있었잖아요. 어떻게 알았어요?"

"방법은 간단해요. 보통 사람들처럼 아무 문제가 없는 곳에서 문제를 찾으려 하지 않고, 꼭 문제가 있을 것 같은 곳에서 문제를 찾으려고 하면 되죠. 그러면 해답이 자연히 나와요. 어떤 남자가 방에 들어가 문을 잠근다. 그런데 30분쯤 뒤에 그 사람이 방 안에서 죽은 채 발견된다. 방 안에 들어간 사람은 없다. 자, 그러면 도대체 무슨 일이 일어났을까요? 해답은 하나밖에 없어요. 더 이상 생각할 게 뭐가 있어요? 그 사람은 방 안에서 피살된 게 아니었습니다. 그 사람은 방 안에 들어가기 전에 이미 치

명적인 상처를 입고 있었다는 얘기가 되겠지요. 그때, 퍼뜩 떠오른 게 있었지요. 테레즈 뎅브르발은 오늘 저녁에 죽게끔 되어 있다. 그렇다면, 남편이 허리를 굽히고 열쇠를 찾고 있을 때 그녀가 먼저 사건을 저질렀겠구나. 엉겁결에 칼로 등을 찔렀겠구나. 그 정도는 뻔한 얘기 아닙니까? 문제는, 그렇다면 그녀가 그렇게 할 수밖에 없던 이유가 무엇이었을까 하는 거였습니다. 솔직히 말해, 그 두 사람을 만났을 때부터 난 여자 편이었습니다. 그게 전부입니다."

날이 저물기 시작했다. 파랗던 하늘이 점점 어둡게 변했다. 그리고 바다는 아까보다 더 포근한 모습으로 변하고 있었다.

잠시 뒤, 레닌이 물었다.

"무슨 생각을 해요?"

그녀가 말했다.

"만약 내가 이번 사건의 희생양이었다면, 어떤 경우에도, 누가 뭐라고 해도 당신을 믿었을 거예요. 내가 살아있는 한, 난 당신을 믿고 싶어요. 우리 사이에 어떤 장애물이 있더라도, 당신이 날 구해줄 거라 믿고 싶어요. 당신이 원해서 안 되는 일은 없을 거예요."

그가 아주 다정하게 말했다.

"오르탕스, 당신만 즐거우셨다면 됐습니다. 뭘 더 바라겠습니까?"

영화 같은 사건

　　　레닌이 말했다.
"저기, 저 저택의 집사 배역을 맡은 남자를 자세히 봐요"
오르탕스가 물었다.
"왜요? 특별한 거라도 있나요?"
　레닌은 오르탕스와 함께 아침부터 시내의 극장에서 영화를 관람하고 있었다. 〈행복한 공주〉라는 제목의 영화였다. 이 영화에는, 사이가 틀어져 지난 몇 년 동안 서로 연락을 끊고 지내던, 그녀의 배다른 여동생 로즈 앙드레가 주연으로 출연하고 있었다. 그녀의 환한 웃음과 부드러운 연기가 영화를 빛내고 있었다. 연극무대에서 별로 인기를 끌지 못했던 로즈 앙드레는 이 영화로 일약 스타 자리에 오른 여배우였다. 영화 속의 무대는 밤이었다. 줄거리가 빤한 평범한 영화에서 그녀의 미모는 한껏 그 주가를 발휘하고 있었다.

레닌은 대답이 없었다. 한참 뒤에야 다시 입을 열었다.

"영화가 재미없으면, 조연배우들의 연기만 눈여겨봐도 괜찮아요. 한 장면을 찍기 위해서 똑같은 연기를 수십 번 반복 연습해야 하는데, 그러다 보면 실제 촬영에 들어가서는, 조연배우는 맡은 역할보다는 딴 데 신경을 쓰는 경우가 많거든요. 그래서 조연배우의 연기 속에 보이는 본능적인 속내를 살펴보는 것도 재미있어요. 이 영화에 나오는 집사가 바로 그런 경우지요!"

영화 장면이 바뀌었다. 테이블은 화려하게 장식이 되어 있다. '행복한 공주'는 청혼을 하기 위해 몰려든 사람들에 둘러싸여 있었다. 하인 여섯 명이 집사의 지시에 따라 분주히 방 안을 오고가고 있었다. 집사는 덩치만 컸지, 둔하고 천박한 인상이었다. 더군다나 이마에 일직선으로 뻗어 있는 눈썹은 볼썽사납기 그지없었다.

오르탕스가 말했다.

"야만인같이 생겼지만, 그게 뭐가 어때요?"

"저 사람 표정을 잘 봐요. 여주인공을 필요 이상으로 자주 쳐다보고 있잖아요."

오르탕스가 말했다.

"저는, 잘 모르겠는데요. 아직까지는……."

레닌이 단호한 어조로 말했다.

"왜요? 바라보는 눈빛이 이상하잖아요. 로즈 앙드레에 대한 그의 개인적인 감정은 실제로 지금 보고 있는 것 이상인 게 분명합니다. 배우가 영화와 현실을 착각하는 법은 없죠. 하지만, 저 사람은, 자기가 나오지 않거나, 다른 연기자들이 보지 않을 때에는, 분명 자기의 속마음을 숨기지 못하고 있어요. 저것 좀 봐요!"

그는 가만히 서 있었다. 저녁식사가 끝나갈 무렵이었다. '행복한 공주'는 샴페인을 마시고 있었다. 이때, 두툼한 눈꺼풀 속에 숨은 그의 두 눈이 반짝 빛났다. 그녀를 바라보는 눈길에는 애정이 섞여 있었다.

오르탕스와 레닌은 그의 이상야릇한 표정에 다시 한 번 놀랐다. 그의 얼굴에는 오르탕스가 부정했던, 사랑의 감정이 그대로 드러나 있었다.

그녀가 말했다.

"저 사람 표정이 원래 그런가 보죠."

영화의 1부가 끝나고, 2부가 시작되었다. '1년이 지났다. 행복한 공주는 노르망디의 예쁜 오두막에서 가난한 음악가인 남편과 행복하게 살고 있었다.'는 자막이 보였다.

스크린 속의 공주는 정말 행복해 보였다. 결혼 전과 다름없이 아직도 매력적인 그녀에게는 청혼을 하러 오는 사람들이 들끓었다. 농부든, 귀족이든, 부자든, 가난한 사람이든, 모두 그녀의 아름다움에 넋을 잃고 있었다. 그러나 그녀가 산책을 나갈 때면 만나는, 외로운 털북숭이 나무꾼은 달랐다.

이 괴상한 나무꾼이 스크린에 나타났다. 그는 손에 도끼를 든 채, 그녀의 오두막을 배회하고 있었다. 관객들은 '행복한 공주'에게 불행이 닥칠 것 같은 불안감에 손에 땀이 배었다.

레닌이 조그만 목소리로 말했다.

"저걸 봐요! 저 나무꾼이 누구인지 알겠어요?"

"아니요."

"저 나무꾼이 바로 집사예요. 한 사람이 두 가지 배역을 동시에 맡은 거예요."

사실 집사와 나무꾼은 캐릭터가 전혀 달랐다. 그러나 무거운 발걸음이며, 도끼를 멘 딱 벌어진 어깨에는 집사의 자세와 태도가 그대로 배어 있었다. 집사의 냉혹한 표정과 일자 눈썹은 텁수룩한 수염과 길고 짙은 머리카락에 가려 거의 보이지 않았지만, 그래도 얼굴에는 깔끔하게 면도를 했던 흔적이 그대로 남아 있었다.

다시 장면이 바뀌었다. 짚으로 엮어 만든 오두막 뒤에 있던 공주가 밖으로 모습을 드러내었다. 나무꾼은 숲에 숨어 그녀를 몰래 바라보았다. 동시에, 커다란 눈망울을 끔벅이는 무시무시한 모습과 커다란 엄지손가락이 화면 전체에 클로즈업되었다.

오르탕스가 말했다.

"어머, 무서워요. 저 사람, 정말 무섭게 생겼어요."

레닌이 말했다.

"연기를 잘하는 사람이에요. 1부와 2부의 제작에는 2, 3개월 정도의 시차가 있었을 겁니다. 그의 연기력이 이렇게 발전한 것은 그녀를 향한 열정 때문이었을 겁니다. 영화 속의 '행복한 공주'가 아니라, 바로 로즈 앙드레란 여배우 말입니다."

나무꾼은 몸을 납작 엎드리고 있었다. '행복한 공주'는 아무것도 모르는 채, 가벼이 발걸음을 옮기고 있었다. 이상한 소리가 들리자, 그녀는 주위를 두리번거렸다. 미소 띤 얼굴 그대로였다. 그러나 신경이 쓰이는지 다소 불안한 모습이었다. 그녀의 표정이 점점 굳어졌다. 그가 나뭇가지를 제치고, 숲속에서 걸어 나오고 있었다.

공주는 나무꾼과 마주보고 서 있었다. 그가 팔을 벌려 안으려는 순간, 그녀는 소리를 질러 구원을 요청하려고 했다. 그러나 그녀는 이미 그에게 붙잡혀 아무런 저항을 할 수 없는 상태였다. 나무꾼은 그녀를 어깨 위에 걸치고 냅다 도망치기 시작했다.

레닌이 물었다.

"내용이 괜찮아요? 만약 '행복한 공주'가 로즈 앙드레가 아니었다면, 나무꾼 역을 맡았던 배우가 정말 저렇게 혼신의 힘으로 연기를 했을까요?"

나무꾼은 이미 숲을 지나, 울창하게 자란 나무들로 가려진 커다란 바위 앞에 도착해 있었다. 그는 공주를 내려놓고, 동굴 입구의 바위를 치웠다. 경사진 바위틈으로 해가 들자 동굴 안이 환하게 보였다. 실의에 빠진 남편의 얼굴과, 공주가 납치당한 길에 떨어져 있는 나뭇가지 조각이 연속적으로 화면을 메우고 있었다.

영화는, 공주가 나무꾼과 끝까지 싸우다 지쳐 바닥에 쓰러지고, 이때 갑자기 나타난 남편이 납치범을 향해 총을 쏘는 장면으로 끝이 났다.

그들이 극장에서 나온 시각은 오후 4시였다. 밖에는 그의 차가 기다리고 있었다. 그는 운전기사에게 따라오라는 손짓을 하고, 말없이 가로수 길을 걷기 시작했다. '평화의 길'에 도착하자, 레닌이 오르탕스에게 물었다.
"동생을 좋아해요?'
"그럼요. 얼마나 좋아하는데……."
"한동안, 서로 연락도 하지 않았잖아요."
"내가 결혼생활을 하는 동안이었죠. 동생은 애교가 많아 주변에 남자가 많아요. 난, 좀 샘이 났거든요. 그냥 특별한 이유는 없었어요. 그런데, 왜 갑자기 그걸 물어요?"
"나도 잘 모르겠어요. 방금 본 영화가 자꾸 마음에 걸려서……. 그 남자의 표정이 이상했거든요!"
그녀는 레닌의 팔을 꼭 잡으며 확실하게 물었다.
"그래서, 결론이 뭐예요? 무슨 생각을 하는 거예요?"
"내 생각? 아무래도, 당신 동생에게 위험이 닥치리란 생각을 지울 수가 없군요."
"너무 심한 것 같아요."
"하지만, 단순히 추측만 했던 것이 현실로 나타날 때도 있거든요. 나는 그 장면이 아무래도 마음에 걸려요. 나무꾼이 '행복한 공주'를 납치하던 장면의 내용이 정말로 그 배우에 의해 현실로 나타날 거란 예감이 들거든요. 분명 그런 일이 일어났는데도, 아직 아무도 모르고 있을 수도 있어요. 로즈 앙드레 말고는 알 수가 없겠죠. 그 남자가 얼핏 그런 욕심을 내비치는 것을 분명 영화 속에서 보았습니다. 의심할 여지가 없어요. 증거를 대라고 하면, 수십 개라도 댈 수 있어요. 그 나무꾼이 당신 동생을 꽉 움켜쥐었던 장면은 자기 사람이 될 수 없는 여자를 진짜로 죽이려고 하는 사람의 모습과 똑같았어요."

오르탕스가 말했다.

"그래요. 좋아요, 그렇다고 쳐요. 하지만, 지난 몇 달 동안 실제로 그런 사건이 일어났나요?"

"분명…… 무슨 일이 있었을 텐데……. 한 번 알아봐야겠어요."

"어디서부터 시작하려고요?"

"그 영화를 제작한 세기영화사부터 알아보죠. 세기영화사가 이 근처에 있으니까……, 차에 타서 잠깐 기다릴래요?"

그는 운전기사 클레망을 손짓으로 부르고 떠났다.

오르탕스는 아직도 의심쩍었다. 나무꾼의 욕심과 난폭함을 부인하는 것은 아니지만, 그의 열성은 모두 훌륭한 배우가 되기 위한 노력에서 나온 것처럼 보였다. 그녀는 그가 예측하고 있는 비극이 어떤 것인지 알 수 없었다. 그가 너무 많은 생각을 하다 보니, 잘못 생각하고 있는 게 아닌가 하는 생각도 들었다.

그가 돌아오자, 그녀는 진지한 표정으로 물어보았다.

"그래, 어떻게 됐어요? 이상한 점이 있던가요? 무슨 일이라도 있던가요?"

레닌이 불안한 표정으로 대답했다.

"이상한 점이 한두 가지가 아닌데요."

그녀가 다시 물었다.

"뭐예요?"

그가 얼른 대답했다.

"달브레크란 배우 있지요? 1부에서는 집사 역할을 맡았고, 2부에서는 나무꾼 역할을 맡았던 사람 말이에요. 그 사람 인기가 대단해서, 최근에 파리 근처에서 촬영중인 영화에 출연하고 있었는데, 금요일 아침, 그러니까 9월 18일 아침에 세기영화사 차고를 뜯고 들어가 고급 차 한 대와 2만 5,000프랑을 훔쳐 달아났답니다. 수배되었던 차는 일요일에 드뤼 근처에서 발견되었답니다."

그의 말을 듣고 있던 오르탕스는 얼굴이 창백하게 변했다.

"결국...... 결과가?"

"그래서, 당신의 동생인 로즈 앙드레에 대해 알아봤습니다. 그녀는 올 여름에 여행을 했는데, 외르 강변에 있는 〈행복한 공주〉의 실제 무대인 오두막에서 2주일 동안 머물렀다고 합니다. 미국에서 출연 제의가 오자, 그녀는 곧바로 파리로 돌아와, 생라자르 역에서 짐을 부치고 9월 18일 금요일에 떠났답니다. 르아브르에서 1박을 하고 토요일에 배로 떠날 예정이었답니다."

오르탕스가 중얼거렸다.

"18일 금요일이라면...... 나무꾼이 일을 저지른 날인데......"

레닌이 말했다.

"알아봐야겠어요."

레닌이 운전기사에게 지시했다.

"클레망, 대서양 선사로 가세."

오르탕스는 이번에는 레닌과 같이 급히 가서 상황을 알아보았다.

조사는 신속하게 진행이 되었다.

로즈 앙드레는 라 프로방스 여객선을 예약했지만, 그날 배에 승선을 하지 않았다. 예약한 바로 다음 날, 드뤼에서 르 아브르에 도착한 전보에는 이렇게 쓰여 있었다.

급한 일로 예약을 취소합니다. 수화물은 그곳에 그대로 보관해주시길 바랍니다.

오르탕스가 비틀거렸다. 두 사건 사이에 어떤 연관성이 있는 것 같았다. 레닌의 지레짐작이 맞아 들어가고 있었다.

차에 오른 그녀는 절망감을 느끼고 있었다. 아무래도 경찰에 알려야 할 것 같았다. 그들을 태운 차는 파리 중심부를 지나고 있었다.

잠시 뒤, 그녀는 홀로 강변을 거닐며 이런저런 생각에 잠겼다.

레닌이 창을 열며 말했다.

"어서 타요."

그녀가 궁금한 표정으로 물었다.

"새로운 거라도 발견했나요?"

"아니오. 아무래도 모리소 형사에게 알려야겠어요. 뒤트뤼 경찰서 형사반장 말이에요. 그 친구한테 몇 가지 좀 알아봐야겠어요."

"그래요?"

"지금 카페에 있다고 하니까, 그리로 가보죠."

그들은 서둘러 모리소 형사가 있는 카페로 갔다. 그는 한쪽 구석에서 신문을 읽고 있었다. 그는 그들을 금방 알아보았다. 레닌은 그와 악수를 나눈 뒤, 곧바로 본론으로 들어갔다.

"이상한 사건이 생겼습니다. 좀 도와주셔야 하겠습니다. 바쁘신 일이 있는 건 아니죠?"

"무슨 일인데요?"

"달브레크에게 문제가 생겼습니다."

모리소 형사가 놀란 표정을 지었다. 잠시 멈칫하더니, 신중한 태도로 대답을 했다.

"신문에 난 걸 보니까…… 자동차 한 대가 도난당했다는 기사하고…… 2만 5,000프랑 강탈사건이 있던데. 지금까지 조사한 바에 따르면, 달브레크는 작년에 세상을 발칵 뒤집어 놓았던 보석상 부르게 살인사건의 용의자로 추정되고 있습니다. 이 사실은 내일 신문에 보도가 될 겁니다."

레닌이 단정적으로 말했다.

"지금 제가 말하고자 하는 사건은 어젯밤에 일어난 게 아닙니다."

"무슨 얘깁니까?"

"달브레크는 9월 19일 토요일에 일어난 납치사건과 관련이 있습니다."

"아니, 레닌 씨도 알고 계셨습니까?"

"그렇습니다."

모리소 형사가 결심이 섰는지 사실을 털어놓기 시작했다.

"그럼, 납치사건에 대해 사실대로 말씀드리지요. 9월 19일 토요일 대낮에, 그것도 대로 한복판에서, 쇼핑을 하던 부인이 세 명의 괴한에게 납치당한 사건이 있었습니다. 범인들은 그 여성을 차에 태우고 도망을 쳤습니다. 신문에서도 이 사건을 보도하기는 했지만, 피해여성과 범인들의 이름을 밝힐 수 없었습니다. 그들의 신원을 파악하지 못했기 때문입니다. 바로 어제서야 저희도 르 아브르에서 용의자 중 한 사람의 신원을 알아내는 데 성공했습니다. 2만 5,000프랑의 도난사건, 자동차 도난사건, 젊은 여성의 납치사건, 이 세 사건의 범인은 달브레크 한 사람인 것 같습니다. 납치당한 여성에 관해서는 아무리 수사를 해도 어떠한 단서도 찾을 수가 없었습니다."

오르탕스는 형사가 말을 하는 동안 끼어들지 않고 가만히 있었다. 그가 말을 끝내자 그녀는 한숨을 쉬며 말했다.

"이런 끔찍한 일이…… 나쁜 놈! 희망이 없어요."

레닌이 모리소에게 그녀에 대해 자세히 설명을 했다.

"피해자는 오르탕스의 여동생 로즈 앙드레 양입니다. 〈행복한 공주〉의 주연 여배우 말입니다."

레닌은 그 영화를 보면서 느낀 이상한 점과 자신이 개인적으로 조사한 것들에 대해 그에게 간단하게 설명을 해주었다.

조그만 테이블 주변에는 긴 침묵이 계속되었다. 모리소 형사반장은 다시 한 번 레닌의 재치에 탄복하지 않을 수 없었다. 오르탕스는 레닌이 이 사건의 진상을 당장이라도 밝혀낼 수 있을 것 같았다. 그녀는 애원하는 표정으로 그를 바라보았다.

그가 모리소에게 물었다.

"차에 있던 사람이 분명 세 명이었나요?"

"네, 그렇습니다."

"드뤼에서도 세 명이었나요?"

"아니오. 드뤼에서는 두 명의 흔적만 발견했어요."

"그럼 달브레크에 관한 단서라도?"

"아니오. 그에 관한 단서는 발견하지 못했습니다."

레닌은 잠시 동안 다시 곰곰이 생각하더니, 테이블 위에 커다란 지도를 펼쳐 보였다.

다시 서로 말이 없었다. 이윽고 레닌이 형사에게 말했다.

"부하들은 르 아브르에 있습니까?"

"네."

"오늘 저녁에 호출할 수 있을까요?"

"가능합니다."

"두 사람 더 지원을 받을 수 있겠습니까?"

"네, 가능합니다."

"그럼 내일 12시에 뵙죠."

"어디서요?"

"이리로 오십시오."

레닌은 '떡갈나무 통'이라고 적힌 지점을 손가락으로 눌렀다. 외르 지방의 브로통 숲 한가운데 지점이었다.

그가 다시 한 번 강조했다.

"바로 이곳입니다. 달브레크는 납치사건이 발생한 날 저녁에 이곳에 은신처를 마련했을 겁니다. 반장님, 내일 그곳에서 뵙겠습니다. 늦으시면, 안 됩니다. 다섯 명이 힘을 합쳐도 그런 사람을 잡기는 쉽지 않을 겁니다."

모리소 반장은 꼼짝을 하지 않았다. 악마 같은 납치범의 존재에 놀란 것 같았다.

그가 자리에서 일어서며 군대식으로 인사를 했다.

"자, 그럼 저는 이만 가보겠습니다."

다음 날 8시, 오르탕스와 레닌은 클레망이 운전하는 커다란 리무진을 타고 파리를 떠났다. 도로는 한적했다. 오르탕스는 레닌을 굳게 믿고 있었지만, 지난밤 잠자리가 편치 않았다. 사건의 매듭을 풀기 위해 골몰하느라 머릿속이 복잡했기 때문이다.

차를 타고 가는 동안, 그녀는 레닌에게 다시 물어보았다.

"내 동생이 그 숲으로 납치되었다는 증거가 있나요?"

레닌은 다시 지도를 무릎 위에 펼쳐놓고 각 지점을 짚어가며 설명을 해주었다.

"르 아브르에서부터 아니, 기유뵈프에서부터가 좋겠군요. 세느 강을 건너려면 반드시 이 지점을 지나야 합니다. 이제 자동차가 발견된 드뤼 지점까지 선을 쭉 그어봅시다. 그러면 브로톤 숲의 서쪽 기슭이 나옵니다. 세기영화사에 알아보니까, 〈행복한 공주〉의 촬영장소가 바로 이 브로톤 숲이라고 하더군요. 그럼 이제, '토요일에 로즈 앙드레를 납치한 달브레크가 바로 이곳을 지나가다가 그 근처에 그녀를 숨겨둔 채, 다른 두 명의 용의자는 드뤼로 보내고 자신은 파리로 돌아오지 않았을까?' 하는 의문이 자연스레 나올 겁니다. 영화에 나오는 동굴이 바로 그 근처에 있으니까요. 그렇다면, 달브레크는 그곳으로 가지 않았을까요? 몇 달 전에 사랑하는 여인을 안고 뛰어갔던 동굴 말입니다. 그는 영화 속의 장면을 마치 자신의 진짜 운명인 것처럼 생각하고 똑같은 일을 저지른 겁니다. 로즈 앙드레는 그곳에 잡혀 있을 겁니다. 하지만, 이번 일은 실제입니다. 로즈 앙드레를 구출할 수 있는 희망도 없고요. '떡갈나무 통'이란 지역은 면적이 크고 인적도 뜸한 곳입니다. 납치된 날 밤이든, 아니면 그 다음 날 밤이든, 그녀는 모든 것을 포기할 수밖에 없었을 겁니다."

오르탕스는 몸이 부들부들 떨렸다.

"아니면, 죽었겠지요. 아! 우리가 너무 늦은 것 같아요."

"왜요?"

"생각해보세요! 3주나 됐는데…… 그가 그렇게 오랫동안 가만뒀을까요?"

"물론 아니죠. 그 근처에는 큰길이 있으니까 숨어 지내기에는 안전한 곳이 못 됩니다. 하지만 그곳에 가보면 분명 단서를 발견할 수 있을 겁니다."

그들은 12시가 조금 안 된 시각에 점심식사를 한 뒤 다시 차를 몰았다. 드디어 브로통 숲이 보였다. 사방이 커다란 나무숲으로 빽빽이 우거져 있었다. 숲 안으로 들어가자, 로마시대와 중세의 유물이 여기저기 눈에 띄었다. 레닌은 지리를 잘 알고 있었다. 그는 떡갈나무가 우거진, 통 모양의 숲 방향으로 차를 돌렸다. 커다란 고목에서 뻗어 나온 가지들로 앞뒤를 분간하기가 어려웠다. 그는 '떡갈나무 통' 바로 앞의 모퉁이에 차를 세우고 그곳으로 걸어갔다. 형사반장 모리소가 건장한 부하 네 명을 데리고 기다리고 있었다.

레닌이 말했다.

"이리 오세요. 이 근처 덤불 사이에 동굴이 있을 겁니다."

동굴을 찾는 일은 어렵지 않았다. 덤불 사이로 난 작은 오솔길에는 커다란 바위들이 비죽비죽 튀어나와 있었다. 그 바위들 틈 사이로 동굴의 입구가 보였다.

레닌이 안으로 들어가 벽 위의 그림과 글씨까지 동굴 구석구석을 조사했다.

레닌이 오르탕스와 모리소에게 말했다.

"안에는 아무것도 없어요. 하지만, 필요한 증거는 찾은 셈입니다. 영화를 보면, 로즈 앙드레가 숲으로 난 길에 나뭇가지를 꺾어 흔적을 남겨놓는 장면이 나옵니다. 그런데, 이 동굴 입구 오른쪽을 보세요. 이 나뭇가지들은 최근에 꺾어놓은 것들입니다. 이 나뭇가지들로 미루어볼 때, 달브레크가 로즈 앙드레를 이곳으로 데려온 게 틀림없습니다. 영화에 나오는 그대로 한 셈이지요. 로즈 앙드레도 마찬가지고요."

오르탕스가 말했다.

"레닌 씨 말이 맞는다고 쳐요. 하지만, 벌써 3주가 지났습니다. 그 이후에는……."

"그 이후로는 여기에서 더 멀리 떨어진 동굴에 혼자 갇혀 있을 겁니다."

"아니에요. 이미 죽여서 나뭇잎 더미 속에 파묻어 버렸을지도 몰라요."

레닌이 그녀 앞으로 성큼 다가서며 말했다.

"그럴 리가요? 달브레크는 살인을 저지를 위인이 못 돼요. 그냥 기다리고 있을 겁니다. 그녀가 두려움과 배고픔에 지칠 때까지……."

"그럼 어떻게 해야 하죠?"

"찾아봅시다."

"무슨 수로 찾아요?"

"이 사건을 해결하려면 〈행복한 공주〉에서 실마리를 찾으면 됩니다. 처음으로 거슬러 올라가 차근차근 생각해보면 됩니다. 영화 속에서, 나무꾼은 공주를 배에 태워 강을 건너 이리로 데려왔습니다. 세느 강까지는 1킬로미터 정도밖에 되지 않으니까, 그리로 가봅시다."

레닌이 다시 출발했다. 먹이 냄새를 맡자마자 눈을 부릅뜨고 달려드는 사냥개처럼 그의 태도에는 망설임이라고는 없었다. 다른 사람들은 멀리 떨어져서 차로 그의 뒤를 따랐다. 강가에는 여러 채의 집이 보였다. 레닌은 곧바로 보트 주인의 집을 찾아갔다.

두 사람 사이의 대화는 일사천리로 진행이 되었다.

보트 주인이 말했다.

"3주 전 월요일 아침에 보트 한 척이 없어진 일이 있었습니다. 잃어버린 보트는 나중에 여기에서 2킬로미터 정도 떨어진 진흙 위에서 발견되었습니다."

레닌이 물었다.

"이번 여름에 영화를 촬영했던 초가집에서 멀리 떨어진 곳이었나요?"

"아닙니다. 그곳에서 아주 가까운 곳이었습니다."

"영화 속에서 납치된 여주인공이 내린 곳이 바로 그곳입니까?"

"네. 〈행복한 공주〉의 주연 여배우 로즈 앙드레의 클로 졸리 초가집이 바로 그곳에 있습니다."

"지금 그 집에 가볼 수 있을까요?"

"안 될 겁니다. 한 달 전부터 문이 닫혀 있어요."

"집 지키는 사람은 없습니까?"

"없습니다."

레닌이 돌아서서 오르탕스에게 말했다.

"틀림없어요. 당신의 여동생은 그곳에 갇혀 있을 겁니다."

추적이 다시 시작되었다. 그들은 세느 강의 예선도(曳船道)를 따라 내려갔다. 소리를 내지 않기 위해 길옆에 난 풀 위로 걸어갔다. 예선도 끝에 큰길이 보였다. 큰길을 지나자, 덤불이 나왔다. 다시 덤불을 지나 언덕 위에 오르자 초가집의 모습이 보였다. 초가집에는 울타리가 쳐져 있었다. 오르탕스와 레닌은 그것이 〈행복한 공주〉의 클로 졸리 초가집이란 사실을 곧 알아차렸다. 이중으로 된 초가집의 창문은 닫혀 있었다. 오솔길에는 잡초가 무성하게 나 있었다.

그들은 숲속에 몸을 숨긴 채 웅크리고 있었다. 한 시간가량이 지나자 모리소 반장이 더는 참을 수 없다는 표정을 지었다. 오르탕스도 자신감을 잃고 있었다. 아무래도 동생은 이 집에 갇혀 있지 않은 것 같았다.

그러나 레닌은 고집을 부렸다.

"동생은 여기에 있습니다. 틀림없어요. 여기 외에는 달브레크가 그녀를 가둬둘 데가 없어요. 그래도 그녀가 잘 아는 곳이 편안할 거라 생각했을 겁니다."

그리고 또 한참이 지났다. 드디어, 바로 그들 맞은편의 초가집 앞에서 사람 발자국 소리가 들렸다. 약하면서도 느린 걸음걸이였다. 거리가 너무 멀어 사람의 얼굴이 제대로 보이지 않았다. 발자국 소리가 점점 무거워지고 있었다. 어렴풋하게나마 사람의 모습이 보였다. 레닌과 오르탕스가 영화에서 본 바로 그 사람의 모습이었다.

마치 영화의 한 장면처럼 달브레크가 모습을 드러냈다. 레닌이 그의 심리상태를 파악하여 영화 속의 내용을 하나씩 되짚어

가며 추적한 결과, 스물네 시간 만에 얻어낸 개가였다.

달브레크는 영화 속의 나무꾼처럼 허름하고 너덜너덜한 옷을 입고 있었다. 등에는 술병과 빵이 불룩 튀어나온 배낭을 지고 있었고, 어깨에는 도끼를 메고 있었다.

울타리는 잠겨져 있지 않았다. 문을 열고 뜰을 지나 맞은편의 나무 사이로 들어간 뒤 그의 모습은 더 이상 보이지 않았다.

모리소 반장이 달브레크를 덮치려고 하자 레닌이 팔을 잡고 말렸다.

오르탕스가 물었다.

"왜 그래요? 얼른 쳐들어가야 되잖아요!"

"집 안에 공범이라도 있으면 어떡할래요? 공범이 동생을 지키고 있으면 어떻게 하려고 그래요?"

"할 수 없잖아요. 내 동생을 구하는 게 먼저예요."

"그러다가 잘못하면 동생이 다쳐요. 달브레크가 도끼라도 휘두르면 어떻게 합니까?"

그들은 잠자코 있었다. 다시 한 시간이 흘렀다. 마냥 기다리자니 속이 상하기도 했다. 오르탕스가 가끔 훌쩍였지만, 레닌은 모르는 척했다. 누구도 감히 그의 말을 거역할 수 없었다.

날이 저물고 있었다. 사과나무 위로 황혼의 그림자가 어슴푸레하게 깔리기 시작했다. 갑자기 바깥 쪽문이 열리더니 시끄러운 소리가 들렸다. 그 순간, 남녀가 뒤엉킨 채 뛰는 모습이 보였다. 남자가 여자를 한 팔로 안은 채 뛰고 있었다. 남자의 발과 여자의 몸밖에 보이지 않았다.

오르탕스가 더듬거렸다.

"달브레크예요! ······로즈 앙드레도 있어요! ······아! 레닌, 제발 좀 구해줘요."

달브레크가 미친 듯이 웃고 소리 지르며 나무 사이로 뛰어가기 시작했다. 그녀의 몸무게는 아랑곳하지 않는 것 같았다. 살기 등등하게 날뛰는 짐승 같았다. 그가 한 손으로 도끼를 휘두르자 불꽃이 튀었다. 로즈 앙드레는 공포에 빠져 소리를 질렀다. 그가 과일나무가 있는 뜰을 지나 울타리를 뛰어 넘어갔다. 갑자기 우물 앞에 멈춰선 그가 몸을 굽히고 팔을 뻗었다. 로즈 앙드레를 그 안에 빠트리려고 하는 것 같았다.

끔찍한 일이 벌어질 것 같았다. 실제 그런 끔찍한 일이 벌어지지 않아도 지금 그의 행동만으로도 여자들은 틀림없이 공포에 휩싸일 만한 상황이었다. 그러나 그는 갑자기 몸을 돌려 다시 현관문으로 달려가더니 안으로 들어가 버렸다. 곧이어 빗장을 거는 소리가 들리고 다시 문이 열리지는 않았다.

도저히 말로는 설명할 수 없는 일이 벌어지고 있었다. 그러나 레닌은 꿈쩍도 하지 않은 채, 두 팔로 형사들을 가로막았다.

오르탕스가 그의 옷을 잡고 매달렸다.

"내 동생을 구해주세요. 그놈은 미친놈이에요. 이러다간 내 동생은 죽어요. 제발······."

바로 그 순간, 달브레크가 초가집 지붕 양쪽 사이의 박공에 다시 나타났다. 로즈 앙드레를 새로운 방법으로 위협하려는 것 같았다. 그는 로즈 앙드레를 공중에 매달아놓고 흔들기 시작했다. 그녀는 마치 공중에 매달린, 사로잡힌 먹이 같은 신세였다.

'정말로 작정하고 저러는 게 아닐까? 그저 협박만 하는 게 아닌 것 같아. 저런다고 로즈 앙드레가 말을 들을까?'

이제는 레닌도 더 이상 가만히 있을 수 없었다. 그녀가 레닌의 손을 꼭 잡았다. 얼음장 같았다. 그녀는 절망에 떨고 있었다.

"아! 제발…… 도와줘요. 어떻게 좀 해봐요."

레닌도 어쩔 수가 없었다.

"그래요. 가봅시다. 하지만, 너무 서두르면 안 돼요. 생각을 해야 합니다."

"생각을 하다니요! 그럼 로즈 앙드레…… 내 동생은 죽어요! 도끼를 봤잖아요? 저 미친놈이 내 동생을 죽인단 말이에요."

"진정해요. 내가 다 책임질게요."

오르탕스는 걸을 힘조차 없었다. 결국 그녀는 레닌의 부축을 받아 언덕에서 내려왔다. 레닌은 나뭇잎에 가려 잘 보이지 않는 장소에 자리를 잡고, 오르탕스가 울타리를 넘어가도록 도와주었다. 사방이 어두웠으므로 그들은 들키지 않고 안으로 들어갈 수 있었다.

그는 소리를 내지 않고 뜰을 지나, 달브레크가 사라졌던 집 뒤쪽으로 갔다. 부엌문처럼 생긴 조그만 문이 보였다.

레닌이 형사들에게 말했다.

"문을 어깨로 밀고 일시에 들이닥쳐야 합니다."

모리소 반장이 투덜거렸다.

"이제야 때가 되었군요."

"아직 안 됩니다. 저 쪽에서 무슨 일이 일어나고 있는지 알아야 합니다. 제가 신호를 하면, 이 판자들을 낮게 힘껏 던지고 동시에 총을 쏠 준비를 하세요. 그 전엔 절대 안 됩니다. 그러면 우리가 위험해집니다. 그가 덤벼들면 곤란합니다. 난폭한 놈이니까요. 다리에 총을 쏘아야 합니다. 꼭 생포해야 합니다. 저놈은 혼자지만, 여러분은 다섯입니다."

레닌이 오르탕스에게 몇 마디 위로의 말을 건넸다.

"금방 끝날 거예요! 얼마 안 걸릴 테니까, 저를 믿으세요."

그녀가 한숨을 쉬었다.

"이해가 안 가요. 정말 이해가 안 가요."

레닌이 말했다.

"그건 저도 마찬가지예요. 아직 이해할 수 없는 게 몇 가지 있어요. 하지만 어느 정도는 짐작이 가기 때문에 더 걱정이 되는 겁니다."

"내 동생이 죽었다는 얘기인가요?"

"아니요. 법대로 처리할까봐 그러는 겁니다. 그래서 제가 먼저 들어가려는 겁니다."

그들이 집을 에워쌌다. 나뭇가지가 부딪치는 소리가 들렸다. 레닌은 창문 앞에 서서 기다렸다. 그는 주변을 살펴본 뒤, 닫힌 창문을 가리고 있는 나뭇잎을 살며시 걷어보았다. 창문 틈새로 빛이 새어나오고 있었다. 불빛이 있는 것으로 보아 누군가가 안에 있는 것이 틀림없었다.

그는 칼끝을 살며시 안으로 집어넣어 걸쇠를 들어올렸다. 창문이 빠끔히 열렸다. 축 처진 커튼이 제법 무거웠다. 그러나 위에 틈새가 보였다.

오르탕스가 가만히 물었다.

"창틀 위로 올라갈 건가요?"

"네. 유리를 조금 잘라내야 할 겁니다. 급한 상황이 생기면, 범인에게 총이라도 쏠 테니까 당신은 다른 쪽에 있는 사람들이 덮칠 수 있도록 호루라기로 신호를 보내세요. 자, 호루라기는 여기 있습니다."

그가 조심조심 창틀 위로 올라갔다. 커튼이 약간 벌어진 곳에 이르자 그는 몸을 일으켰다. 한 손으로는 조끼 속에 있는 권총을 잡고, 다른 손으로는 유리칼을 잡고 있었다.

오르탕스가 떨리는 목소리로 물었다.

"내 동생이 보여요?"

레닌이 창문에 이마를 댄 채, 곧바로 숨가쁘게 말했다.

"아니! 이럴 수가!"

오르탕스가 말했다.

"그럼, 쏘세요! 얼른 쏴요!"

"안 돼요."

"그럼, 호루라기를 불어야 하나요?"

"아니에요! 그게 아니라……."

그녀는 온몸이 벌벌 떨려 창가에 무릎을 기댔다. 레닌이 그녀를 끌어올렸다. 그는 그녀에게 안을 들여다보라고 일러주었다.

유리창에 얼굴을 대고 안을 들여다보던 그녀가 몹시 놀란 표정을 지었다.

"아니 이럴 수가……."

"어떠세요? 의심쩍은 게 있기는 했지만, 저도 이 정도이리라고는 생각을 못했는데……."

방 안에는 갓이 없는 전깃불이 두 개, 촛불이 스무 개 정도 있었는데 화려하기 이를 데 없었다. 더군다나 소파와 페르시아 카펫까지 갖추어져 있었다. 로즈 앙드레는 〈행복한 공주〉란 영화에서 입고 나왔던, 어깨가 다 드러나 보이는 반짝이 드레스 차림에 각종 보석과 진주로 머리를 장식한 채, 소파에 비스듬히 누워 있었다.

달브레크는 사냥복 차림으로 발 밑에 있는 쿠션에 무릎을 꿇고 로즈 앙드레를 넋을 잃고 바라보고 있었다. 그녀는 행복한 모습으로 미소를 지으며 그의 머리를 어루만지고 있었다. 그녀가 이마에 두 번, 그리고 입술에 한 번 길게 키스를 하자, 그는 가슴이 터질 듯한 행복에 겨워 눈동자가 풀렸다.

열정적인 장면이었다. 그윽한 눈길, 아름다운 입술, 떨리는 손……. 젊은이들의 아름다운 욕망이었다. 누구도 어찌할 수 없는 사랑으로 서로 열렬히 사랑하고 있는 것이 분명했다. 이 고요하고 외떨어진 초가삼간에서 두 사람이 서로 입을 맞추며 다정하게 지내는 모습은 이 세상의 어떤 것과도 바꿀 수 없는 행복 그 자체였다.

오르탕스는 예상치 못했던 상황에 눈을 뗄 수 없었다.

'정말 이 두 남녀가 조금 전 죽일 듯이 싸우던 그 사람들일

까? 저 애가 정말 내 동생일까?'

그녀는 도저히 이해할 수가 없었다. 그녀는 다른 여자를 보고 있는 것 같았다. 로즈 앙드레는 오르탕스가 가슴 졸이며 열심히 찾아 헤매던 동생이 아니었다. 그녀는 한 남자에게 푹 빠져 완전히 새로 태어난 여자였다.

그녀는 기가 막혔다.

'세상에 저렇게 좋을까? 어쩜 저럴 수가 있을까?'

레닌이 입을 열었다.

"동생에게 달브레크의 정체를 알려주어야 합니다. 그리고 같이 상의해야 합니다."

"내 동생이 스캔들에 휘말리는 것만은 막아야 해요. 어서 이곳에서 구출해야 해요. 사람들에게 알려지면 안 돼요."

오르탕스가 너무 흥분한 나머지 조급하게 행동한 것이 잘못이었다. 그녀가 유리창에 살짝 부딪힌 것이나 주먹으로 나무를 친 것은 그 다음 문제였다.

안에 있던 두 사람이 겁을 먹고 일어서서 가만히 귀를 기울이고 있었다. 레닌이 자초지종을 설명하기 위해 유리창을 자르려 했다. 그러나 시간이 없었다. 로즈 앙드레는 자기가 좋아하는 사람이 경찰에 쫓기고 있다는 사실을 눈치채 버린 것이 틀림없었다. 위기였다. 그녀는 필사적으로 그를 문밖으로 밀어내었다.

달브레크는 어쩔 수가 없었다. 부엌문을 통하여 도망가게 하려는 그녀의 의도에 따를 수밖에 없었다. 결국 둘은 사라지고 보이지 않았다.

레닌은 앞으로 무슨 일이 일어날지 예감하고 있었다. 도망간 달브레크는 레닌이 준비한 함정에 빠질 것이 뻔했다. 아마도 싸워 이기느냐 죽느냐 하는 문제만 남아 있는 것 같았다.

달브레크는 무사히 집에서 뛰쳐나왔다. 그러나 아무것도 보이지 않았다. 길고 험난한 길이었다.

그러나 사건은 레닌이 생각했던 것보다는 훨씬 복잡하게 이어지고 있었다. 그가 반대편으로 나오자, 고통의 신음소리와 총성이 동시에 울렸다.

달브레크는 부엌 문턱의 희미한 등불 아래에서 신음을 하고 있었다. 세 명의 형사가 그를 둘러싸고 있었다. 그는 다리에 부상을 입은 상태였다.

방에 남아 있던 로즈 앙드레는 제대로 몸을 가눌 수가 없었다. 사색이 된 얼굴로 손을 허공에 저으며 계속 중얼거렸다. 무슨 말을 하는지 거의 알아들을 수가 없었다.

오르탕스가 그녀를 껴안고 귀에 대고 말했다.

"나야, 언니야. 너를 구하러 왔어. 알아듣겠니?"

로즈 앙드레는 전혀 알아듣지 못하는 것 같았다. 눈에는 공포의 빛이 역력하게 보였다. 그녀는 비틀거리며 형사들에게로 나갔다.

그녀가 말했다.

"이러면 안 돼요. 그 사람은 아무 죄가 없어요."

레닌은 벌떡 일어나 얼른 그녀를 껴안았다. 그는 로즈 앙드레와 오르탕스를 방 안으로 밀어넣고 문을 닫았다.

로즈 앙드레가 격렬하게 몸부림을 치며, 숨이 넘어가는 목소리로 그에게 대들었다.

"이런 법이 어디 있어요? 죄도 없는 사람을 왜 이런 식으로…… 잡아가려는 거예요? 부르게 보석상 살인사건요? 오늘 아침 신문에 난 걸 보았지만…… 저 사람은 범인이 아니에요. 그것은 내가 증명할 수 있어요."

레닌은 조심스럽게 그녀를 소파 위에 앉혔다.

"제발 진정하세요. 이러면 당신만 손해예요. 도대체 어떻게 하려고요? 달브레크는 자동차와 2만 5,000프랑을 훔친 범인이란 말입니다."

"내가 미국에 가자고 해서 생긴 일이에요. 하지만, 자동차는 다시 갖다놓았잖아요. 돈도 돌려줄 거예요. 한푼도 쓰지 않았어요. 안 돼요. 안 돼요. 이런 법은 없어요. 여기에 온 것은 내가 원한 거란 말이에요. 나는 그 사람이 좋아요. 사랑하고 있어요. 그 사람은 내 인생의 모두란 말이에요. 내가 사랑하는 사람…… 사랑하는 사람이란 말이에요."

마치 꿈속의 사랑 같았다. 그녀는 거의 꺼져가는 목소리로 사랑을 주장했다. 그러나 불행히도 그녀에게는 더 이상 버틸 힘이 없었다. 결국, 그녀는 울부짖다 지쳐 기절하고 말았다.

그로부터 한 시간이 지났다.

달브레크는 침대 위에 누워 있었다. 주먹을 불끈 쥔 채 매서운 눈으로 천장을 바라보고 있었다. 레닌의 자동차로 데리고 온 의사가 그의 다리에 붕대를 감고 하루 동안 절대안정을 취해야 한다는 말을 남기고 떠난 뒤였다.

모리소 반장과 부하들이 그를 감시하고 있었다.

레닌은 뒷짐을 지고 방 안을 서성거리고 있었다. 아까보다 훨씬 밝은 표정이었다. 가끔 오르탕스와 그녀의 동생에게 미소를 지어 보이기도 했다. 뭔가 좋은 일이 있는 것 같았다.

그가 자꾸 히죽히죽 웃어대자 오르탕스는 애원 반 진담 반으로 그에게 물었다.

"무슨 일인데 그래요?"

그가 손을 비비며 말했다.

"그냥 재미가 있어서 그래요."

오르탕스가 힐난하듯 물었다.

"뭐가 그렇게 재미가 있느냐고요?"

"돌아가는 상황이 재미있잖아요. 자유부인 로즈 앙드레의 완전한 사랑. 양처럼 순한 숲속 남자와의 사랑, 깔끔하게 차려입은 집사와의 사랑. 아, 그리고 아름다운 그녀의 입맞춤. 우리가 그녀를 찾아 동굴 속을 헤매고 있는 동안 이루어진 사랑. 아! 납치를 당했다는 사실에 괴로워하던 바로 그날 밤, 반쯤 죽은 상태로 동굴 속에 갇혔으리라고 믿었던 여자, 그 여자는 살아 있었어요! 그녀는 달브레크와 함께 부와 자유의 도시 LA로 탈출하고 싶어했던 겁니다. 그러나 시간이 없었죠. 그래서 이런 일을 벌이기 시작한 겁니다. 영화 같은 사건이었죠. 무엇을 원하세요? '행복한 공주'가 자살이라도 했으면 더 좋았을까요?"

갑자기 레닌이 주제를 다른 곳으로 돌렸다.

"우리가 본 영화의 줄거리는 이런 것이 아니었어요. 그래서 결국 엉뚱한 방향으로 나가게 된 겁니다. 처음부터 〈행복한 공주〉의 스토리를 따라간 게 잘못이었다는 얘기죠."

레닌이 다시 손을 비벼댔다. 그러나 오르탕스가 그의 말에 시큰둥한 반응을 보이자, 더 이상 말을 하지 않았다. 로즈 앙드레가 정신을 찾았다.

오르탕스는 그녀를 팔로 감싸며 달랬다.

"로즈…… 로즈……, 언니야. 이제 겁내지 않아도 돼."

로즈 앙드레는 차츰 정신이 맑아졌다. 그러나 언니의 말도 믿을 수 없다는 듯 다시 두려운 표정을 지었다. 그녀는 경직된 표정으로 입을 꼭 다문 채 가만히 소파에 앉아 있었다.

어떠한 말을 해도 로즈 앙드레의 결심은 결코 변하지 않을 것 같았다. 레닌은 이 괴로운 광경을 더 이상 지켜볼 필요가 없다는 생각이 들었다.

그가 로즈 앙드레에게 다가가서 상냥하게 말했다.

"이제 알겠습니다. 어떤 일이 있어도 사랑하는 사람을 보호하고 그 결백을 증명하고 싶은 게 당신의 뜻일 겁니다. 하지만, 그렇다고 서두를 필요는 없습니다. 몇 시간 동안만이라도 그 사람에 대한 생각은 잊어버리세요. 그리고 사람들에게는 당신이 피해자라고 믿게끔 하세요. 내일 아침에도 당신의 마음이 바뀌지 않으면, 제가 발 벗고 도와드리겠습니다. 우선, 지금 당장은 언니와 함께 방에 가서, 이 사건이 세상 사람들에게 알려지지 않도록 관련된 모든 서류를 챙기세요. 꼭 저를 믿으셔야 합니다."

레닌이 그녀를 설득하는 데에는 꽤 오랜 시간이 걸렸다.

그날 밤은 모두 클로 졸리에서 지낼 수밖에 없었다. 먹을 것은 충분히 있었다. 모리소 반장이 부하에게 저녁을 준비시켰다. 그들은 그것으로 저녁을 해결했다.

오르탕스는 로즈 앙드레와 같이 잠이 들었다. 레닌과 모리소 그리고 형사 두 명은 거실의 소파 위에서 잠을 잤다. 다른 형사들은 부상을 당한 달브레크의 방에서 보초를 섰다.

밤이 무사히 지나고 아침이 되었다.

그 전날 클레망이 부른 근위병들이 시간에 맞춰 도착했다. 달브레크는 지방 형무소 의무실로 이송하기로 결정이 되어 있었다. 레닌은 클레망에게 집 앞에 차를 대라고 지시했다.

사람들이 북적거리는 소리가 들리자, 오르탕스와 로즈 앙드레 자매가 아래로 내려왔다. 로즈 앙드레는 모든 사람의 행동이 영 마땅치 않은 표정이었다. 오르탕스는 동생이 안쓰러웠다. 그러나 레닌은 평상시나 다름없는 모습이었다.

모든 것이 준비되었다. 이제 달브레크와 그를 지키는 형사들을 깨우는 일만 남아 있었다.

모리소 반장이 직접 달브레크 방으로 올라갔다. 그러나 부하들은 자고 있었다. 침대는 텅 비어 있었다. 달브레크는 이미 도망가고 없었다.

그는 다리에 부상을 입은 몸으로 귀신같이 사라지고 없었다.

그러나 경찰과 근위병은 그가 곧 잡힐 거라는 생각에 그다지 걱정을 하지 않았다. 이상한 점은 그를 지키고 있던 형사들이 아무 소리도 듣지 못했다는 것이다.

달브레크는 과일나무가 무성한 뜰에 숨어 있는 것이 분명했다. 즉시 모든 사람이 수색에 나섰다. 그러자 로즈 앙드레가 다시 참지 못하고 모리소 반장에게 따질 기색을 보였다.

그녀를 지켜보던 레닌이 조그맣게 얘기했다.

"쉿! 조용히 하세요."

그녀가 중얼거렸다.

"발견하면…… 총으로 쏠 거예요."

레닌이 말했다.

"아무리 찾아도 없을 겁니다."

"당신이 그것을 어떻게 알아요?"

"달브레크는 내가 이미 어젯밤에 도피시켜 놓았습니다. 내가 커피에 수면제를 타는 바람에 방을 지키고 있던 형사들이 아무것도 몰랐던 겁니다."

그녀가 황당하다는 표정을 지으며 따졌다.

"다친 사람이 어떻게 도망을 가요? 지금 어디선가 죽어가고 있단 말이에요."

"아닙니다."

오르탕스는 도대체 그가 무슨 말을 하는지 이해할 수가 없다. 그러나 그를 믿었다.

그가 다시 작은 목소리로 말했다.

"그를 다시 만나면, 2개월 안에 이곳을 떠나 그와 함께 미국으로 떠나세요. 약속하실 수 있겠습니까?"

"네. 그럴게요."

"그리고 꼭 결혼을 해야 합니다."

"알았어요."

"그럼, 이리 오세요. 절대 말을 하면 안 돼요. 그냥 모르는 척하세요. 아차 하면 모든 일이 수포로 돌아갑니다."

그는 난감해하고 있는 모리소 반장을 불렀다.

"반장님, 두 사람을 파리로 데려가서 안정을 시켜야겠습니다. 좋은 수사결과가 나올 것이라 믿고 저희는 이만 떠나야겠습니다. 오늘 밤에 도착하는 대로 경찰서로 찾아뵙겠습니다."

그가 로즈 앙드레의 팔을 잡고 차로 안내했다. 차로 걸어가는 동안, 그녀는 비틀거리면서도 그의 팔을 꼭 붙들고 있었다.

차 안의 운전석에는 클레망 대신 달브레크가 앉아 있었다. 작은 챙이 달린 모자에 커다란 선글라스로 눈을 가리고 그럴듯하게 옷을 입은 그의 모습은 제법 멋이 있어 보였다.

그녀는 한눈에 운전기사가 누구인지를 알아보았다.

"아니, 세상에! 살았어요. 저 사람이 살아 있어요!"

레닌이 말했다.

"얼른 타세요!"

그녀가 달브레크 옆에 앉았다. 레닌과 오르탕스는 뒷좌석에 자리를 잡았다. 모리소 반장이 모자에 손을 얹고 자동차 주위를 두리번거리고 있었다.

차가 출발했다. 2킬로미터 정도를 가다가, 그들은 숲 한가운데에 차를 세웠다. 다리의 통증을 애써 참고 있던 달브레크가 그만 쓰러지고 말았기 때문이다. 레닌이 그를 뒤로 옮기고 대신 운전대를 잡았다.

그들은 루비에르 앞에서 다시 차를 멈췄다. 달브레크의 옷을 입고 천천히 걸어가고 있는 레닌의 운전기사 클레망이 보였다. 그들은 그를 태웠다. 레닌의 차는 다시 빠른 속력으로 질주하기 시작했다.

몇 시간 동안, 그들은 서로 아무 말도 하지 않았다. 오르탕스도 가만히 있었다. 지난밤에 일어났던 사건에 대해 질문할 생각조차 들지 않았다.

달브레크를 빼돌리기 위해 분명 무슨 수를 쓴 게 틀림없었다. 그러나 오르탕스는 생각하고 싶지도 않았다. 그녀는 동생만 떠오를 뿐이었다. 그녀의 사랑, 열정적인 노력에 그저 탄복만 하고 있었다.

차가 파리 시내로 접어들고 있었다.

레닌이 자초지종을 간단하게 설명했다.

"어젯밤 저 사람과 대화를 나누어 보았습니다. 그 결과, 보석상의 살인범이 아니라는 확신을 하게 되었습니다. 생김새와 달리, 아주 용감하고 솔직한 사람입니다. 로즈 앙드레를 위해 모든 것을 할 준비가 되어 있는, 친절하고 헌신적인 남자입니다."

그리고 레닌이 한마디 덧붙였다.

"저 사람 말이 맞습니다. 좋아하는 사람을 위해서라면 무슨 짓을 못하겠습니까? 로즈 앙드레를 위해서라면 어떤 희생이라도 치를 각오가 되어 있는 남자, 이 세상에서 가장 아름다운 것만을 선사할 수 있는 남자, 기쁨과 행복을 선사할 수 있는 남자, 그리고 여자가 지루해하면 기분도 풀어주고 즐겁게 해줄 수 있는 남자, 여자를 웃겼다 울렸다 할 수 있는 남자, 그 남자가 바로 달브레크입니다."

오르탕스가 몸을 움찔하는 것이 보였다. 그녀의 눈에는 눈물이 고여 있었다. 이렇게 감동적인 모험은 처음이었다. 아직 달브레크와 로즈 앙드레의 사랑은 위태로워 보였다. 그러나 온갖 걱정과 근심 속에서 하룻밤을 보내며 두 사람은 보다 많은 용기와 인내심을 배운 것 같았다.

로즈 앙드레는 이미 이 멋진 남자의 사랑의 포로였다. 그 앞에 다가서면, 그저 작아지기만 할 뿐 더 이상 아무것도 원하지 않는 여자였다. 모든 것을 그에게 맡기고 그가 이끄는 대로 살아가고 싶은 여자였다. 그녀에게 그는 경외의 대상이자 곧 한없는 매력의 대상이었다. 원수 같은 달브레크. 그래도 그는 매력과 호기심이 철철 넘쳐흐르는, 그녀의 가슴을 울렁거리게 하는 주인이자 친구였다.

장 루이 사건

강물에 투신자살하는 사건이야 흔히 있는 일이지만, 이번엔 워낙 순식간에 일어난 일이었다. 오르탕스와 레닌은 세느 강의 다리 위를 걷고 있었다. 이때, 한 여자가 다리 난간 위로 올라가 아래로 몸을 날렸다. 오르탕스는 너무 놀라 멍하니 서 있었다. 여기저기서 비명소리가 터졌다. 그녀는 얼른 레닌의 팔을 잡았다.

"뭐하시는 거예요? 당신도 뛰어내리는 건 아니겠죠! 그러지 말아요."

레닌은 그녀에게 코트를 맡기고 껑충 뛰어내렸다. 아무것도 보이지 않았다. 3분이 흘렀다. 그녀는 인파에 떠밀려, 강가에 있었다. 레닌이 물에 빠진 여자를 업고 계단 위로 올라오는 모습이 보였다. 그녀의 까만 머리카락은 물에 흠뻑 젖어 얼굴에 착 달라붙어 있었다. 죽었는지, 얼굴이 창백하게 보였다.

그가 말했다.

"아직 죽지 않았어요. 빨리, 의사를 불러요. 인공호흡을 하면 큰 위험은 없을 겁니다."

그는 물에 빠졌던 여자를 형사들에게 인계한 뒤, 몰려든 사람들과 그의 이름을 물어보는 기자들을 뚫고 나와 오르탕스와 함께 택시를 잡아탔다. 오르탕스는 화가 나 있었다.

그가 잠시 뒤 말을 꺼냈다.

"휴! 사람이 빠졌는데, 그럼 어떻게 합니까? 일단 구해내야 하지 않아요? 이런 일이 다시 일어난다면 나는 또다시 물속에 뛰어들 겁니다. 난 조상의 박애주의 사상을 물려받은 게 틀림없어요."

그가 옷을 갈아입기 위해 집 안으로 들어간 동안, 오르탕스는 차 안에서 기다리고 있었다.

그가 다시 나와 운전기사에게 말했다.

"틸시로 갑시다."

오르탕스가 물었다.

"어딜 가는 거예요?"

"그 젊은 여자에 대해 알아보려고요."

"주소가 있어요?"

"네. 팔찌에 써 있는 걸 봤어요. 이름은 제느비에브 에이마르라고 써 있던데요. 절대 목숨을 구해준 보상을 받으러 가는 건 아닙니다. 단순한 호기심 때문이죠. 어리석은 호기심이죠, 어쨌든. 저는 물에 빠진 수십 명의 젊은이를 구해낸 사람입니다. 강물에 투신하는 사람들의 자살동기는 항상 똑같아요. 사랑의 아픔, 매번 그 통속적인 사랑 때문입니다. 이제 당신도 그걸 알게 될 겁니다."

그들이 틸시에 도착했을 때, 그녀의 집에서 의사가 나오는 것이 보였다. 에이마르는 아버지와 단둘이 아파트에 살고 있었다. 그녀는 정신을 차렸다가 다시 잠이 들었다고 하녀가 전했다. 레닌은 그녀의 아버지에게 명함을 건네며 제느비에브 에이마르를 구한 사람이라고 자기소개를 했다. 그녀의 아버지가 눈물을 글썽이며 악수를 청했다.

그녀의 아버지는 나이가 들어 쇠약해 보였다. 레닌이 묻기도 전에, 그가 괴로운 표정으로 먼저 말을 꺼냈다.

"벌써 두 번째입니다! 참 딱해요. 지난주에는, 음독자살까지 기도했습니다! 제 피를 수혈해 주려고 해도, 더 이상 살기가 싫다는 말만 합니다. 또다시 자살을 기도할까봐 겁이 납니다. 어떻게 이럴 수가 있는지! 자살까지 다 생각하고, 불쌍한 녀석! 왜 이런 일이……."

레닌이 물었다.

"왜 그랬습니까? 실연이라도 당한 겁니까?"

"네, 맞습니다! 아이가 너무나 예민해서……."

레닌이 그의 말을 막았다. 이미 사태를 확실하게 파악한 레닌은 쓸데없이 시간을 낭비할 필요가 없었다.

레닌이 단도직입적으로 나갔다.

"차근차근 얘기해 보세요. 따님에게 약혼자가 있었나요?"

그녀의 아버지가 머뭇거리지 않고 대답했다.

"네."

"언제 약혼을 했는데요?"

"지난봄에 했습니다. 니스에서 부활절 휴가를 보내는 동안 장 루이 도르미발이란 젊은이를 알게 되었습니다. 파리로 돌아온 뒤 어느 날, 시골에서 지내던 그가 우리 집으로 찾아왔습니다. 그때부터 두 사람이 서로 좋아하게 되어 거의 매일 같이 지내다시피 했습니다. 저는 장 루이 보부아란 친구가 별로 마음에 들지 않았습니다."

"잠깐만요. 장 루이 도르미발에 대해 얘기하시더니, 갑자기 장 루이 보부아라고 하시는데, 그럼 성이 둘이라는 얘긴가요?"

"저도 잘 모르겠어요. 문제는 바로 그겁니다."

"처음에 자기 이름이 뭐라고 하던가요?"

"장 루이 도르미발이라고 했습니다."

"그럼 장 루이 보부아란 이름은 뭔가요?"

"그 사람을 잘 아는 사람이 제 딸에게는 장 루이 보부아라고 소개를 했으니 저희도 알 수가 없죠. 보부아이든 도르미발이든 그것이 중요한 것은 아닙니다. 제 딸이 그 사람을 아주 좋아했어요. 끔찍이 좋아했던 것 같았요. 이번 여름에는, 함께 바닷가에 가서 거의 같이 지냈습니다. 그런데 지난달에 장 루이가 부모님들과 결혼문제를 상의하러 가더니 돌아오지 않고 편지만 달랑 한 통 보내왔습니다. 결혼에 문제가 생겨, 어쩔 수 없이 포기한다는 내용이었습니다. 그 편지를 받고 나서 며칠 뒤에, 제 딸이 처음으로 자살을 시도했죠."

"왜 헤어지자고 한 겁니까? 다른 여자가 있었나요?"

"아니요, 그런 건 아닙니다. 제 딸의 말에 의하면, 장 루이에게는 남에게 털어놓을 수 없는 비밀이 있는 것 같다고 하더군요. 그 때문에 그 사람도 몹시 괴로워하고 있었다고 합니다. 그의 얼굴에는 언제나 제가 본 적이 없었던 고통의 그늘이 드리워져 있었으니까요. 헤어지자는 연락을 하면서 그 사람도 괴로웠을 겁니다."

"그 사람의 인상을 세세하게 살펴보셨나요? 성이 두 개인 이유는 물어보셨습니까?"

"네, 두 번 물어보았습니다. 처음에는, 이모의 성이 보부아이고, 어머니의 성이 도르미발이라고 대답했습니다."

"두 번째는요?"

"그 반대였습니다. 어머니가 보부아이고, 이모가 도르미발이라고 했습니다. 제가 그것을 지적하니까 얼굴만 붉혔습니다. 그래서 더 이상 물어보지 않았습니다."

"그의 집이 파리에서 먼가요?"

"브르타뉴 끝이니까…… 카르에 지역에서 8킬로미터 떨어진 엘스방 저택이 그의 집입니다."

레닌이 잠시 생각을 하더니, 이윽고 그녀의 아버지에게 단호한 얼굴로 말을 했다.

"제느비에브 양을 괴롭힐 생각은 없습니다만, 편지를 한 장 써달라고 해주십시오. 그러면 3일 이내에 장 루이가 다시 돌아오도록 하겠습니다."

에이마르가 당혹스런 표정으로 떠듬떠듬 물었다.

"저기…… 제 딸이 자살하는 것을 막을 수 있을까요? 그리고 행복을 되찾을 수 있을까요?"

그가 다시 부끄러워 기어들어 가는 목소리로 말했다.

"서둘러 주십시오. 아무래도 아이가 이미 모든 것을 체념한 것 같습니다. 이러다가 이상한 소문이나 나고, 정말 창피한 일이 벌어지는 게 아닌지 모르겠어요."

레닌이 말했다.

"그런 말은 하지 마세요."

그날 저녁 그와 오르탕스는 브르타뉴로 가는 기차에 올랐다.

그들은 다음 날 아침 10시에 카르에에 도착했다. 점심식사를 한 후 12시 30분에 그들은 차를 한 대 빌려, 엘스방으로 향했다. 커다란 저택의 대문 앞에 차를 세우고 내리면서 레닌이 웃으며 말했다.

"얼굴이 다소 창백해 보이네요."

그녀가 말했다.

"두 번이나 자살을 기도했다니 정말 놀라워요. 용기가 대단한 여자예요. 난 조금 두려워요."

"뭐가 두려워요?"

"당신이 실패할까 봐요. 걱정되지 않나요?"

"걱정은요? 아주 재미있는 일이 있을 것 같은데요."

"뭐가요?"

"저도 아직은 잘 모르겠어요. 이번 사건은 코믹한 면이 있는 것 같아요. 도르미발…… 보부아…… 뭔가 진부하고 퀴퀴한 냄새가 나지 않아요? 걱정하지 말아요. 알았죠?"

대문 양옆에 쪽문이 하나씩 있었다. 하나의 쪽문에는 마담 도르미발이란 팻말이 걸려 있었고, 다른 쪽문에는 마담 보부아란 팻말이 걸려 있었다. 쪽문들 뒤로는 오솔길이 나 있었다. 오솔길 양옆으로는 식나무와 회양목이 쭉 들어서 있었다.

그 끝에 오래된 저택이 보였다. 옆으로 길게 뻗은 건물이 한 폭의 그림 같았다. 그러나 양쪽 날개벽의 건축양식이 달라 다소 어색한 느낌을 주었다. 왼쪽에는 도르미발 부인이 살고, 오른쪽에는 보부아 부인이 살고 있었다.

날카로운 소리가 안에서 들렸다. 오르탕스와 레닌은 발걸음을 멈추고 가만히 들어보았다. 서로 다투는 것 같았다. 포도나무와 하얀 장미로 뒤덮인 앞뜰 바로 위의 1층 창문에서 나는 소리였다.

"더 이상 갈 수가 없겠어요. 아무래도 무리 같아요."

레닌이 말했다.

"그래도 여기에 온 목적은 달성해야지요. 이쪽으로 쭉 걸어가면, 싸우고 있는 사람들의 눈에 띄지 않을 겁니다."

그들이 현관문 옆의 창문 앞에 도착했을 때까지도 다투는 소리는 줄어들지 않았다. 식나무와 장미 사이로 늙은 여자 두 명이 언성을 높이며 주먹을 휘두르고 있는 것이 보였다.

두 여자는 식당의 앞쪽에서 싸움을 하고 있었다. 테이블에는 음식이 아직 그대로 있었다. 테이블 맞은편에는 장 루이로 보이는 젊은 남자가 앉아 있었다. 그는 여자들의 싸움에는 아랑곳하지 않고 신문을 보며 담배를 피우고 있었다.

두 여자 모두 마른 편이었다. 키가 큰 여자는 보라색 실크 드레스를 입고 있었다. 머리카락을 너무 노랗게 물을 들이는 바람에 얼굴이 더욱 깡말라 보였다. 키가 작은 여자는 화가 나서 얼굴이 시뻘겋게 달아오른 채 면 잠옷 차림으로 휘젓고 다니고 있었다. 그녀가 소리를 질렀다.

"건방진 년! 사악한 도둑년!"

"뭐, 도둑년?"

"오리들을 10프랑에 팔아 넘긴 게 도둑질이 아니고 뭐야?"

"입 닥쳐, 이 멍청이! 화장대 위에 있던 50프랑짜리 지폐를 훔쳐간 게 누군데 그래? 내가 왜 이런 인간과 같이 사나 몰라."

다른 여자가 불같이 화를 냈다.

"장, 지금 들었지? 저 고약한 도르미발이 욕하는 것을 가만히 지켜보고만 있을 거야?"

"고약한 것! 루이, 들었지? 보부아의 저 천박한 꼴을 잘 봤지? 제발 좀 조용히 있게 만들 수 없겠니?"

장 루이가 갑자기 주먹으로 테이블을 내려쳤다. 접시들이 이리저리 튀었다.

"이제 좀 그만하세요."

두 여자가 그를 향해 욕설을 퍼부었다.

"이런 바보 같은 놈! 위선자! 거짓말쟁이! 정말 나쁜 놈이구나! 망할 놈의 자식!"

그에게 욕설이 계속 쏟아졌다. 그는 테이블에 앉아 귀를 틀어막고 괴로운 표정을 지었다. 화가 치밀지만 끝까지 참으려고 노력하는 것 같았다.

레닌은 아주 조그만 목소리로 말했다.

"내가 뭐라고 그랬어요? 꼭 코미디 같은 사건이 있을 거라고 했지요? 자 안으로 들어가 봅시다."

"이 미친 사람들과 어쩌려고요?"

"상관없어요."

"하지만……."

"오르탕스, 우린 구경을 온 게 아니라, 문제를 풀려고 온 거예요. 가식이 없는 사람들이 더 편해요."

그는 결연한 태도로 문을 열고 들어갔다. 오르탕스도 그를 따라 들어갔다.

갑작스런 그들의 출현에 모두 놀란 표정을 지었다. 두 여자는 싸움을 멈췄지만, 아직도 얼굴을 붉힌 채 분을 삭이지 못하고 있었다. 장 루이가 매우 창백한 얼굴로 자리에서 일어났다.

분위기가 어색했지만, 레닌이 입을 열었다.

"저는 레닌 공작이라는 사람입니다. 이쪽은 오르탕스 다니엘이고요. 제느비에브 에이마르 양의 친구들입니다. 그녀의 문제로 잠시 들렀습니다. 편지를 가져왔습니다."

낯선 사람들이 불쑥 들이닥치는 바람에 놀랐던 장 루이는, 제느비에브란 이름을 듣자 다시 한 번 놀라는 표정을 지었다. 그는 레닌이 도대체 무슨 말을 하려는지 짐작할 수 없었다. 그러나 레닌의 정중한 태도에 차례로 여자들을 소개했다.

"이쪽은 제 어머니 마담 도르미발…… 저쪽은 제 어머니 마담 보부아……."

그러나 두 여자는 대답이 없었다. 레닌이 먼저 인사를 했다.

오르탕스는 두 사람 중 누구에게 먼저 손을 내밀어야 할지 난처했다. 레닌이 장 루이에게 편지를 건네자 도르미발과 보부아가 동시에 낚아채려고 일어서며 동시에 같은 말을 했다.

"에이마르! 뻔뻔스럽기는! 대단하군!"

장 루이는 침착하게 행동했다. 그는 먼저 도르미발을 왼쪽으로 데리고 나간 뒤, 다시 보부아를 오른쪽으로 데리고 나갔다. 돌아온 그는 두 손님이 건네준 편지 봉투를 뜯어보았다.

장 루이, 이 편지를 가져간 사람들의 말을 들어보세요. 나는 당신을 사랑하고 있답니다.

— 제느비에브

장 루이는 다소 시무룩한 표정이었다. 새까맣고, 깡마른 얼굴에는 제느비에브의 아버지가 말한 것처럼 우수가 짙게 깔려 있었다. 그의 초췌한 모습과 근심, 걱정이 어린 눈에는 정말 고통의 흔적이 역력하게 보였다.

그는 멍하니 주위를 바라보면서 제느비에브의 이름을 여러 번 반복해 불렀다. 어떻게 해야 할지를 고민하는 것 같았다.

그는 그들에게 설명을 해주어야 했다. 그러나 뭐라고 해야 할지 입이 열리지 않았다. 그들이 갑자기 나타나는 바람에 당황하고 있었다. 불의의 공격에 쩔쩔매는 사람 같았다.

레닌은 그가 곧 모든 것을 털어놓으리라는 것을 느낄 수 있었다. 그도 지난 몇 개월 동안 말은 하지 않았지만 몹시 고민을 한 듯했다. 변명도 할 수 없는 상태에서 괴로운 시간을 보냈던 것이다. 이미 자신의 치부가 드러났으므로 더 이상 침묵할 수는 없었다.

레닌이 먼저 입을 열었다.

"제느비에브는 벌써 두 번이나 자살을 기도했습니다. 정말 그녀가 자살하도록 내버려둘 작정입니까?"

장 루이가 의자에 털썩 주저앉으며 두 손으로 얼굴을 감쌌다.

"후우! 자살이라니……. 아니! 어떻게 그럴 수가!"

레닌이 그의 어깨를 두드리며 말했다.

"우리를 믿고, 용기를 내세요. 우리는 제느비에브의 친구들입니다. 두 분을 돕겠다고 약속을 했어요. 걱정하지 말고 자초지종을 말씀해주세요."

장 루이가 얼굴을 들며 말했다.

"더 이상 어쩔 수가 없군요. 지금 보신 게 바로 저의 참모습입니다. 모든 사실을 말씀드리겠습니다. 제 말을 제느비에브에게도 나중에 좀 전해주십시오. 지금부터 제가 하는 말을 들어보시면, 제가 왜 그녀 곁으로 다시 돌아가지 않았는지, 또 왜 돌아갈 수 없는지 이해할 겁니다."

장 루이는 오르탕스에게 의자를 내밀었다. 그는 레닌과 같이 앉았다. 더 이상 설득이 필요 없었다. 그는 홀가분하게 모든 것을 털어놓기 시작했다.

"제가 하는 말에 너무 놀라지 마세요. 제 얘기가 좀 경박하게 들릴지도 모르겠습니다. 사실, 코미디에나 나올 만한 얘기입니다. 정말 웃기는 얘기죠. 하지만 제 운명이 그런 것을 어떻게 하겠습니까? 미친 사람이나 술 취한 사람이 떠드는 얘기라고 생각할지도 모르겠습니다만, 사실은 사실이니까 있는 그대로 말씀드리겠습니다.

27년 전, 이 엘스방 저택은 본채가 하나뿐이었습니다. 어떤 늙은 의사의 소유였지요. 의사는 돈을 벌기 위해 가끔 손님들에게 저택을 빌려주곤 했습니다. 한 해의 여름에는 도르미발 부인에게 집을 빌려주고, 다음 해의 여름에는 보부아 부인에게 집을 빌려주고 하는 식이었습니다. 두 사람은 서로 모르는 사이였습니다. 한 사람은 브르타뉴 지방의 원양어선 선장의 부인이었고, 다른 한 사람은 방데 출신 상인의 부인이었습니다. 그런데 우연히 두 여자는 동시에 남편을 잃게 되었습니다. 그것도 둘 다 임신을 한 상태였습니다. 그들은 시내에서 떨어진 시골에서 살았으므로, 의사의 저택에서 아이를 분만하고 싶다는 편지를 썼습니다.

  늙은 의사가 허락하자, 그들은 가을에 그 저택으로 왔습니다. 거의 같은 날이었습니다. 지금 우리가 앉아 있는 방 바로 뒤에 작은 방이 두 개 있습니다. 그들은 바로 그 방들을 쓰게 되었습니다. 부시뇰이란 간호사도 한 명 고용하여 바로 이 방에서 지내게 하였습니다. 모든 준비는 순조롭게 진행이 되었습니다. 두 임산부는 출산준비물도 갖추며 잘 지냈습니다. 태어날 아이가 아들이라고 믿고 있었으므로, 한 사람은 아이의 이름을 '장'이라고 지었고 다른 한 사람은 '루이'라고 지었습니다.

  어느 날 저녁이었습니다. 의사는 외부에 볼일이 있어 하인과 함께 마차로 떠나고 없었습니다. 이튿날까지 돌아오지 못하는 상황이었습니다. 의사가 집을 비운 날, 공교롭게도 하녀 역시 남자친구를 만나러 외출을 하고 이 집에는 임산부 두 명과 간호사 한 명만이 남아 있었습니다. 이러한 여러 가지 우연 속에 마(魔)가 끼게 된 겁니다.

  자정이 되자, 도르미발 부인이 진통을 느끼기 시작했습니다. 부시뇰은 조산부 역할을 해본 경험이 있었으므로, 크게 당황하지 않았습니다. 그러나 한 시간 뒤에 보부아 부인도 진통을 하기 시작했습니다. 비극, 코미디 같은 비극이 잉태하는 순간이었습니다. 두 여자가 번갈아 가며 질러대는 신음과 비명소리 속에서 부시뇰은 이 방 저 방으로 정신없이 뛰어다녀야 했습니다. 도저히 안 되겠다는 생각을 한 그녀는 창문을 열고 의사를 소리쳐 불러보기도 하고 무릎을 꿇고 하느님에게 애원도 해보았습니다.

  보부아 부인이 먼저 아들을 낳았습니다. 부시뇰은 아이를 서둘러 이 방으로 안고 와서 깨끗이 씻긴 뒤, 미리 준비해두었던 요람 안쪽에 눕혀두었습니다.

  그러나 도르미발 부인은 계속 진통을 하고 있었습니다. 부시뇰은 그녀를 돌봐야 했습니다. 새로 태어난 아이가 계속 커다란 소리로 울어대자, 방에 있던 산모가 놀라 그만 기절을 하고 말았습니다.

  이러한 혼란 속에 어둠의 불행까지 찾아들었습니다. 램프에는 기름이 떨어지고, 촛불도 꺼졌습니다. 휘몰아치는 바람소리와 부엉이의 울음소리. 부시뇰은 공포에 휩싸여 제정신이 아니었습니다. 한참 시간이 흘러 5시가 되자, 도르미발 부인도 아이를 낳았습니다. 역시 아들이었습니다. 아이를 씻기고 침대에 눕힌 뒤 다시 보부아 부인을 돌보러 갔습니다. 보부아 부인이 정신이 들어 소리를 지르고 있었기 때문이었습니다. 이번에는 도르미발 부인이 정신을 잃었습니다.

  부시뇰은 두 산모를 진정시킨 뒤, 아이들 곁으로 돌아갔습니다. 피로에 지쳐 정신이 하나도 없었습니다. 그런데, 아이들에게 채워놓은 기저귀이며 신겨놓은 양말이 같은 모양이었습니다. 둘을 같이 한 침대에 나란히 눕혀놓는 바람에, 누가 누구인지를 알 수가 없었습니다. 겁이 덜컥 났습니다.

  하나씩 들어보니 한 아이의 손이 차고 숨을 쉬지 않고 있었습니다. 이미 죽은 상태였습니다. 죽은 애가 누구인지, 살아남은 애가 누구인지를 알 수가 없었습니다.

세 시간 후, 의사가 돌아와 보니 두 여인은 거의 제정신이 아니었습니다. 간호사는 침대 앞에 엎드려 눈물을 흘리며 빌고 있었습니다. 그때 살아난 아이가 바로 저입니다. 두 산모는 차례로 저를 어루만졌습니다. 내가 도르미발 부인의 아들인지, 보부아 부인의 아들인지 밝힐 수 있는 증거가 없었습니다.

두 사람은 각자 내가 자기 아이라고 주장했습니다. 누구나 법적으로 하나의 이름밖에 가질 수 없으니까, 루이 도르미발이나 장 보부아라는 이름 중에 하나를 선택해서 호적에 올리자고 의사가 아무리 애원을 해도 그들은 단호히 거절을 했습니다.

서로 아들이라는 주장을 굽히지 않았습니다. 이렇게 해서 결국 저는 '장 루이'라는 이름을 갖게 되었습니다."

레닌은 그의 말에 가만히 있었다. 그러나 오르탕스는 도저히 참을 수 없다는 듯이 갑자기 웃음을 터뜨렸다.

그녀가 눈물을 글썽이며 말했다.

"웃어서 미안합니다. 너무 긴장을 했나봐요."

"괜찮습니다."

장 루이는 화를 내지 않고 부드럽게 말했다.

"미리 코미디 같은 비극이라고 말씀드렸잖아요. 얼마나 어리석고 터무니없는 일인지는 내가 누구보다 더 잘 알고 있으니까……, 괜찮습니다. 웃기는 얘기지요. 하지만, 실제 저에게는 그게 바로 비극입니다. 끔찍하지요. 한 번 생각해보세요. 엄마가 두 명이다. 그런데 누가 진짜 엄마인지, 또 누가 엄마가 아닌지 알 수가 없다. 둘 다 모두 자기가 진짜 엄마라고 주장하는데, 정말 미치는 일입니다. 두 사람은 저를 몹시 아꼈습니다. 또 각자 자기 아들이라고 싸웠습니다. 특히 두 사람은 서로를 증오하고 있었습니다. 자란 환경이 달라 성격이 판이하게 다른 두 사람이었지만, 어느 누구도 친권을 포기할 수 없었기 때문에 마지못해 서로 같이 으르렁대며 살았습니다.

이런 증오의 분위기 속에서 살다보니까, 제 마음속에도 증오심이 가득 차게 되었습니다. 제가 어린 마음에 사랑이 그리워 한 사람에게 매달리면, 다른 한 사람은 멸시와 저주를 퍼부어 대었습니다. 늙은 의사가 죽고 나자, 두 사람은 이 저택을 사서 건물 양쪽을 증축하여 살았습니다. 저는 어쩔 수 없이 그들의 희생양이 되었습니다. 고통스럽던 어린 시절, 끔찍한 청소년기, 저보다 더 괴로운 삶을 살아온 사람은 없을 겁니다."

오르탕스가 웃음을 멈추고 말했다.

"여기서 떠나지 그러셨어요!"

"어머니를 버리는 자식은 없습니다. 이 두 사람 중 한 명은 분명 제 어머니입니다. 또 두 사람이 나를 버리지 않는 이상, 그럴 수는 없었습니다. 우리 세 사람은 서로 떼려야 뗄 수 없는 관계입니다. 슬픔과 연민과 의혹 속에서 언젠가는 진실이 밝혀질 거라고 믿고 살고 있는 겁니다. 그러면서도 서로 욕하고, 서로 남의 탓만 하고 있는 겁니다. 지옥 같았죠! 그러나 이곳을 빠져나갈 방법이 없었습니다. 여러 번 시도해봤지만…… 모두 소용이 없었습니다. 끊었다 싶어도 끊이지 않는 게 우리의 관계였습니다. 이번 여름에도 제느비에브를 만나 사랑하게 되어, 이제는 이곳을 벗어날 수 있겠다 생각했지만, 저 두 사람을 설득시키지 못하고 있습니다. 우리의 결혼을 극구 반대하고만 있습니다. 결국 제가 지고 말았습니다. 제느비에브가 이 집에서 두 어머니와 같이 살면 어떻게 되겠습니까? 그녀를 희생양으로 만들 수는 없었습니다."

장 루이는 점점 활기를 되찾고 있었다. 마지막 말에는 힘이 들어가 있었다. 그는 자신의 양심과 의무 때문에 그렇게 했다는 것을 강조하는 것 같았다. 겉으로 보기에도 그는 분명 나약한 성격의 소유자 같았다. 레닌과 오르탕스는 그가 어린 시절부터 겪어온 말 같지도 않은 상황에 맞서 싸울 수 없는 사람이라는 것을 알 수 있었다. 그는 십자가를 진 채, 고통을 참으며, 부끄러워하고 있었다. 그는 조롱의 대상이 될까봐 제느비에브에게는 말도 꺼내지 못하고 다시 감옥 같은 이 집으로 돌아와, 타성적으로 무기력하게 살고 있었다.

그는 책상에 앉아 급하게 편지를 써서 레닌에게 주었다.

"이 편지를 에이마르에게 전해주세요. 정말 미안하다는 말도 꼭 전해주세요."

레닌은 편지를 받지 않았다. 그러자 그가 다시 편지를 강제로 쥐어주었다. 레닌은 받은 편지를 그 자리에서 찢어버렸다.

장 루이가 물었다.

"아니 왜 그러십니까?"

"그렇게는 못하겠습니다."

"네?"

"우리와 함께 가십시다."

"제가요?"

"같이 가서 내일 에이마르 양에게 청혼을 하세요."

장 루이는 다소 의아하다는 표정으로 레닌을 쳐다보았다. 마치 자기가 지금까지 설명한 것을 이해하지 못하고 있다고 생각하는 것 같았다.

오르탕스가 레닌을 거들었다.

"제느비에브는 자살할 거예요."

"그런 말은 할 필요 없습니다. 모든 일은 내 계획대로 진행이 될 겁니다. 한두 시간 내로 이곳을 떠나, 내일 청혼을 하세요."

장 루이가 어깨를 들썩이더니 웃으며 말했다.

"굉장히 자신 있게 말씀하시네요!"

"그럴 만한 이유가 있습니다."

"어떤 이유가 있는데요?"

"먼저 제 조사를 도와주면 그 이유를 설명해 드리겠습니다."

"조사라니요? 뭘 조사한다는 겁니까?"

"당신이 방금 한 이야기가 정확한지 아닌지 조사를 해보자는 겁니다."

장 루이가 불쾌한 표정을 지었다.

"분명히 알아두셔야 하겠습니다. 저는 있었던 사실을 사실대로 말했을 뿐입니다."

레닌이 부드럽게 말했다.

"제 표현이 조금 과격했나 봅니다. 제 말뜻은 당신이 사실이라고 믿고 있는 것들이 틀릴 수도 있다는 것이었습니다."

장 루이가 팔짱을 꼈다.

"그것에 대해 누구보다 잘 알고 있는 사람은 접니다."

"과연 그럴까요? 당신이 사실이라고 알고 있는 것은 간접적으로 들은 얘기뿐입니다. 그 비극적인 날 밤에 실제로 그런 일이 있었는지 증거가 없습니다. 도르미발 부인과 보부아 부인도 마찬가집니다."

장 루이가 참지 못하고 소리를 질렀다.

"증거가 없다니 그게 무슨 말입니까?"

"부시뇰이 혼동했다는 증거가 없다는 말입니다."

"뭐라고요? 새로 태어난 아이 둘이 똑같은 요람 속에 눕혀 있었고, 두 아이를 분간할 수 있는 방법이 없었다는 간호사의 말이 증거가 아니고 뭐입니까? 그게……."

레닌이 그의 말을 막았다.

"그것은 그녀의 말일 뿐입니다."

"뭐라고요? 그럼 그녀가 지어낸 얘기란 말입니까? 그녀를 의심하는 겁니까?"

"아니오."

"지금 한 말이 그 말 아닙니까? 그녀가 거짓말을 하고 있다는 뜻 아닙니까? 그녀가 거짓말을 할 필요가 뭐가 있겠습니까? 그렇게 해서 득이 될 게 뭐가 있다는 말입니까? 눈물을 펑펑 쏟으며 빌었다는 사실만 봐도 그녀의 말에는 거짓이 없습니다. 더군다나, 두 어머니가 그 자리에 있었고, 그녀가 우는 것을 직접 보았고, 심문까지 해보았다는데…… 설사 그랬다고 하더라도 그런 짓을 한 이유가 뭡니까?"

장 루이는 흥분하고 있었다. 도르미발 부인과 보부아 부인이 어느 틈엔가 안으로 들어와 그들이 얘기하는 것을 듣고 놀란 표정으로 중얼거리고 있었다.

"아니에요. 말도 안 돼요. 우리가 얼마나 물어보았는데…… 거짓말을 할 이유가 뭐가 있겠어요?"

장 루이가 거들었다.

"말해보세요. 그 이유를 대보라니까요. 분명한 사실을 의심하는 이유를 대보세요."

"도저히 믿을 수가 없기 때문이오."

레닌의 목소리가 높아졌다. 그는 흥분하여 테이블을 치며 말을 이었다.

"세상에 어떻게 여러 가지 사건이 그렇게 딱 맞아떨어질 수가 있습니까? 그렇게 잔인한 운명이란 있을 수가 없는 겁니다. 우연이라는 것이 그렇게 한꺼번에 발생할 수는 없습니다. 의사도, 하인도, 하녀도 나가고 없는 날 밤에 여자 두 명이 같은 시각에 진통을 시작하여 같은 시각에 사내애를 낳는다는 우연은 있을 수가 없습니다. 더 기가 막힌 우연은 램프도 꺼지고 촛불도 꺼졌다는 상황입니다. 간호사가 아무리 정신이 없었다고 해도, 누가 누구 애인지 구별을 하지 못한다는 게 말이 됩니까? 미처 생각지 못한 일이 생겨 당황할 수는 있겠지만, 그래도 본능적인 직업의식은 남아 있었을 겁니다. 아이들을 놓은 장소쯤은 구별할 수 있었을 겁니다. 한 아이는 여기에 있고, 다른 아이는 저기에 있고, 이런 식으로 말이오. 같이 나란히 뉘어 놓았다고 해도, 오른쪽 왼쪽은 구분할 수 있었을 겁니다. 같은 기저귀를 차고 있었다고 해도 조금은 차이가 있었을 것입니다. 그 조그만 차이만 기억해도 살아남은 애가 누구 애인지 얼마든지 알아낼 수가 있는 겁니다. 혼동했다고요? 나는 그 말을 도저히 믿을 수가 없습니다. 애들을 구별할 수 없었다고요? 그것은 말도 안 되는 소리예요. 상상으로야 가능한 일이지요. 그럴듯한 상상의 세계에서는 모순이 모순을 낳을 수 있습니다. 하지만, 실재의 세계, 실재의 중심에는 언제나 확고하게 정해진 핵심이 있게 마련입니다. 그 정해진 핵심에 따라 여러 가지 사실이 논리적 순서에 따라 고리를 이루는 겁니다. 그러므로 부시폴 간호사는 절대 두 아이를 혼동하지 않았던 게 분명합니다."

그는 아이들이 태어나던 날 밤에 현장에 있었던 사람처럼 모든 것을 조목조목 따지고 있었다. 그의 설득력 있는 얘기에 20여 년 간 누구도 의심치 않았던 말들에 금이 가고 있었다.

두 여자와 장 루이는 그의 주위를 둘러싸고 조마조마하게 물어보았다.

"그러면 그녀는 살아남은 아이가 누구의 애라는 것을 알고 있다는 얘기군요. 지금이라도 밝혀낼 수 있다는 얘깁니까?"

레닌이 자신의 말을 고쳤다.

"꼭 그렇다는 얘기가 아닙니다. 내 말뜻은 그날 밤 그녀의 행동에 어딘지 석연치 않은 구석이 있었다는 겁니다. 말과 실제상황 사이에 맞지 않는 부분이 있다는 겁니다. 지금까지 세 사람이 힘들게 안고 지냈던 미스터리는 순간적인 주의부족에서 발생한 것이 아니라 우리가 모르는 그녀만이 알고 있는 어떤 이유 때문에 발생했다는 겁니다."

장 루이가 기어들어 가는 목소리로 말했다.

"부시놀은 아직 살아 있습니다. 카르에에 살고 있습니다. 그녀를 불러올까요?"

오르탕스가 얼른 나섰다.

"제가 가서 데려올까요? 제가 차로 가서 데려올게요. 주소가 어떻게 되지요?"

장 루이가 말했다.

"시내에서 조그만 가게를 하고 있습니다. 운전사에게 물어보면 알아요. 부시놀이라고 하면 모르는 사람이 없어요."

레닌이 덧붙였다.

"그녀에게는 아무 말 하지 마세요. 불안해하겠지만, 그래도 괜찮아요. 우리가 물어보려는 내용을 알려주면 안 돼요."

서로 말없이 30분이 흘렀다. 레닌은 방 안에서 서성였다. 고급스런 옛날 가구, 멋있는 카펫, 꽤 많은 장서, 예쁜 장식품들이 장 루이의 예술에 대한 안목과 스타일을 그대로 보여주고 있었다. 방 전체가 그를 말해주는 것 같았다. 열린 문틈으로 보이는 양옆에 있는 방에는 그녀들의 형편없는 취향이 그대로 드러나 있었다.

그는 장 루이에게 다가가 작게 물어보았다.

"두 분은 재산이 많습니까?"

"네."

"당신은요?"

"두 어머니에게 이 저택과 주변의 땅을 물려받았습니다. 독립하는 데 문제는 없습니다."

"두 분에게 친척은 없나요?"

"두 분 다 여동생이 있습니다."

"그럼 여동생과 살면 되겠네요?"

"네, 가끔 그런 말을 하기도 합니다. 그거야 문제가 아니겠지만, 부시뇰이 와도 소용이 없을 것 같은데요."

자동차가 돌아왔다. 두 여자가 서둘러 내려갔다.

레닌이 말했다.

"이 일은 저에게 맡겨주세요. 내가 무슨 말을 하든 놀라지 마세요. 단순하게 물어봐서는 안 돼요. 깜짝 놀랄 만큼 기습적으로 나가야 합니다."

차가 잔디를 돌아 창문 앞에 서는 것이 보였다. 오르탕스가 부시뇰이 차에서 내리는 것을 도왔다. 그녀는 린넨 모자에 검은색 벨벳 블라우스와 주름이 잡힌 치마를 입고 있었다.

그녀는 잔뜩 겁을 먹은 표정이었다. 뾰족한 얼굴에 이빨이 툭 튀어나온 모습이 마치 족제비 같은 인상을 주고 있었다.

예전에 의사에게 쫓겨났던 방 안으로 들어오며 그녀가 조심스럽게 물었다.

"무슨 일이에요, 도르미발? 안녕하세요, 보부아?"

두 여자는 대답이 없었다.

레닌이 그녀에게 다가가 엄격한 태도로 심문을 시작했다.

"부시뇰, 27년 전에 이곳에서 발생했던 비극적인 사건의 진상을 밝혀내라는 특명을 파리 경찰청에서 받고 온 사람입니다. 당신이 은폐, 왜곡한 사실에 대한 증거가 나왔습니다. 당신의 그릇된 진술 때문에, 그날 밤에 태어난 한 아이의 출생신고가 엉터리로 되었습니다. 당신은 허위진술을 하였으므로 처벌을 받아야 합니다. 만약 이 자리에서 그날 일어난 모든 일을 털어놓고 그 잘못에 대한 응분의 책임을 지지 않는다면…… 당신을 심문하기 위해 파리로 압송할 예정입니다. 당신은 변호사를 선임할 수 있습니다."

그녀는 기가 막혔다.

"파리에요? 변호사를 선임해야 한다고요?"

"그렇습니다. 구속영장을 발부할 수도 있습니다. 만약 모든 것을 자백한다면, 최대한 선처를 약속하겠습니다."

그녀가 온몸을 떨기 시작했다. 이빨까지 떨었다. 그녀는 레닌의 말에 꼼짝하지 못하고 있었다.

"이제 모든 것을 털어놓을 준비가 되었습니까?"

"저는 죄가 없어요. 아무 짓도 하지 않았습니다."

"그럼 파리로 압송하겠습니다."

그녀는 애원하다시피 했다.

"안 돼요. 안 돼요. 제발 봐주세요."

"그럼 여기에서 모든 것을 털어놓으시겠습니까?"

그녀가 꺼져라 한숨을 쉬며 말했다.

"네."

"시간이 없어요. 기차시간이 급해요. 즉시 털어놓지 않는다면, 조금이라도 숨기는 게 있으면, 곧바로 압송하겠습니다. 이제 준비가 되었습니까?"

"네."

그가 장 루이를 가리키며 물었다.

"이 사람은 누구의 아들입니까? 도르미발 부인의 아들입니까?"

"아닙니다."

"보부아 부인의 아들입니까?"

"아니오."

그녀는 단 두 마디만 하고는 입을 닫았다.

레닌이 시계를 쳐다보며 다그쳤다.

"그럼, 설명을 해보시오."

부시놀이 바닥에 털썩 주저앉아 다 기어들어 가는 목소리로 대답을 했다. 그들은 그녀가 하는 말을 듣기 위해 모두 허리를 굽혔다.

"그날 밤 어떤 남자가 왔습니다. 갓난아이를 담요에 싸서 데려왔더군요. 의사 선생님에게 아이를 진찰받기 위해 온 사람이었습니다. 하지만, 의사 선생님이 계시지 않았기 때문에 밤새 기다리고 있었습니다. 그렇게 된 겁니다."

레닌이 물었다.

"뭐가 그렇게 됐다는 겁니까? 무슨 얘깁니까? 도대체 무슨 일이 있었던 겁니까?"

"그때 태어난 아이는 둘 다 모두 죽었습니다. 도르미발 부인이 낳은 아이와 보부아 부인이 낳은 아이 모두 다 경기를 일으켜 죽었습니다. 그 남자가 그것을 보고 이렇게 말했습니다. '마침 잘되었습니다. 내 아이가 잘 자라도록 차라리 죽은 아이와 바꿔놓읍시다.' 그래서 그 남자의 아이를 죽은 아이와 바꾸어 놓았습니다.

그 사람은 아이 키우는 데 들어갈 비용을 대신 저에게 한꺼번에 주었습니다. 그 돈을 받았습니다. 하지만 그 아이를 어디에 놓아야 할지 아이 이름을 뭐라 해야 할지 몰라 망설이고 있었습니다. 그 사람이 나중에 어떻게 처신해야 하는지에 대해서 제게 일러주었습니다. 그의 아이에게 죽은 아이가 입고 있던 기저귀와 옷을 입히자, 그 사람은 죽은 아이 하나를 담요에 싸서 밖으로 나갔습니다."

늙은 간호원은 머리를 숙이고 흐느껴 울었다.

잠시 후 레닌이 부드럽게 말했다.

"내가 조사한 결과와 당신의 진술이 일치하는군요. 정상참작이 될 겁니다."

"그럼, 파리에는 안 가도 됩니까?"

"네."

"그럼 이제 가도 됩니까?"

"좋습니다. 가도 됩니다."

"이제 이 일로 모든 게 끝난 건가요?"

"하나만 더 묻겠습니다. 그 남자의 이름을 아십니까?"

"아니요. 자기 이름을 밝히지 않았습니다."

"그 뒤 다시 본 적이 있었습니까?"

"아니요. 본 적이 없었습니다."

"더 밝힐 내용이 없습니까?"

"없습니다."

"지금 진술한 내용에 대해 나중에 서명할 준비가 되어 있습니까?"

"네."

"좋습니다. 1, 2주 후 다시 소환을 하겠습니다. 그때까지는 누구에게도 이 사실을 밝혀서는 안 됩니다."

그녀가 일어서서 성호를 그었다. 그러나 다리에 힘이 빠져 레닌의 부축을 받아 밖으로 나가야 했다.

그가 돌아왔을 때 장 루이는 두 늙은 여자 사이에 있었다. 세 사람이 같이 손을 잡고 있었다. 그들을 얽매고 있던 고통과 증오의 끈은 이미 끊어지고 없었다. 그들은 지금까지의 문제를 곰곰이 생각하고 있었다. 고요한 적막만이 감돌고 있었다.

레닌이 오르탕스에게 말했다.

"서두릅시다. 지금이 가장 중요한 순간이에요. 장 루이를 차에 태워야 합니다."

오르탕스가 멍하니 서 있었다.

"왜 그 여자를 놓아주었어요? 그녀의 진술에 만족했나요?"

"꼭 만족할 필요는 없어요. 사건이 어떻게 된 것인지 알았으면 됐지, 다른 것을 더 알아 뭐하겠습니까?"

"나는 도대체 어찌된 일인지 모르겠어요. 나는 아무것도 이해가 되지 않아요."

"그 문제는 나중에 얘기합시다. 지금은 우선 장 루이를 차에 태우고 가는 것이 더 중요해요. 얼른…… 그렇지 않으면……."

그는 장 루이에게로 말을 돌렸다.

"자, 일이 이렇게 되었으니까, 이제 보부아 부인과 도르미발 부인에게 잠시 자리를 비워주시지요? 두 분 다 좀 더 명확하게 생각하고 앞으로 할 일을 자유롭게 결정할 시간이 필요할 겁니다. 저희와 함께 가십시다. 제느비에브 에이마르 양을 구하는 일이 급합니다."

장 루이가 결정을 내리지 못하고 난처해하고 있었다.

레닌이 두 여자를 바라보며 말했다.

"두 분도 제 생각에 동의하시죠?"

그들이 고개를 끄덕였다.

레닌이 다시 장 루이에게 말했다.

"자, 이제 됐습니다. 모두가 동의했으니까……. 이런 위기상황에서는 잠시 떨어질 수밖에 없습니다. 그리 오래 걸리지 않을 겁니다. 자 어서 떠납시다."

레닌은 그에게 생각할 여유를 주지 않았다. 그는 어쩔 수 없이 방으로 들어가 짐을 챙겼다.

삼십 분 후 장 루이는 그 저택을 떠났다.

그들은 차로 카르에 역으로 나와 기차를 기다리고 있었다.

장 루이가 짐을 부치는 동안 레닌이 오르탕스에게 말했다.

"저 사람은 결혼을 한 뒤에야 돌아갈 겁니다. 모든 일이 아주 잘 끝났습니다. 어때요, 이제 만족하나요?"

오르탕스가 건성으로 대답했다.

"그래요. 에이마르가 기뻐하겠죠."

기차에 자리를 잡은 뒤, 레닌과 그녀는 식당 칸으로 이동했다. 저녁식사가 끝나갈 무렵 레닌은 오르탕스에게 그녀가 왜 자신의 질문에 퉁명스럽게 대답했는지에 대해 물어보았다.

"무슨 일 있어요? 걱정되는 게 있나요?"

"저요? 아니오."

"분명 뭔가 있어요. 말해봐요."

그녀가 웃었다.

"자꾸 나에게 이제 만족하냐고 묻는데, 만족한다고 대답할 수밖에 없지요. 당연히…… 제느비에브 에이마르의 문제에 대해서는 그래요. 하지만, 아직 좀 찜찜한 게 있어서……."

"솔직히 말해, 헷갈리는 게 너무 많다는 게 아닌가요?"

"많이는 아니에요."

"내가 제2의 역할을 한 것처럼 보이나요? 내가 무슨 꿍꿍이 짓이라도 한 것 같아요? 우리 두 사람이 같이 가서 장 루이의 고통스런 얘기를 들었습니다. 간호사를 불러 모든 사실을 확인

했고요. 그게 전부입니다."

"맞아요. 그런데, 내가 알고 싶은 것은 정말 그게 전부냐는 거예요. 나는 그 말을 믿을 수가 없어요. 지금까지 우리가 해결한 사건들은 이번 사건보다 결말이 훨씬 분명했거든요."

"명확하지 않은 게 있다는 건가요?"

"네. 명확하지 않은 게 있어요. 그게 전부 다가 아니에요."

"어떤 면에서요?"

"잘 모르겠어요. 하지만, 아무래도 그 간호사의 진술에 뭔가가 있는 것 같아요. 틀림없어요. 누구도 기대치 못했던 진술이 그렇게 짧은 시간에 나왔잖아요."

레닌이 웃으며 말했다.

"하하! 시간이 너무 짧았다! 이게 당신의 고민이군요. 많은 설명이 필요하지 않았잖아요."

"무슨 뜻이에요?"

"그녀가 자세히 설명했다면, 결국 그녀의 진술에 의심을 품었을 거라는 얘깁니다."

"의심을요?"

"네. 그녀의 이야기에 좀 앞뒤가 맞지 않는 부분이 있죠. 남자가 한밤중에 갓난아이를 품에 안고 왔다가 죽은 아이로 바꿔갔다. 이게 말이 되는 얘깁니까? 하지만, 그 늙은 여자에게 이것저것 준비시킬 만한 시간적 여유가 충분히 없었어요."

오르탕스가 놀라서 그를 쳐다보았다.

"도대체 무슨 얘기를 하는 거예요?"

"늙은 여자가 머리가 좋아야 얼마나 좋겠어요. 더군다나 시간도 별로 없었죠. 그래서 서둘러 간단한 시나리오를 짠 겁니다. 그래도 연기가 제법 일품이던데요. 놀라던 표정하며, 공포, 그리고 눈물……."

오르탕스가 중얼거렸다.

"그게 가능한 일이에요? 그녀를 전에 만났던 적이 있었나요?"

"만나야 하니까……, 만났지요."

"언제요?"

"우리가 아침에 그곳에 도착했을 때였습니다. 당신이 카르에에 있는 호텔에서 화장을 하고 있는 동안 여러 가지 정보를 얻기 위해 잠시 밖으로 나갔습니다. 당신도 알겠지만, 이 지방 사람들은 모두 도르미발과 보부아에 대한 이야기를 알고 있었습니다. 사람들이 그때 아이를 받았던 부시뇰이 있는 곳을 가르쳐주었습니다. 부시뇰과 새로운 진술을 만들어내는 데에는 3분이나 걸렸을까? 1만 프랑이나 들어갔지만……. 어쨌든 그럴듯하잖아요."

"믿을 수 없는 각본을 써놓고……."

"그렇게 나쁘지는 않았습니다. 당신도 사실이라고 믿었으니까……. 다른 사람들도 그대로 믿고 있잖아요. 이 사건의 핵심은 지난 27년 동안 존재해왔던 사실에 대한 믿음을 단 한 번에 깨야 한다는 것이었습니다. 그래서 있는 힘껏 유창한 말로 보기 좋게 그 믿음을 깨버리지 않았습니까? 내가 그랬죠? '혼동했다고요? 나는 그 말을 도저히 믿을 수가 없습니다. 애들을 구별할 수 없었다고요? 그것은 말도 안 되는 소리예요. 당신들 모두 그날 밤 그곳에 있었습니다. 정말 누가 피해자인지 나는 알 수가 없으니까. 이제 당신들이 그것을 밝혀내라.'

그러니까 장 루이가 자신감을 잃고 뭐라고 했습니까? 이렇게 얘기했습니다.

'부시놀이 아직 살아 있습니다. 카르에에 살고 있습니다. 그녀를 불러올까요?'

결국 그녀가 도착해서 내가 시킨 대로 우물쭈물 말을 했습니다. 센세이션하지 않았습니까? 다들 놀라지 않았습니까! 저 젊은 친구를 데려가기 위해서는 이 방법밖에 없었습니다."

오르탕스는 머리를 흔들었다.

"하지만, 그들도 다시 생각을 해보겠죠."

"아니오! 아마 의심이야 해보겠죠. 하지만, 확신까지는 못할 겁니다. 그들은 절대 그러지 않을 겁니다. 한 번 상상해보세요! 세 사람은 지금 새 세상에 나온 겁니다. 그런데 지난 20여 년 간 겪었던 그 지옥 같던 생활로 다시 돌아가고 싶겠습니까? 그 사람들은 자유를 찾고 싶었지만, 누구 하나 책임지고 싶은 사람이 없었던 거예요. 당신은 내가 준 자유를 그들이 뿌리치리라고 생각하는 겁니까? 그건 말도 안 돼요! 그 사람들은 그보다 더한 거짓말을 들었어도 그냥 받아들였을 겁니다. 내가 꾸며낸 얘기가 우습겠지만, 그들에게는 그게 곧 사실입니다. 우리가 그 집을 떠나기 전에 나는 도르미발 부인과 보부아 부인이 서로 얼른 그 집에서 나가자고 하는 말을 들었습니다. 두 사람은 벌써 이제 서로 보지 않아도 된다는 생각에 행복해하고 있는 겁니다."

"그럼, 장 루이는요?"

"장 루이요? 그 사람은 두 여자 사이에서 지칠 대로 지친 사람입니다. 이 세상에 어머니가 둘이 있을 수는 없는 겁니다. 지금 처지가 어떻습니까! 둘 다 선택하거나 아니면 포기하거나 해야 하는 상황에서 무엇을 망설이겠습니까? 게다가 장 루이는 지금 에이마르를 좋아하고 있습니다. 내 생각에는 그녀에게 흠뻑 빠져 있는 것 같습니다. 그녀가 두 어머니에게 상처를 입지 않도록 그가 잘 할 거라고 믿고 싶습니다. 이제 마음놓아도 돼요. 지금 중요한 것은 우리가 달성하고자 하는 목표가 무엇이냐 하는 것이지, 그 목표를 위해 우리가 사용한 수단이 정당했느냐 아니었느냐 하는 게 아닙니다. 담배꽁초라든가, 방화에 쓰인 물병이라든가, 모자 상자를 찾아내야 하는 사건이 있다면, 심리학을 이용해야 합니다. 순전히 심리학적으로 해결해야 합니다."

오르탕스가 잠시 가만히 있다가 물었다.

"그럼, 장 루이가 정말 그 말을 믿고 있을까요?"

레닌이 정색을 하며 말했다.

"아니, 아직도 그 옛날 얘기에 대해 생각을 하고 있는 겁니까? 그것은 이제 다 끝난 얘기라니까요. 저는 이제 그의 두 어머니에 대해서는 관심이 없습니다. 오르탕스, 이제 다 좋아졌잖아요. 눈물보다는 웃음을 통해서야 더 분명하게 보이는 게 있어요. 당신은 기회가 날 때마다 웃어야 하는 이유가 있어요."

그의 말투에는 장난기와 진지함이 섞여 있었다. 그녀는 정말로 웃음이 나왔다.
"그 이유가 뭔데요?"
"당신은 웃는 모습이 무척 예쁘기 때문이지요."

도끼를 든 여인

　　　　제1차 세계대전 뒤 일어난 사건 중에 가장 이해할 수 없는 사건은 바로 '도끼를 든 여인'의 사건이었다. 이 참혹한 사건은 만약 레닌 공작, 즉 아르센 뤼팽이 맡지 않았다면 지금까지도 영원히 미궁에 빠져 있을 것이다.

　이 사건은, 파리나 혹은 파리 근교에 사는 스무 살에서 서른 살 사이의 여자 다섯 명이 18개월 동안에 걸쳐 각기 다른 장소에서 실종된 의문의 사건이었다.
　실종된 여자는 의사의 아내인 라두 부인, 은행원의 딸인 아르당 양, 쿠르브보아에서 세탁부로 일하던 코브로 양, 재단사인

오노린 베르니세 양 그리고 화가인 그롤렝제 부인이었다. 다섯 명의 여성이 실종되었지만, 그들이 집을 떠난 이유나 집에 돌아오지 않는 이유, 그리고 이 여성들을 납치한 사람과 어떤 방법으로 어디에 구금되어 있는지에 대한 아무런 단서가 발견되지 않았다.

이 여성들은 모두 실종된 지 8일 뒤에 파리의 서부 외곽지역에서 시신으로 발견되었다. 이 여성들의 시신에는 모두 도끼에 맞은 흔적이 남아 있었다. 또한 결박된 시체가 발견된 장소로부터 얼마 떨어지지 않은 곳에서는, 언제나 피범벅이 된 머리가 발견되었다. 피해를 당한 여성들은 납치된 이후에는 아무것도 먹지 못했는지, 야윈 모습이었다. 주변에서 발견된 바퀴자국으로 미루어볼 때, 범인은 피해자를 다른 곳에서 살해한 뒤 옮겨 놓은 것 같았다.

이 연쇄살인사건은 그 유형이 너무 흡사하여 다섯 개의 살인사건을 하나로 통합하여 수사하고 있었다. 한 여인이 실종되면, 꼭 8일 뒤에는 그 시신이 발견되었다. 그것이 전부였다. 피해 여성을 묶은 줄은 매번 비슷한 모양이었다. 그리고 사건현장에서 발견한 바퀴자국 또한 매번 비슷한 모양이었다. 도끼자국 또한 매번 이마의 정중앙 끝에 나 있었다.

범행 동기는 무엇일까? 살해된 여성들이 지니고 있던 보석과 지갑뿐만 아니라 값나가는 물건은 모두 사라지고 없었다. 시체가 모두 인적이 드문 곳에 유기된 점으로 미루어 볼 때, 살해당한 뒤에 행인에게 약탈을 당했거나 빼앗겼을 리는 만무했다. 당국에서는, 유산을 노린 사람들에 의한 연쇄살인사건이나 치정 살인쯤으로 파악하고 있는 것 같았다. 그러나 그 또한 명확하지가 않았다. 이러한 가설은 여러 가지 정황증거를 수사하면서 하나씩 무너졌다. 수사는 계속되었지만, 결국 도중에 중지되고 만 상태였다.

그 상황에서 갑자기 수사가 활기를 띠게 되었다. 어떤 여자 청소부가 도로를 청소하던 중에 작은 수첩을 발견하여 파출소로 가져오면서부터였다. 수첩은 거의 비어 있었다. 그러나 그중 한 면에는 살해당한 여성들의 이름이 날짜순으로 적혀 있었다. 3자리 숫자를 이용하여, 라두 132, 베르니세 118과 같이 적혀 있었다.

경찰은 이 수첩에 별로 큰 의미를 부여하지 않았다. 이 무시무시한 사건을 알고 있는 사람이라면 누구나 그런 내용을 적어 놓을 가능성이 농후했기 때문이다. 그러나 수첩에 적힌 명단은 다섯 명이 아니라 여섯 명이었다.

'그롤렝제, 128' 아래에는 '윌리엄슨 114'이라는 메모가 적혀 있었다. 여섯 번째의 살인을 암시하는 것 같았다.

영국 사람의 이름이 틀림없었다. 따라서 수사는 한정된 분야에 집중되었다. 그리고 사실, 시간도 별로 오래 걸리지 않았다. 오퇴의 한 가정집 보모인 에르베트 윌리엄슨 양이 2주일 전에 하던 일을 그만두고 영국으로 떠난다는 기별을 언니들에게 보냈는데, 그 후로 그녀에게서 소식이 끊겼다는 사실이 밝혀졌다.

다시 수사가 시작되었다. 그녀의 시체는 되동 숲에서 우체부에 의해 발견되었다. 머리의 뼛조각은 숲 아래 여기저기에 널려 있었다.

처참한 모습이었다. 몸이 떨려 감히 글로 옮기기가 겁날 정도였다. 장사꾼처럼 날짜까지 꼼꼼하게 적어놓은 이 사건은 엽기에 다름 아니었다.

바로 이날, 나는 이 사람을 죽였다. 그리고 그날 나는 이렇게 했다.

기대했던 것과 달리, 필체 감정가들은 그저 그 글씨가 교육 수준이 높고, 예술적 취향과 상상력을 풍부하게 지닌, 민감한 성격의 여자가 작성한 것으로 보인다는 소견만을 내놓았다. 기자들의 말마따나, '도끼를 든 여인'은 분명 평범한 여자가 아니었다. 신문에는 그녀가 저지른 사건에 대한 특별기사가 연재되었는데, 모두 그녀의 정신적인 상태에 대해 기술을 했을 뿐, 설득력이 별로 없었다.

그러나 어떤 젊은 기자가 쓴 기사에는 이번 사건을 꿰뚫어 볼 수 있는 한줄기 빛이 보이고 있었다. 그가 우연히 발견한 단서에는 미궁에 빠졌던 사건의 진실을 파헤칠 수 있는 것이 들어 있었다. 그는, 여섯 명의 피해자 이름 뒤에 나오는 3자리가, 단지 범죄가 발생한 날짜를 의미하는 것인가에 대해 강한 의문을 제기하면서, 자신이 조사한 바로는, 3자리 숫자 중 '라두 132'는 라두 부인이 살해된 뒤 베르니세 양이 132일 만에 살해되었다는 것을 의미하며, '베르니세 118'은 베르니세 양이 살해된 뒤

118일 만에 코브로 양이 살해되었다는 것을 의미한다는 가설을 제기했다. 이 기사는 사람들을 발칵 뒤집어 놓았다.

여기까지는 의심할 여지가 없었다. 결국, 경찰은 그 가설에 맞는 해결책을 받아들일 수밖에 없었다. 표시된 숫자는 사건의 발생 간격과 일치했다. '도끼를 든 여인'의 기록에는 한치의 오차도 없었다.

하지만, 하나 더 생각할 것이 있었다. 지난 6월 26일에 살해된 마지막 피해자인 윌리엄슨의 이름 뒤에는 114라는 숫자가 쓰여 있었다. 그렇다면, 그녀가 살해된 지 114일 뒤에 또 다른 살인사건이 일어나는 것은 아닐까? 이 끔찍한 사건이 살인범의 숨은 의도대로 반복될 수도 있지 않을까? 이제 그 숫자가 사건 발생이 언제 일어나리란 사실을 알려주는 단서가 되지 않을까?

여러 가지 논의가 진행되었다. 많은 논란이 있었지만, 10월 18일에도 비극적인 사건이 또다시 일어나리란 점에 대해서는 누구도 부인할 수 없었다. 그날 아침 레닌 공작과 오르탕스는 밤에 만나기로 전화약속을 하고 있었다. 그들의 화제는 당연히 신문에 난 기사의 내용이었다.

레닌이 웃으며 말했다.

"조심해요! 만약 '도끼를 든 여인'이 나타나면, 다른 길로 도망쳐요!"

"그런데, 만약 다른 착한 여자가 나를 죽이려고 하면 어떻게 해요?"

"그러면 그 여자가 사라질 때까지, 하얀 조약돌을 길에 뿌리면서, '난 무섭지 않아. 그 사람이 나타나 날 구해줄 거야.'라는 말을 하고…… 당신 손에 키스를 해봐요. 새벽까지."

그날 오후, 레닌은 여러 가지 일로 바빴다. 4시부터 7시까지, 그는 여러 종류의 석간신문을 샀다. 어디에도 납치된 사람이 있다는 기사는 보이지 않았다.

그는 9시에 예약을 해둔 짐나스로 갔다.

9시 30분이 되어도 오르탕스는 나타나지 않았다. 걱정은 없었지만, 혹시 하는 생각에, 그는 그녀의 집에 전화를 걸었다. 그녀가 아직 돌아오지 않았다는 하녀의 대답이 들렸다.

레닌은 갑자기 두려운 생각이 들었다. 레닌은 오르탕스가 몽소 공원 근처에 임시 거처로 마련해둔 아파트로 서둘러 전화를 걸어보았다. 그가 고용한 하녀가 전화를 받았다. 그녀는 그의 말을 잘 따르는 여자였다. 레닌이 오르탕스의 행방을 물었다.

"소인이 찍힌 편지를 들고 오후 2시에 우체국에 가셨어요. 옷을 갈아입으러 다시 오시겠다고 하셨는데요."

이것이 그녀를 본 마지막 순간이었다.

"편지의 수신인이 누구였죠?"

"선생님이었어요. '레닌 공작님에게'라고 봉투에 써 있던데요."

그는 12시까지 기다렸지만 소용없었다. 오르탕스는 돌아오지 않았다. 다음 날에도 돌아오지 않았다.

레닌이 하녀에게 말했다.

"이 일에 대해 아무에게도 얘기하지 마세요. 누가 물어보면,

오르탕스는 지방에 있다고 하세요. 당신도 곧 그리고 갈 거라고 하고요."

의심의 여지가 없었다. 10월 18일은 바로 오르탕스의 실종을 의미하는 숫자였다. 그녀가 '도끼를 든 여인'의 일곱 번째 희생양인 셈이었다.

레닌이 혼자 중얼거렸다.

'지금까지, 실종사건은 도끼 살인보다 8일 이전에 일어났다. 그렇다면, 앞으로 7일 간의 여유가 있다. 혹시 모르니까 6일 간의 여유가 있다고 생각하자. 오늘이 토요일이다. 금요일 낮까지는 오르탕스를 구해야 한다. 그러려면, 그녀가 납치된 장소를 적어도 목요일 저녁까지는 알아내야 한다.'

레닌은 '목요일 저녁 9시'란 글자를 고딕으로 크게 써서, 서재의 벽난로 선반 위에 붙여놓았다. 그녀가 실종된 다음 날 낮부터 그는 서재에 틀어박혀 있었다. 하인이 식사나 편지를 가져올 때를 제외하고는 모든 출입을 금지했다.

그는 거기에서 거의 꼼짝을 하지 않고 며칠을 보냈다. 살해당한 여섯 명의 신원에 대해서는 이미 유력 일간지를 통해 조회를 마친 상태였다. 그는 신문의 내용을 수없이 읽었다. 마침내 그는 창문의 블라인드를 닫고 커튼을 내린 뒤, 문이 잠긴 컴컴한 방 안에 누워 궁리에 궁리를 거듭했다.

화요일 오후까지 그는 아무런 단서를 발견할 수 없었다. 지난 토요일보다 더 나아진 것이 없었다. 모든 것이 여전히 캄캄할 뿐이었다. 그는 문제를 풀 수 있는 어떤 조그마한 단서도 찾지 못하고 있었다. 아무런 희망도 보이지 않았다.
 스스로 자제하면서도 자신감을 회복하려고 노력해 보았지만, 이따금 몰려드는 자괴감 때문에 고통이 말이 아니었다.
 '과연 제시간 안에 생각이 날까? 벌써 여러 날이 지났는데, 앞으로 남은 며칠 동안 더 뚜렷하게 생각나는 것이 있으리란 보장이 없다. 그렇다면 오르탕스 다니엘은 결국 살해되고 만다는 뜻인데……'
 그는 이런저런 생각에 고통스러웠다. 그는 남들이 생각하는 것 이상으로 오르탕스가 더욱더 보고 싶었다. 그녀를 처음 만났을 때의 설렘. 그때의 욕망. 그녀를 보호하고 삶의 의욕을 일깨워주고 싶던 충동. 이 모든 것이 이제 사랑이란 이름으로 그에게 다가와 있었다. 두 사람은 서로의 사랑을 깨닫지 못하고 있었다. 그저 자신의 일도 아닌 남의 문제에 끼어든 심각한 순간 외에는 보다 더 진지하게 서로를 관찰할 수 있는 시간이 없었기 때문이다. 오르탕스에게 찾아온 이 첫번째 시련에서, 그녀가 그의 삶에서 차지하는 비중을 깨달았지만, 그는 그녀가 죄수나 순교자처럼 희생양이 되어야 한다는 사실을 뻔히 알고 있으면서도 구하지 못하는 처지가 원망스러웠다.
 그는 밤새 이 사건에 대해 하나하나 곱씹어 가며 끙끙 앓았다. 수요일 아침도 괴롭기는 마찬가지였다. 그에게는 설자리가 사라지고 있었다. 방 안에 틀어박혀 있던 그는 모든 것을 포기하고 창문을 열었다. 그는 방 안을 이리저리 헤매다가, 결국에는 거리로 뛰쳐나갔다가 다시 들어오기를 수없이 반복했다. 마치 자신을 사로잡고 있는 고정된 관념으로부터 벗어나려는 몸부림 같았다.

'오르탕스가 울부짖고 있는데……. 오르탕스가 지하에 갇혀 있는데……. 도끼를 보곤 나를 부르는데……. 애원하는데……. 나는 아무것도 할 수가 없어.'

살해된 여섯 명의 명단을 조사하던 중, 그는 지금까지 그토록 찾던 단서를 드디어 발견하곤 가슴이 찡한 기분을 느꼈다. 그때가 오후 5시였다. 체증이 가시는 것 같았다. 하지만 모든 것이 세부적으로 밝혀진 것은 아니고, 행동해야 할 방향을 제시해주는 정도였다.

그는 곧 행동계획을 짰다. 그는 자신의 운전기사인 아돌프 클레망을 각 유력 일간지에 보내어 다음 날 아침에 대문자로 광고를 내도록 시켰다. 또한 살해된 여섯 명 중 두 번째 희생자인 코브로 양이 일하던, 쿠르브보아에 있는 세탁소에 가보라는 지시도 내렸다.

목요일이었다. 레닌은 문밖으로 나가지 않았다. 오후가 되자, 신문에 낸 광고를 보고 보낸 편지들이 서너 통 도착했다. 전보도 2통이 도착했다. 3시에는, 트로카데로의 소인이 찍힌 압축 공기 포장지로 포장이 된 편지가 한 통 도착했다. 그가 기다리던 편지인 것 같았다.

그는 전화번호부를 펼쳐놓고 주소를 찾았다.

루르티에 바노, 전(前) 식민지 주지사, 클레베르 가 47-2

그는 차로 달려갔다.

"클레망, 클레베르 가 47-2로 가세."

그는 루르티에 바노의 넓은 서재로 안내되었다. 서재에는 양장으로 된 고서적이 커다란 책꽂이에 잘 정돈되어 있었다. 루르티에 바노 씨는 수염이 조금 희었지만 태도에는 친절과 귀티가 배어 있었다. 자신감과 친근감도 넘쳐흐르고 있었다.

레닌이 말했다.

"루르티에 씨, 작년 신문에서 난 기사를 읽어보니까, 선생님께서, '도끼를 든 여인'에 의해 살해된 오노린 베르니세를 잘 아신다고 하기에 이렇게 실례를 무릅쓰고 찾아뵙게 되었습니다."

루르티에가 큰 소리로 말했다.

"알다마다요. 우리 집사람이 재단사로 고용했던 아가씨인데, 참 안됐어요!"

"루르티에 씨, 제가 아는 여자가 다른 여섯 명의 희생자와 마찬가지로 실종되었습니다."

루르티에가 놀라서 소리를 질렀다.

"뭐라고요? 신문을 유심히 읽어보았습니다만, 10월 18일에는 실종사건이 없던데요."

"이름이 오르탕스 다니엘이라고, 제가 좋아하는 여자입니다. 그런데 10월 18일에 실종되었습니다."

"오늘이 22일인데."

"맞습니다. 또 다른 살인사건이 24일에 일어날 겁니다."

"아! 끔찍하군요! 끔찍해! 이번 사건은 어떤 희생이 있더라도 막아야 합니다."

"선생님의 도움만 있다면, 성공할 수 있을 것 같습니다."

"하지만, 경찰에는 알렸습니까?"

"아닙니다. 우리는 지금 각본이 완벽하게 짜인 미스터리와 싸우고 있습니다. 조금도 빈틈이 없습니다. 도대체 뭐가 뭔지 알 수가 없으니까, 사건현장의 조사나 탐문조사 혹은 지문 대조 등과 같은 일반적인 방법으로는 해결할 수가 없습니다. 이번 사건들에서 그런 방법은 통하지 않았습니다. 일곱 번째 일어난 이번 사건에 그런 방법을 쓰면 시간낭비일 뿐입니다. 이렇게 치밀하고 교묘하게 범행을 저지르는 사람이 경찰이 쉽게 찾아낼 수 있는 단서를 남겨놓을 리 만무합니다."

"그럼, 어떤 방법으로 해결을 하시려고요?"

"일단 행동에 들어가기 전에 저는 생각부터 먼저 합니다. 제가 이번 사건의 해결방법을 찾아내는 데에는 무려 4일이나 걸렸습니다."

루르티에는 손님을 빤히 쳐다보았다. '별사람 다 있네.' 하는 식이었다.

"그래, 그 결과가 무엇입니까?"

레닌은 당황하지 않고, 차분히 대답했다.

"먼저, 이번 연쇄살인사건에 보다 광범위하고 포괄적인 조사를 해보았습니다. 그러고는, 황당하다 싶은 부분을 모두 빼고, 그 공통점만을 추려보았습니다. 이 끔찍한 사건의 동기가 무엇인지는 아직 알아내지 못했습니다. 그러나 이런 범죄를 저지를 수 있는 사람이 어떤 부류의 사람이냐 하는 점은 드디어 알아냈습니다."

"어떤 부류의 인간입니까?"

"미치광이입니다."

루르티에가 놀라 물었다.

"미치광이라니? 무슨 말이오?"

"루르티에 씨, '도끼를 든 여인'이라고 더 잘 알려진 여자는 미친 여자입니다."

"그렇다면, 정신병원에 갇혀 있을 텐데요."

"그렇지 않을 수도 있습니다. 겉으로 보기에는 멀쩡한 사람일지도 모릅니다. 완전히 미친 사람이 아니면 별로 사람들의 눈에 띄지가 않습니다. 그런 사람은 맘놓고 자신의 강박관념, 야수 같은 본능을 실행에 옮길 수가 있습니다. 이런 사람은 정말 위험합니다. 강한 인내심과 집착에 교활함까지 갖추었을 테니까요. 어수룩해 보이면서도 논리적이고, 덜렁대는 것 같으면서도 침착한 사람이 분명합니다. 루르티에 씨, 지금 설명드린 것들이 바로 이 '도끼를 든 여인'의 행동과 그대로 일치합니다. 사건은 바로 이런 정신병자의 특성 때문에 발생하는 겁니다. 피해자를 언제나 똑같은 로프로 묶고, 수첩에 쓰인 날짜에 죽입니다. 똑같은 도구로 똑같은 장소에서, 이마 정중앙 부분에 수직으로 뚜렷한 자국이 나도록 가격을 합니다. 보통의 살인범들은 살인을 저지를 때마다 그 수법이 다릅니다. 떨리는 손으로 내리치다 보면 방향이 틀리게 되죠. 그러나 '도끼를 든 여인'은 떨지 않습니다. 미리 예상한 부분을 정확히 내려칩니다. 도끼의 끝이 조금도 빗나가는 법이 없습니다. 아직도 더 많은 증거가 필요할까요? 아직도 더 자세히 조사를 해야 할까요? 그럴 필요가 없습니다. 이제 이 수수께끼의 열쇠는 선생님께서 가지고 있습니다. 미친 사람만이 이런 식으로 할 수 있다는 것을 충분히 이해하셨을 겁니다. 상상을 초월할 정도로 어리석고 야비한 방법으로, 마치 시계가 종을 치듯이, 단두대의 날이 정확히 사람의 목을 치듯이, 기계적 살인을 벌이고 있는 겁니다."

루르티에가 머리를 끄덕였다.

"정말 그렇군요. 그런 관점에서 보니까, 이제 모든 게 훤히 보이네요. 그렇죠. 모든 사물을 그런 방식으로 보면 되겠군요. 하지만, 그 미친 여자가 여섯 명을 살해하는 데 수학적 논리를 이용했다고 해도, 저는 이 사건과 아무런 관련이 없습니다. 살인 대상은 그녀의 무작위적 선택에 의해 이루어졌으니까요. 무작위적 선택이 아닌 다른 방식이었습니까?"

레닌이 말했다.

"참, 대단하십니다. 제가 처음부터 제 자신에게 수없이 물어 보았던 질문이 바로 그것입니다. 이 사건 전체의 핵심이 바로 그것입니다. 저도 그 문제를 푸느라 무진 애를 썼으니까요. '하필이면 왜 오르탕스 다니엘을 선택했을까? 200만 명의 여자들 중에서 왜 굳이 오르탕스를 선택했을까? 그 귀여운 베르니세는 어떻게 알았을까? 윌리엄슨은 어떻게 된 걸까?' 이런 의문을 품어보았습니다. 만약 제 추측이 맞는다면, '도끼를 든 여인'의 선택은 분명 무작위적이 아니라 작위적이었습니다. 그렇다면 어떤 사항들을 고려했을까요? 도대체 그 선택의 기준이 무엇이었을까요? '도끼를 든 여인'이 정말 도끼로 살인을 저지르게 된 어떤 동기가 있지 않았겠습니까? 그게 좋은 것이든, 나쁜 것이든, 분명 어떤 징조가 보였을 거라는 뜻입니다. 만약 그녀가 작정을 하고 살인대상을 물색했다면, 그 기준이 무엇이었겠습니까?"

"그래, 해답을 찾아내셨습니까?"

레닌은 그의 물음에 얼른 대답하지 않았다. 잠시 뒤, 그가 다시 입을 열었다.

"네, 찾아냈습니다. 최초의 사건에서 그 실마리를 찾았습니다. 희생된 사람들의 이름을 자세히 살펴보니까, 문제가 풀렸습니다. 노력과 생각만으로 되는 일이 아니라, 머리로 풀어야 하는 문제였습니다. 살해당한 사람들의 이름을 스무 번 정도 보고 또 보면서 생각을 하다보니 차츰 전체의 윤곽이 그려졌습니다."

루르티에가 말했다.

"무슨 말씀인지 통 이해가 가지 않는군요."

"루르티에 씨, 상거래든, 범죄든, 아니면 대중 스캔들이든, 여러 사람이 관련되어 있다면, 반드시 그 사람들에 대해 여러 가지 얘기가 있게 마련입니다. 그런데 이번 사건의 경우에는, 피해당한 여성들의 성(姓)밖에 아무것도 알려신 게 없습니다. 신문에도 그저 라두 부인, 아르당 양, 혹은 코브로 양이라고만 나와 있습니다. 반면에 베르니세 양과 윌리엄슨 양의 경우에는 세례명도 같이 표기가 되어 있습니다. 오노린과 에르베트의 경우에도 그렇습니다. 만약 살해당한 여성 모두의 이름에 세례명이 있었다면, 이상한 생각이 들지 않았을 겁니다."

"특별한 이유라도 있습니까?"

"두 여성의 세례명을 오르탕스 다니엘의 이름과 비교를 해보니까, 거기에 어떤 관계가 있다는 사실을 곧 알게 되었습니다. 이제 이해하시겠습니까? 자, 이제, 세 명의 세례명이 어떤 관계가 있는지 아시겠지요?"

루르티에의 표정에는 당황한 빛이 역력했다.

그가 다소 창백해진 얼굴로 물었다.

"무슨 말씀입니까? 도대체 진의가 무엇입니까?"

레닌이 목소리를 가다듬고 또박또박 말했다.

"제 말은, 죽은 여성 세례명의 이름이 모두 머리글자가 같고, 또 잘 아시다시피, 이름의 철자의 개수가 같다는 겁니다. 우연이라고 하기에는 너무 대단한 일치 아닙니까? 당신이 코브로 양이 근무했던 쿠르브보아의 세탁소에 문의해보면, 그녀의 이름이 일레리였다는 사실을 발견할 겁니다. 자, 그렇다면, 살해당한 여성 이름이 모두 '아쉬(H)'로 시작되고, 철자의 개수 또한 같다는 사실이 분명해졌지요. 이제 더 이상 궁리할 필요가 없습니다. 죽은 사람들의 세례명이 모두 같은 특성을 갖고 있다는 사실이 명백하니까요. 그렇지 않습니까? 이것으로 우리가 고민하던 문제의 단서가 밝혀졌습니다. 동시에 미친 여자의 선택이 작위적이냐 아니면 무작위적이냐 하는 문제도 풀렸습니다. 불행하게 목숨을 잃은 여성들의 상관관계를 이제 알 수 있게 된 겁니다. 제 추리가 100% 정확할 겁니다. 오류는 있을 리가 없습니다. '네 추리를 증명해봐라! 미쳤다는 증거가 뭐냐? 굳이 그런 식으로 살해한 이유가 뭐냐?'고 물으신다면, 말씀드리겠습니다. 이름의 첫 글자는 'H'로 시작되고, 그 개수가 여덟 개입니다. 짐작이 가는 게 있습니까? 이름의 철자 개수가 여덟 개입니다. 'H'는 알파벳의 여덟 번째 철자입니다. 그리고 '8'을 뜻하는 '위(huit)'란 단어의 첫 글자도 'H'입니다. 모두 'H'와 항상 연관이 있습니다. 살인도구로 쓰인 도끼(hashe)의 철자도 'H'로 시작됩니다. '도끼를 든 여자'가 미치지 않고서야 이런 생각을 할 수 있었겠습니까?"

레닌은 하던 말을 멈추고 루르티에에게로 다가갔다.

"왜 그러십니까? 안색이 안 좋으신 것 같은데요?"

루르티에가 이마에 땀을 흘리며 말했다.

"괜찮습니다. 그저 이야기를 듣다보니까, 어쩐지 속이 뒤집히는 것 같아서 그랬습니다! 게다가 희생자 중의 한 사람을 알고 있기 때문에……. 그래서……."

레닌이 작은 테이블에서 물병과 잔을 들어 루르티에에게 물을 따라 주었다. 물을 몇 모금 마신 뒤, 그는 자세를 바로 세우고 가다듬은 목소리로 말을 이었다.

"좋습니다. 레닌 씨의 추측이 옳다고 인정합시다. 그렇더라도, 확실한 결과가 있어야 하지 않겠습니까. 지금까지 나온 결과가 무엇입니까?"

"오늘 아침에 모든 신문에 여자 요리사 구직광고를 냈습니다. 요리사를 필요로 하는 사람은 오후 5시까지 불르바르 오스만(Boulevard Haussmann)에 있는 에르미니에게 연락을 달라는 내용이었습니다. 제 말을 이해하시겠습니까, 루르티에 씨? 크리스천 이름 중에 'H'로 시작하면서 철자가 여덟 개인 것은 드물고, 있는 것들도 모두, 에르미니(Herminie), 일레리(Hilairie), 에르베트(Herbette)와 같은 구식 이름뿐입니다. 이러한 'H'로 시작되는 이름에, 이유는 알 수가 없지만, 그 미친 여자는 강한 집착을 보입니다. 그녀는 그런 이름이 있으면 살 수가 없습니다. 이런 이름을 가진 여자를 찾아내기 위해, '도끼를 든 여인'은 자신에게 남아 있는 이성과 판단력과 사고력과 지성을 모두 사용하여 사냥감을 찾고 있는 겁니다. 누워서 문제를 내고, 누워서 마냥 기다리는 겁니다. 이해도 할 수 없는 신문을 읽으면서, 'H'라는 글자만 찾는 겁니다. 오늘 신문의 광고란에 대문자로 실린 '에르미니(Herminie)'란 단어를 그녀는 틀림없이 보았을 겁니다. 그렇다면, 그녀는 제 덫에 걸려들 겁니다."

루르티에가 걱정스럽게 물었다.

"그래, 그 여자가 편지를 보냈던가요?"

레닌이 계속했다.

"서너 통의 이력서가 왔습니다. 숙소를 제공해 주겠다는 조건이었습니다. 그게 일반적이니까요. 그런데 제 흥미를 끌만한 속달 우편물도 한 통 왔습니다."

"누가 부친 것인데요?"

"이것을 한 번 읽어보시죠, 루르티에 씨."

루르티에는 레닌에게서 우편물을 빼앗듯이 낚아채어 사인한 사람의 이름을 살펴보았다. 그가 놀라는 표정을 지었다. 걱정했던 것이 아니었는지, 그는 기쁨과 안도의 웃음을 길고 크게 소리내었다.

"아니, 왜 웃으십니까, 루르티에 씨? 즐거운 표정이시네요."

"즐겁다고요? 아닙니다. 하지만, 이 편지는 내 아내가 사인한 겁니다."

"그렇다면, 두려워하신 게 무엇이었습니까?"

"두려워하다니요. 그게 내 아내이기 때문에……."

그는 말끝을 맺지 못하고 레닌에게 말했다.

"자, 이쪽으로 오시죠."

레닌은 그의 안내로 복도를 따라 조그만 응접실로 들어갔다. 그곳에는 금발의 여인이 세 아이들 틈에 앉아 숙제를 도와주고 있었다. 행복하고 자상한 모습의 미인이었다.

그녀가 자리에서 일어서자, 루르티에가 손님을 소개하면서 물었다.

"쉬잔느, 이 속달우편 당신이 부친 거예요?"

그녀가 말했다.

"에르미니 씨? 네, 내가 보냈어요. 당신도 알다시피 하녀가 나가고 없어서, 새로 쓸 사람을 찾고 있었어요."

레닌이 그녀의 말을 가로막았다.

"부인, 죄송합니다만, 한 가지만 여쭤볼게요. 그 주소는 어디에서 구하셨습니까?"

그녀가 얼굴을 붉혔다. 그녀의 남편이 다그쳐 물었다.

"쉬잔느, 말해 봐요. 그 주소 어디에서 알았어요?"

"전화가 왔었어요."

"전화한 사람이 누구였소?"

그녀는 잠깐 망설이더니, 대답을 했다.

"보모 할머니였어요."

"펠리시엔느?"

"네."

루르티에가 대화를 끊고, 다시 레닌을 서재로 안내했다. 그는 레닌이 그녀에게 더 이상 질문할 기회를 주지 않았다.

"그 우편물을 부친 펠리시엔느의 신원은 확실합니다. 그녀는 제가 오랫동안 알고 지내는 보모 할머니입니다. 내가 주는 생활비로 파리 근교에서 살고 있습니다. 펠리시엔느가 그 광고를 읽고, 제 집사람에게 알려줬나 봅니다."

그가 웃으며 덧붙였다.

"제 집사람이 '도끼 든 여인'이라고 생각하진 않으시리라고 믿습니다."

"그렇게 생각하지는 않습니다."

"그러면, 이제 제 집에서 볼일은 끝이 난 셈이군요. 저는 제 할 일을 다했습니다. 레닌 씨가 하시는 말씀도 잘 들었고. 더 이상 도움이 되지 못해서 미안합니다."

그는 물을 다시 한 잔 마셨다. 그의 얼굴이 일그러졌다.

레닌은 곧 결정타를 맞고 쓰러질 적을 바라보듯이 잠시 그를 노려보았다. 레닌은 옆으로 다가앉으며 갑자기 그의 팔을 꽉 잡았다.

"만약 선생께서 말하지 않으면, 오르탕스 다니엘은 일곱 번째 희생자가 될 겁니다."

"나는 더 이상 얘기할 게 없습니다. 내가 알고 있는 것이라니, 그게 도대체 무엇입니까?"

"모든 사실을 알고 계시지 않습니까. 저는 이미 모든 것을 명확하게 밝혔습니다. 이렇게 두려워 떨고 있는 것을 보면, 분명 알고 계신 게 있습니다."

"그렇다고 칩시다. 그렇다면 내가 왜 가만히 있겠소?"

"구설수에 휘말리기 싫어서 그렇겠지요. 무언가 감추고 싶은 것이 분명 있습니다. 제 직감은 틀려본 적이 없습니다. 이 끔찍한 비극에 대한 진실이, 한순간 탄로 나면, 물론 창피하실 겁니다. 한편으론 자신의 의무에 대한 책임감을 떨쳐버릴 수 없어 떨고 계신 겁니다."

루르티에는 대답하지 않았다. 레닌은 허리를 구부린 채, 그의 눈을 보며 속삭였다.

"구설수에 휘말릴 이유가 없습니다. 무슨 일이 일어났는지 알고 있는 사람은 이 세상에 저 혼자뿐입니다. 저도 선생님처럼 남의 이목에 시달리고 싶지 않습니다. 제가 좋아하는 여자의 이름이 이런 흉악한 사건에 오르내리는 것을 전혀 달가워하지 않습니다."

그들은 오랫동안 마주 쳐다보고 있었다. 레닌의 표정은 위압적이었다. 결코 양보할 수 없다는 기세였다. 루르티에는 그 어떤 것도 자신의 의지를 꺾을 수 없다고 생각했다. 그는 자신의 입으로 레닌이 원하는 것을 가르쳐줄 수는 없었다.

그가 말했다.

"레닌 씨가 잘못 생각하신 겁니다. 세상에 있지도 않은 것을 보았다고 생각하고 있는 겁니다."

레닌은 루르티에가 이런 식으로 계속 모르는 척 침묵을 지킨다면, 오르탕스 다니엘을 구할 수 있는 희망이 사라지리란 생각에 갑자기 오싹한 기분이 들었다. 수수께끼를 풀 수 있는 열쇠가 그의 수중에 있다는 사실에 레닌은 몹시 화가 났다. 그는 루르티에의 목을 틀어쥐고 힘을 주었다.

"더 이상 그 따위 거짓말은 듣고 싶지 않소. 지금 한 여자의 목숨이 위태롭소. 어서 말해요. 만약 그렇지 않으면……."

루르티에에게는 남아 있는 힘이 없었다. 처음부터 저항은 불가능했다. 그는 레닌의 공격이나, 완력의 사용에 놀란 것이 아니라, 거칠 것 없는 불굴의 의지에 질려버렸다.

그가 더듬거리며 말했다.

"내가 졌소. 무슨 일이 일어나더라도 내 다 말하리다."

"아무 일도 없을 겁니다. 제가 오르탕스 다니엘을 구할 수 있도록 도와주신다면 꼭 그렇게 되도록 하겠습니다. 이제 조금도 주저할 필요가 없습니다. 다 털어놓으세요. 자질구레한 얘기는 빼고, 핵심만 얘기해 주십시오."

"지금의 내 아내는 정식 아내가 아닙니다. 내 이름을 쓸 권리가 있는 여자는, 내가 젊었을 때 식민지에서 관리로 재직하면서 결혼했던 여자뿐입니다. 내 아내는 마음이 여리면서도 다소 엉뚱한 데가 있는 여자였습니다. 충돌적인 기질이 다분히 있었는데, 그게 나중에는 편집증으로 변했습니다. 우리에게는 쌍둥이 자식이 있었습니다. 그녀는 아이들을 애지중지했죠. 아이들과 같이 있을 때면, 그녀는 심리적 균형과 정신적 건강을 되찾은 사람처럼 보였습니다. 그런데 어느 날, 그녀 바로 눈앞에서 쌍둥이가 지나가던 차에 죽게 되는 어처구니없는 사고가 발생했습니다. 결국 그녀는 정신이상자가 돼버렸죠. 그리고 그녀에게는 레닌 씨가 상상하고 있는 침묵과 비밀만이 남게 되었습니다. 한참 뒤, 저는 알제리로 부임을 하게 되었습니다. 그때, 그녀를 프랑스로 데려와 어렸을 때 나를 키워주었던 보모에게 맡겼습니다. 2년 뒤, 저는 새로운 여자를 알게 되었습니다. 그녀는 나에게 새로운 삶의 의욕을 북돋아 주었습니다. 방금 만난 여자가 바로 그 여자입니다. 이제 그 여자는 지금의 나의 아내이자, 내 아이들의 엄마입니다. 이제 와서 우리가 그녀를 희생시켜야 할까요? 그리고 이 가족이란 울타리가 공포 속에서 완전히 산산조각이 나야 할까요? 또 우리의 이름이 이러한 광기와 피의 비극과 함께 나란히 기록돼야 하나요?"

레닌이 잠시 생각에 잠겼다.

그가 물었다.

"본부인의 이름이 어떻게 되나요?"

"에르망스(Hermance)입니다."

"에르망스…… 역시 이름의 첫 글자가 'H'이군요. 철자의 개수도 여덟 개이고!"

루르티에가 말했다.

"저도 오늘에서야 그것을 깨달았습니다. 물론, 레닌 씨, 당신이 여러 여성의 이름들을 비교할 때, 바로 알아차리기는 했습니다……. 저는 불쌍한 내 아내의 이름이 바로 에르망스란 사실과, 그녀가 정신병자란 사실……. 그 모든 정황증거가 바로 내 머릿속에 떠올랐습니다."

"하지만, 희생자들의 선택이 그런 식으로 이루어졌다는 사실은 그렇다치고, 그녀의 살인행위는 뭐로 설명을 해야 할까요? 그녀의 편집증 증후는 어떻습니까? 지금도 그 때문에 고생을 하고 있습니까?"

"현재는 고통이 별로 심하지 않습니다. 하지만 과거에는 고통이 심했습니다. 상상할 수 없을 정도였지요. 두 아이가 바로 코앞에서 죽는 것을 목격한 그녀는 밤낮으로 잠도 자지 않고 그 사건 현장만 떠올렸습니다. 그 고통이 어떠했을지 생각해보세요. 그 긴 낮과 지루한 밤 내내 아이들이 죽어 가는 모습을 지켜보고 있었으니……."

레닌이 의아한 눈으로 물었다.

"그녀가 살인을 저지르는 환상을 떨쳐버릴 수는 없었나요?"

루르티에가 신중한 태도로 말했다.

"그럴 수도 있었죠. 잠을 자게 되면 그런 환상이 없어졌으니까……."

"도저히 이해가 가지 않는데요."

"정신이 멀쩡한 사람은 미친 사람을 이해할 수가 없습니다. 제정신이 아닌 사람의 머릿속에서 일어나는 사건은 모두가 모순투성이이고 비정상적이지 않을까요?"

"아, 그렇군요. 그런데, 그렇다는 것을 입증할 만한 증거라도 있습니까?"

"그럼요. 지금까지 무심코 넘겼지만, 오늘에야 그 중요성을 알게 되었습니다만, 증거는 많아요. 몇 년 전 어느 날 아침, 에르망스가 자기가 목 졸라 죽인 강아지를 꼭 껴안고 곤히 자는 모습이 보모에게 발견된 적이 있었습니다. 그 뒤에도, 그와 똑같은 일들이 세 번이나 더 반복되었죠."

"그런데 그녀가 정말 잠을 자긴 했나요?"

"그럼요. 한 번 잠이 들면 며칠씩 일어나질 않았습니다."

"그때 내린 결론은 무엇입니까?"

"극도로 피곤해서, 긴장이 풀려 그렇게 오래 잔다고 생각했습니다."

레닌이 몸을 떨었다.

"바로 그것입니다! 의심할 여지가 없습니다! 다른 생명을 빼앗아야 잠을 자는 겁니다. 강아지에 했던 것과 똑같은 행동을 여자에게도 하기 시작했던 겁니다. 이 광기의 목표는 다른 동물이나 사람이 자기처럼 잠을 자지 못하도록 그 생명을 빼앗는 것이 전부입니다. 그녀는 잠을 자고 싶다. 그래서 다른 생명체의 잠을 훔친다. 그렇지 않습니까? 지난 몇 년 동안 그녀가 잠을 자기는 잤습니까?"

루르티에가 더듬거리며 말했다.

"지난 2년 동안, 잠을 잔 적이 있긴 있습니다."

레닌이 그의 어깨를 잡았다.

"선생님께서는 그녀의 병이 그렇게 심해지리라고는 미처 생각하지 못했을 겁니다. 또 잠을 자기 위해서라면 그런 행동을 절대 멈추지 않으리란 사실도 당연히 몰랐을 겁니다. 이제 서둘러야겠습니다! 너무 끔찍한 일입니다!"

그들은 밖으로 몸을 돌렸다. 그러나 루르티에가 망설였다. 그때, 전화벨이 울렸다.

그가 말했다.

"그곳에서 온 전화입니다."

"그곳이라니요?"

"네, 보모 할머니가 매일 이 시각에 연락을 합니다."

그가 수화기를 들고, 하나는 레닌에게 건네주었다. 레닌은 그의 귀에 대고 물어봐야 할 것들을 일러주었다.

"펠리시엔느? 집사람은 어때요?"

"그저 그래요."

"지금 자고 있습니까?"

"최근에는 잠을 잘 자지 못하네요. 어젯밤에는 눈을 전혀 붙이지 못했어요. 그래서 기분이 아주 우울한 것 같아요."

"집사람은 지금 뭘 하고 있어요?"

"방에 있습니다."

"얼른 그 방으로 가세요, 펠리시엔느. 그리고 절대 혼자 두지 마세요."

"안에서 문을 잠가서 그럴 수가 없어요."

"그럼, 문을 부수고 들어가요. 내가 지금 곧바로 갈 테니까……. 여보세요! 여보세요! 이런, 저쪽에서 전화를 끊어버렸네요."

아무 말 없이 두 사람은 그 집을 나와 도로로 달려갔다. 레닌은 서둘러 루르티에를 차에 태웠다.

"주소가 어떻게 됩니까?"

"빌 다브레이입니다."

"그러면 그렇지! 그녀의 중요 활동무대는…… 제 집 한가운데를 맴도는 거미와 똑같아. 이런 창피한 일이 다 있나!"

그는 매우 흥분하고 있었다. 이번 사건의 모든 윤곽이 그대로 눈에 보이는 것 같았다.

"그녀가 잠을 자려면, 다른 생명체의 잠을 빼앗아야 합니다. 동물을 죽이거나 사람을 죽이거나 모두 그 강박관념 때문입니다. 하지만 조금은 복잡합니다. 도저히 이해할 수 없는 일련의 행동은 마치 잡귀에 홀린 것 같습니다. 그녀는 'H'라는 이름을 가진 사람은 누구나 바로 자기라는 환상 때문에, 오르팅스든, 오노린이든 그 여자가 자신의 희생양이 되지 않으면, 잠을 이루지 못하는 겁니다. 정신병자의 논리는 그런 식입니다. 그러한 논리는 우리의 능력으로는 도저히 이해할 수도 없고, 또 그 원인이 무엇인지 파악할 수도 없겠지만, 그렇다고 그런 논리를 부정할 수는 없습니다. 에르망스는 사냥감을 찾아 사냥을 나가야 합니다. 그리고 사냥감을 발견하면 자기 앞으로 납치를 하여, 정해진 날짜만큼 유심히 지켜보다가, 도끼로 살인을 하는 순간, 피해자의 이마에 난 도끼구멍으로부터 잠 기운을 빨아들이는 겁니다. 잠이 들면, 그녀는 자각을 잃고 몽롱한 상태에서 일정한 기간 동안 망각상태에 빠지는 겁니다. 정신병과 논리적 모순과의 상관관계를 다시 생각해보도록 합시다. 납치한 뒤 오랫동안 감금해 두었다가, 살해하는 이유가 무엇일까요? 어떤 사람에게는 120일 간의 유예기간을 주고, 또 다른 사람에게는 125일 간의 유예시간을 주는 이유가 무엇일까요? 이유는 미쳤기 때문입니다. 이상하게 보이겠지만, 미쳤으니까, 계산이 제멋대로인 겁니다. 분명한 사실은 100일에서부터 125일까지의 어느 날짜에 새로 희생자가 생긴다는 겁니다. 이미 여섯 명이 희생되었고, 이제는 일곱 번째 희생자가 자신의 차례를 기다리고 있습니다. 이 모든 것이 모두 당신 책임이라니……. 정말 끔찍합니다. 괴물 같은 여자! 이런 여자를 그냥 방치해두었다니…….”

　루르티에는 이의를 제기하지 않았다. 그의 실의에 빠진 표정, 창백한 얼굴, 그리고 떨리는 손은 자신의 후회와 절망을 여실히 보여주고 있었다.

　그가 중얼거렸다.

　"제가 감쪽같이 속았던 겁니다. 그녀는 겉으로 보기에는 정말 얌전하고 유순한 여자였으니까요. 지금은 정신병원에 갇혀 있는 신세지만……."

"그런데 어떻게 그녀가 그런 짓을……."

루르티에가 하나씩 설명하기 시작했다.

"정신병원의 면적이 상당히 큽니다. 각 건물은 그 광범위한 지역에 분산되어 있습니다. 에르망스가 살고 있는 별채는 본 건물에서 많이 떨어져 있습니다. 이 별채에는 방이 네 개 있는데, 첫번째 방이 펠리시엔느가 쓰는 방이고, 그 다음이 에르망스의 침실, 그리고 나머지 두 개의 방 중 하나에 밖을 내다볼 수 있는 창이 있습니다. 아마 납치한 여자들은 이 방에 가두어 두었을 겁니다."

"하지만 시체를 옮기려면 마차라도 있어야 하지 않습니까?"

"그 별채는 마구간과 아주 가까운 곳에 있습니다. 거기에 마차가 한 대 있습니다. 에르망스는 틀림없이 밤에 일어나서, 그 말에 마구를 채우고 창문으로 시체를 밀어 실었을 겁니다."

"보모 할머니는 뭘 하구요?"

"펠리시엔느는 아주 나이가 많은 노인네인 데다가, 가는귀가 먹었습니다."

"그래도, 펠리시엔느는 그녀가 대낮에 이리저리 움직이는 것을 보지 않았겠습니까? 혹시 공범인 것은 아닐까요?"

"그렇지 않습니다. 펠리시엔느가 에르망스에게 속아넘어간 겁니다."

"지금 집에 계신 부인께 먼저 전화를 해서 제가 낸 광고에 대해 얘기한 사람이 바로 그 보모 할머니입니까?"

"맞습니다. 에르망스가 제대로 이해하지도 못하는 신문을 읽다가, 광고를 보고 보모 할머니에게 전화를 걸게 한 게 틀림없습니다. 우리가 일할 사람을 구하고 있다는 소리를 들었으니까요."

레닌이 천천히 말했다.

"그렇군요. 알았습니다. 이제 알겠습니다. 살해당한 사람의 이름을 적어두는 버릇이 있었죠. 오르탕스를 죽인 뒤, 기진맥진하여 다시 한 번 잠을 잔 뒤에는 또 다른 살해대상을 물색할 것이 분명한데, 도대체 어떤 방법으로 여자들을 유인했을까요? 오르탕스를 유인한 방법이 무엇이었을까요?"

차가 달리고 있었지만, 레닌이 원하는 만큼 빠른 속도는 아니었다.

레닌이 운전사에게 재촉했다.

"클레망, 서두르게. 시간이 없어."

너무 늦게 도착하는 것이 아닌가 하는 두려움이 갑자기 그를 괴롭히기 시작했다. 정신병자의 논리는 기분에 따라 갑작스럽게 바뀌기 마련이라는 생각에 그는 안절부절못하고 있었다. '미친 여자'가 갑자기 날짜를 잘못 계산하여, 빨리 가는 고장난 시계처럼 너무 일찍 범행을 저지르지나 않았을까? 잠자리가 불편하여 일어났다면, 정해진 때를 기다리지 않고 자신의 계획을 실행에 옮기고 싶은 유혹이 들지나 않았을까? 안에서 문을 잠근 이유가 그 때문이 아닐까? 납치되어 갇혔던 여자들은 얼마나 괴로웠을까? 그리고 살인마의 조그만 움직임에도 얼마나 떨었을까?

"클레망, 더 빨리 몰아! 그렇지 않으면 내가 직접 운전하겠어. 서두르란 말이야!"

그들은 마침내 빌 다브레이에 도착했다. 오른쪽으로 난 길은 경사가 심했다. 그리고 담에는 쇠창살이 쳐져 있었다.

"자, 여기에서 차를 빙 돌려 가요. 우리가 나타난 걸 들키면 안 됩니다. 별채의 위치가 어딥니까?"

루르티에가 말했다.

"바로 맞은편에 있습니다."

그들은 조금 더 가까이 다가갔다. 레닌은 제대로 관리를 하지 않아 푹 주저앉은 도로 옆의 길을 따라 달려가기 시작했다. 날이 거의 저물고 있었다.

루르티에가 말했다.

"이쪽으로 오세요. 조금 뒤에 있는 이 건물이에요. 1층의 창문을 보세요. 따로 떨어진 방 창문입니다. 아, 이쪽으로 빠져나온 게 틀림없군요."

"하지만, 창문이 쇠창살로 막혀 있는데요."

"그렇겠죠. 그러니까 아무도 의심하지 못했을 겁니다. 하지만, 그녀가 통과할 수 있는 길이 분명 있을 겁니다."

지하실이 깊었다. 바위의 튀어나온 부분에 발판이 있는 것을 발견한 레닌은 얼른 총알을 장전했다.

쇠창살 하나가 비어 있었다.

그는 얼굴을 창에 대고 안을 들여다보았다.

방 안은 어두웠다. 침대 위에는 여자가 누워 있었다. 그 여자 앞에 앉아 있는 또 다른 여자의 뒷모습이 보였다. 이마에 손을 대고 앉아 있는 여자는 누워 있는 여자를 응시하고 있었다.

루르티에가 벽 위로 올라와 작은 목소리로 말했다.

"저 여자가 바로 에르망스입니다. 다른 여자는 묶여 있습니다."

레닌이 주머니에서 유리를 자를 때 쓰는 다이아몬드 칼을 꺼냈다. 그는 미친 여자가 알아채지 못하도록 조심조심 유리를 잘랐다. 그는 살며시 손을 넣어 천천히 창문의 손잡이를 돌렸다. 왼손으로는 리볼버를 조준하고 있었다.

루르티에가 그에게 매달렸다.

"제발, 쏘지는 말아주세요!"

"어쩔 수 없는 상황이면, 쏴야죠!"

레닌은 창문을 부드럽게 밀어서 열었다. 그러나 미처 생각하지 못했던 장애물이 있었다. 의자가 밀어젖힌 창문에 걸려 뒤로 넘어졌다.

그는 잽싸게 방 안에 뛰어들어가, 그 미친 여자를 사로잡기 위해 권총을 앞으로 내밀었다. 그러나 그녀는 그럴 틈도 없이 목이 터져라 소리를 지르며 문을 열고 도망쳤다.

루르티에가 그녀를 쫓아 달려갔다.

레닌이 무릎을 굽히며 말했다.

"그래봤자 무슨 소용이 있어요? 먼저 피해자를 구합시다."

레닌은 안도의 한숨을 내쉬었다. 오르탕스는 무사했다.

그는 먼저 로프를 끊고, 그녀의 입에 물린 재갈을 제거했다. 시끄러운 소리에 늙은 보모가 램프를 들고 서둘러 내려왔다. 레닌은 그녀에게서 램프를 빼앗아 오르탕스를 비춰보았다.

레닌이 놀란 표정을 지었다. 다소 살이 빠지고 열로 눈이 충혈되어 핼쑥하고 탈진한 모습이었지만, 오르탕스는 애써 미소를 짓고 있었다.

그녀가 가만히 말했다.

"당신을 기다리고 있었어요. 한순간도 절망한 적은 없었어요. 당신을 믿었으니까요."

그녀는 결국 실신해버렸다.

그 미친 여자를 찾는 데 무려 한 시간이 걸렸다. 그녀는 문이 잠긴, 고미다락의 커다란 벽장 속에서 목을 매어 자살한 시체로 발견이 되었다.

오르탕스는 그곳에서 하루라도 더 머무르고 싶지 않았다. 게다가, 늙은 보모가 그 미친 여자가 자살을 했다는 사실을 전하는 순간, 곧바로 떠나는 것이 더 좋겠다는 생각이 들었다. 레닌은 펠리시엔느에게 앞으로 그녀가 해야 할 일에 대해 자세히 가르쳐 주었다. 그런 다음에 운전사와 루르티에의 도움을 받아 오르탕스를 차로 옮겨 집에까지 데려다 주었다.

그녀는 곧 건강을 회복했다. 이틀 뒤, 레닌은 그녀가 어떻게 그 미친 여자를 알게 되었는지 물어보았다.

그녀가 말했다.

"아주 간단해요. 지난번에 얘기했지만, 정신병자이던 제 남편도 그곳에서 요양을 하고 있었어요. 그래서 가끔, 누구에게도 말하지 않고 그곳에 가곤 했지요. 그 미친 여자와 말을 나누게 된 동기는 그것뿐이에요. 그 뒤 어느 날, 내가 방문해 주었으면 좋겠다는 소식을 보내왔죠. 둘이서 만났어요. 그리고 그 별채로 갔죠. 그녀가 나를 덮쳤을 때, 그 엄청난 힘에 눌려 살려달라는 소리도 치지 못했어요. 처음엔 장난인 줄 알았어요. 하지만 그렇지 않았어요. 미친 여자에게 장난 따윈 있을 리 없죠. 나에게 매우 부드럽게 대해줬어요. 그러면서도 먹을 것은 주지 않았어요. 하지만, 나는 당신이 올 것이라고 확신했어요."

"그래, 무섭지는 않았나요?"

"배가 고파서요? 아니에요. 그녀가 환상에 사로잡히면, 가끔 음식을 주었어요. 난 당신이 꼭 나타나리란 것을 믿고 있었어요!"

"그렇군요. 그래도 다른 위험이 있었을 텐데……."

그녀가 순진하게 물었다.

"다른 위험이라니 그게 무슨 뜻이에요?"

레닌은 깜짝 놀랐다. 그녀의 말하는 태도가 처음에는 이상하게 보였지만, 나중에는 당연하다는 생각이 들었다. 그녀는 자기가 겪은 일이 얼마나 끔찍하게 위험한 일이었는지 그 당시에 알지 못했고, 또 지금도 알지 못하고 있는 것 같았다. 그녀의 마음속에서는 '도끼를 든 여인'에 의해 저질러진 살인사건과 자신의 모험이 전혀 상관이 없었다.

그는 나중에라도 그녀에게 모든 사실을 밝힐 시간이 충분히 있으리란 생각이 들었다. 사건이 해결된 뒤 며칠 동안 휴식을 취하고 있던 오르탕스는, 잠시라도 혼자서 안정을 취하라는 의사의 권유에 따라, 프랑스 중부지방의 바시쿠르 마을 근처에 있는 친척집으로 여행을 떠났다.

눈 속의 발자국

파리, 불르바르 오스만.

레닌 공작님께.
안녕하세요.

이곳에 온 지도 벌써 3주가 다 되어갑니다. 그 동안 편지 한 장 드리지 못해, 정말 죄송합니다. 고맙다는 인사도 드리지 못하고 떠나온 것이 영 맘에 걸립니다. 최근에야, 당신께서 저를 그 끔찍한 죽음에서 구해주셨다는 사실을 알게 되었습니다. 그 끔찍한 사건의 전말에 관해서는 이제 잘 알고 있습니다. 하지만 사실, 저도 어쩔 수가 없었습니다. 너무 지쳐서 그저 조용히 휴식을 취해야만 했으니까요. 제가 파리에 계속 머물러야 했을까요? 당신과 함께 모험을 계속했어야 했을까요? 아니에요. 그럴 필요는 없었어요. 모험은 이제 할 만큼 했으니까요! 탐정 일을 하는 것이 재미있다는 것은 저도 인정해요. 하지만, 누군가가 그 누군가의 희생양이 되고, 그 사람의 손에서 벗어날 수가 없다면? 그건 참 끔찍한 일이에요! 제가 그 일을 잊을 수 있을까요?

이곳, 라 롱시에르에서, 저는 평화롭게 지내고 있어요. 시집 못 간 친척언니 에르믈렝이 저를 마치 환자처럼 잘 돌봐주고 있어요. 이제 혈색이 좋아졌어요. 몸도 많이 건강해졌고요. 사실, 이제 다른 사람들의 일에는 관심을 두고 싶지 않아요. 다시는요!

(지금부터 쓰는 내용은 당신만 알아두세요. 당신이야 자신과 아무 상관 없는 일에도 언제나 관심을 보이고 꼬치꼬치 캐는 걸 좋아하는 성격이니까, 말하는 거예요.) 어제 앙토아네트와 함께 바시쿠르에 갔어요. 그런데 식당에서 이상한 장면을 보았어요. 마침 장날이라 식당에는 농부가 많았는데, 우리는 그들 틈에 끼어 차를 마셨어요. 그때, 한 무리의 사람들이 들어오니까 왁자지껄하던 식당이 갑자기 조용해졌어요.

남자 두 명에 여자가 한 명. 그들은 세 명이었어요. 두 사람 중 한 사람은 작업복을 입고 있었는데 농부처럼 보였어요. 뚱뚱한 편이었지만, 허옇게 수염이 난 얼굴은 불그스름하면서도 훤해 보였어요. 다른 남자는 코르덴 양복을 입고 있었는데, 농부보다는 젊어 보였어요. 마른 체격에 성격이 까나로워 보였어요. 두 사람 다 어깨에는 총을 메고 있었어요. 두 사람 사이에는 갈색 코트에 모피 모자를 쓴 젊은 여자가 앉아 있었는데, 얼굴이 핼쑥하고 창백한 편이기는 했지만 상당히 우아하면서도 빼어난 미모를 지니고 있었어요.

제 언니가 속삭였어요.

"저 나이 든 사람이 아버지야. 나머지 두 사람은 아들 부부고."

"아니! 저 시골뜨기가 어떻게 저런 예쁜 아내를 맞았을까?"

"저 여자는 고른 남작의 며느리야."

"그럼 저 늙은 남자가 남작이란 말이야?"

"응. 역사가 오래된 귀족 가문의 사람들이지. 옛날에는 대저택을 소유하고 있었어. 저 남자는 항상 농사꾼처럼 살아. 사냥도 잘하고, 술도 잘 마셔. 다른 사람과 법정 소송도 잘 벌이고……. 이젠 거의 몰락한 상태야. 저 사람 아들은 이름이 마티아라고 하는데, 야망이 대단히 큰 사람이야. 흙 파는 일에는 별로 관심이 없고, 술집에나 들락거린대. 미국에 갔다가 돈이 다 떨어져서, 다시 이리 돌아왔대. 그리고 마을 근처에 살던 저 여자와 결혼했대. 저 여자가 어떻게 결혼했는지는 아는 사람이 없어. 5년 동안 거의 숨어 지내다시피 했으니까……. 감옥 같은 생활이었을 거야. '우물 저택'이라고 불리는, 아주 가까운 곳의 작은 저택에서 살았으니까……."

내가 물었어요.

"아버지와 아들과 함께?"

"아니, 아버지는 마을 끝에 있는 농장에서 혼자 살고 있어."

"그런데, 마티아에게 의처증이 있었어?"

"응. 대단하대!"

"이유도 없이?"

"이유가 뭐가 있어. 나탈리 드 고른은 참 착한 여자야. 지난 몇 달 동안, 제롬 비냘이란 잘생긴 청년이 그 저택 주위를 맴돌았다고 하더군.

그게 그녀의 잘못도 아닌데, 고른 남작 부자는 그녀를 가만두질 않았대."

"아니, 고른 남작도?"

"제롬은 오래전에 그 대저택을 샀던 사람의 마지막 후손이야. 그래서 고른 가문의 사람들은 제롬을 증오하다시피 해. 내가 그에 대해서 조금 아는데, 좋아하기도 하고, 생기기도 잘생겼고, 아주 부자야. 저 늙은 남작이 술에 취하기만 하면 제롬이 나탈리에게 함께 도망가자는 말을 했다고 떠들어대거든."

그 늙은이는 다른 남자들과 같이 앉아 술을 마시고 있었어요. 그 사람들은 요것조것 캐묻는 재미에 그 늙은이에게 계속 술을 권했어요. 그는 어느새 술이 얼큰히 취했는지, 이야기를 늘어놓기 시작했어요. 아주 얄궂게 비웃는 표정이었어요.

"그놈이 헛물켜고 있지. 내 여러분에게 말하지만, 우리 집에 숨어들어 와, 내 며느리를 몰래 빼내가려고 하는데, '그래 봤자'야. 망할 놈의 자식! 마티아, 만약 그놈이 가까이 오면, 총으로 날려버려."

그가 며느리의 손을 잡고 낄낄 웃으며 말했어요.

"그래도, 이 아이는 자신이 어떻게 처신해야 하는지 잘 알고 있어요. 자기 혼자 좋다고 쫓아다니는 그런 놈은 필요 없지, 나탈리?"

나탈리는 그의 말에 당황하여 얼굴을 붉혔어요. 그러자 그의 남편인 고른이 화를 냈어요.

"아버지, 입 좀 다물고 계세요. 사람들 앞에서 떠들 일이 아니잖아요."

그의 아버지가 이렇게 말했어요.

"명예가 걸린 일은 사람들 앞에 다 털어놔야 하는 거야. 고른 가문의 명예는 누구보다도 내가 지키마. 파리 똥을 먹은 놈들은 안돼."

그가 잠시 말을 멈췄어요. 누군가가 바로 코앞에 서 있었으니까요. 아마, 그가 말을 마치기를 기다리고 있었던 것 같았어요. 새로 나타난 남자는 키도 크고, 힘도 세게 생긴 젊은이였어요. 승마복을 입고 손에는 수렵용 채찍을 들고 있었어요. 맑은 두 눈에, 입가에는 엷은 미소를 띤, 건장하게 생긴 모습이 무척 멋있었어요.

언니가 속삭였어요.

"저 사람이 제롬 비날이야."

그 사람은 전혀 당황하지 않았어요. 나탈리를 보고는, 아주 공손히 인사를 했어요. 마티아가 앞으로 다가서자, 그는 위아래를 훑어보기만 했어요. 마치 '그래, 어쩌자는 건데?' 하는 것처럼…….

그의 태도에 자존심이 상했는지, 고른 남자 부자는 어깨에 메고 있던 총을 내려 두 손으로 잡고, 곧 당길 것 같은 자세를 취했어요. 남자의 아들은 매우 화가 난 표정이었어요.

제롬은 이러한 위협에도 꼼짝하지 않았어요. 잠시 뒤, 식당 주인을 돌아보면서 말했어요.

"바쇠르 씨를 보러 왔는데, 가게문이 닫혀 있군요. 권총 지갑의 실밥이 한두 군데 뜯어졌으니까 고쳐달라고 좀 전해주세요."

그가 권총지갑을 식당주인에게 건네면서 명랑하게 말했어요.

"권총은 갖고 가야겠네요. 필요할 때가 있을지 모르니까. 언제 무슨 일이 일어날지 누가 알아요!"

그런 다음에는, 아주 조용히, 은색 케이스에서 담배를 꺼내 불을 붙이며 나갔어요. 우리는 그가 말을 타고 천천히 가는 것을 창문으로 지켜보았어요.

고른 남작은 코냑 병을 던지며 끔찍한 욕을 하기 시작했어요. 그러자 아들이 입을 막으며 주저앉혔어요. 나탈리는 그들 뒤에서 흐느끼고 있었어요.

이게 끝이에요. 공작님이 읽어보시면 알겠지만, 그렇게 재미가 있다거나 흥미를 끌 만한 내용은 없어요. 사건이 될 만한 내용도 없고, 공작님이 개입해야 할 것도 없어요. 굳이 공작님이 이 일에 개입할 구실을 찾지는 마시기 바랍니다. 물론 저도, 이 불쌍한 여자가 보호받는 것을 보고 싶습니다. 하지만 앞에서도 말했듯이, 괜히 그들의 문제에 끼어들고 싶지 않을뿐더러 더 이상 시련을 겪고 싶지도 않습니다.

11월 14일
바시쿠르, 라롱시에르에서
오르탕스 다니엘

오르탕스의 편지는 여기서 끝났다. 레닌은 그녀의 편지를 소리내어 읽고 또 읽어보았다.

'그래, 그렇구나. 이제 알겠어. 오르탕스는 나와 같이 모험을 계속하고 싶은 마음이 없어진 거야. 괜히 이 일에 끼어들면, 다시 일곱 번째의 모험을 해야 하고, 또 그 다음에는 여덟 번째의 모험을 해야 하고, 그런 것을 두려워하고 있는 거야. 그녀가 더 이상 원하지 않는다. 아닌데, 그럴 리 없는데. 분명 원할 텐데……. 그런데 그런 기미가 전혀 보이지 않으니…….'

그는 기분이 좋아 웃음이 나왔다. 그 편지는 그가 천천히, 부드럽고 끈기 있게 오르탕스에게 쏟은 노력에 대한 값진 증표였다. 그 안에는 그녀의 복잡한 심정이 모두 담겨 있었다. 존경심, 무한한 신뢰, 불안감, 두려움, 공포 그리고 사랑의 감정이 모두 함께 어우러져 있었다. 좋은 파트너로서 같이 모험을 하며 서로 어색한 감정을 떨쳐버린 순간, 그녀는 갑자기 두려움을 느낀 것이었다. 그녀의 조신한 태도 속에는 일종의 요염한 내숭이 섞여 있었다.

편지를 받은 날 저녁, 레닌은 곧바로 기차를 탔다. 그가 퐁피냐 역에서 내렸을 때, 도로는 온통 하얀 눈으로 뒤덮여 있었다. 그곳에서 바시쿠르까지의 거리는 8킬로미터 정도였다. 그가 다시 탄 마차는 동이 틀 무렵에야 바시쿠르에 도착했다. 마차를 타고 가는 동안 '우물 저택' 쪽에서 세 발의 총소리가 들렸었다. 그는 알맞은 때에 도착했다는 생각이 들었다.

레닌이 투숙한 조그만 호텔의 휴게실에서 무장 경찰의 조사가 진행되었다.

어떤 농부가 말했다.

"총소리는 분명히 세 발이었어요."

웨이터가 맞장구를 쳤다.

"맞아요. 세 발이었어요. 밤 12시였을 거예요. 9시부터 내리던 눈이 그때 그쳤으니까요. 들판 저쪽에서 탕탕탕 하는 소리가 들렸어요."

다른 다섯 명의 농부도 같은 증언을 했다. 그러나 경찰서는 그 뒤쪽에 있었기 때문에 경찰들은 아무 소리도 들을 수 없었다. 곧이어 마티아 드 고른의 저택에서 일을 한다는 사람 둘이 도착했다.

"일요일이 끼어서 전전날부터 쉬었다가, 오늘 가보니까 문이 잠겨 있어서 그냥 곧바로 돌아오는 길입니다. 1층의 문이 모두 잠겨 있었어요. 이런 경우는 처음입니다. 여름이든 겨울이든, 매일 아침 6시 정각에 마티아 씨가 나와서 문을 열었거든요. 그런데 지금이 벌써 8시가 지났잖아요. 제가 소리쳐 불러도 안에서 아무 대답이 없기에 이리로 왔습니다."

경사가 말했다.

"고른 남작에게 물어보지 그랬어요. 그 윗길에 살잖아요."

"아, 이런! 그건 미처 생각하지 못했습니다."

"그럼 그곳으로 가봅시다."

다른 경찰들도 경사를 따라 나섰다. 그 농부들과 열쇠 수리하는 사람도 경찰을 따라갔다. 레닌도 그 대열에 합류했다.

얼마 가지 않아, 마을 끝에 저택이 보였다. 레닌은 오르탕스가 편지에 쓴 내용으로 미루어 그것이 고른 저택이라는 것을 금방 알 수 있었다.

고른 남작은 말에 수레를 달고 있었다. 그들이 상황을 설명하자, 그는 웃음을 터뜨렸다.

"총성이 세 발 울렸다? 탕탕탕? 마티아의 총은 2연발짜리요."

"문이 닫혀 있는 이유는 뭡니까?"

"그 애가 자고 있다는 뜻이죠. 그게 전부예요. 어젯밤에 나하고 같이 술을 마셨어요. 두 병인가 세 병을 마셨으니까, 푹 자고 일어나야 술이 깰 거요. 내 생각으로는…… 마티아와 나탈리는……."

그는 지붕의 천막이 다 찢어진 마차 위로 올라가 채찍을 휘둘렀다.

"나중에 또 봅시다. 세 발의 총성 때문에 매주 월요일이면 퐁피나에서 열리는 장에 빠지면 안 되지. 마차 안에 송아지 두 마리를 실었어요. 이놈들을 푸줏간에 팔아야 합니다. 자, 그럼 수고들 하쇼!"

다른 사람들이 걸어왔다. 레닌은 경사에게 다가가, 자기소개를 했다.

"저는 에르믈렝의 친구입니다. 너무 이른 시각이라, 그녀를 깨우기도 그렇고, 같이 저택 주변이나 둘러볼 수 있으면 좋겠습니다. 에르믈렝 양은 고른 부인을 잘 알고 있습니다. 저택에는 별일이 없는 것 같으니까, 그녀는 제가 진정시키면 될 겁니다."

경사가 대답했다.

"사건이 있었다면, 쌓인 눈 때문에 지도를 보는 것처럼 훤히 알 수 있을 겁니다."

젊은 경사는 꽤 호감이 가는 사람이었다. 머리도 영리하고 지적인 것 같았다. 그의 조사에는 처음부터 한 치의 빈틈이 없었다. 눈 위에 찍힌 발자국을 하나하나 조사해 나갔다. 전날밤 마티아가 나갔다가 돌아올 때 생긴 발자국이 보였다. 이 저택에서 일한다는 두 사람이 들어왔다 나가며 생긴 뒤엉킨 발자국도 보였다. 발자국을 조사하는 동안 그들은 어느새 저택의 담벼락에 도착해 있었다. 열쇠 수리공이 이미 대문을 열어놓았다. 그곳에서부터는, 모든 발자국이 처음의 모양 그대로 깨끗했다. 마티아의 발자국이 보였다. 그가 아버지와 술을 먹은 것은 틀림없었다. 일직선으로 나 있던 발자국은 그곳에서부터 갑자기 방향을 바꿔 가로수길 옆의 나무들 끝까지 오른쪽으로 나 있었다.

200미터가량 떨어진 곳에는, 남루한 모습의 2층짜리 '우물 저택'이 서 있었다. 가운데 문이 열려 있었다.

젊은 경사가 말했다.

"안으로 들어가 보죠."

그가 문지방을 건너 안으로 들어가더니 툴툴거렸다.

"이런! 고른 남작을 데려왔어야 했는데…… 실수를 했군요. 두 사람은 여기에서 싸우고 있었어요."

큰방은 어수선했다. 부서진 의자 두 개, 뒤집혀진 테이블, 그리고 깨진 유리잔과 자기 그릇을 보아 두 사람의 싸움이 얼마나 격렬했는지 충분히 알 수 있었다. 바닥에 쓰러져 있는 커다란 괘종시계는 11시 20분에 멈춰서 있었다.

저택에서 일하는 소녀의 눈짓에 따라 그들은 2층으로 달려올라 갔다. 마티아와 그의 아내 둘 다 그곳에 없었다. 그들의 침실 문은 망치로 부서져 있었다. 망치는 침대 밑에서 발견되었다.

레닌과 경사는 다시 아래층으로 내려갔다. 거실에는 부엌으로 나가는 통로가 있었다. 뒤뜰에 있는 부엌은 과수원에서 갈라진 작은 마당으로 연결되어 있었다. 그 끝에 우물이 있었다.

부엌문에서 우물까지는 눈이 얇게 쌓여 있었다. 눈 위에는 사람을 끌고 간 것처럼 보이는 흔적이 이리저리 나 있었다. 우물 주변에 어지럽게 엉켜 있는, 움푹 패인 자국은 이곳에서 다시 한 번 싸움이 벌어졌다는 것을 암시하고 있었다. 경사가 여러 사람의 발자국 속에서 마티아의 것들을 다시 찾아냈다. 아까 본 것들보다는 모양이 더욱 뚜렷하고 선명한 모습이었다.

그들은 곧바로 과수원으로 갔다. 30미터 앞에 있는 발자국 근처에서 권총이 발견되었다. 농부 한 사람이 이 권총이 이틀 전에 제롬이 식당에서 내보였던 권총과 비슷하다고 알려주었다.

경사는 탄창을 조사해 보았다. 일곱 개의 총알 중 세 개가 발사돼 있었다.

이 비극적인 사건은 점차 그 윤곽이 밝혀지고 있었다. 경사는 모든 사람들에게 발자국이 찍힌 곳에 들어가지 않도록 옆으로 물러서 있으라는 지시를 내렸다. 그는 우물 쪽으로 되돌아갔다. 그는 그들에게 2층으로 가는 길을 안내했던 소녀에게 허리를 구부리고 몇 가지 질문을 한 뒤 다시 레닌에게로 돌아왔다.

그가 레닌의 귀에 대고 말을 했다.

"이제 모든 것을 알 수 있을 것 같습니다."

레닌이 그의 손을 잡으며 말했다.

"솔직히 얘기해 주시지요. 사건이 일어난 게 분명합니다. 아시다시피, 에르믈렝 양은 제롬 비날의 친구이자 고른 부인을 잘 알고 있는 사람입니다. 저는 또 에르믈렝 양과 친하고요. 혹시 추리하신 것이……"

"추리라고 할 것까지는 없고, 누군가가 지난밤에 저곳에 왔었다는 것만은 확신합니다."

"어떤 길로 왔는데요? 이 저택으로 온 사람이 남긴 발자국은 마티아의 것뿐인데."

"그러니까 눈이 오기 전에 들어온 사람이 있다는 얘기입니다. 9시 이전에 말이죠."

"그러면, 거실의 구석에 숨어서, 눈이 내린 뒤에 마티아가 올 때까지 기다리고 있었단 얘긴가요?"

"그렇습니다. 그러고는 마티아가 들어오자마자 공격을 한 겁니다. 마티아가 부엌을 통해 도망치자, 범인은 그를 쫓아 우물까지 갔고, 거기서 세 발을 쏜 겁니다."

"그렇다면 시신은 어디에 있습니까?"

"우물 밑바닥에 있겠죠."

레닌이 이의를 제기했다.

"이런! 너무 지나치게 자신하고 있는 것은 아닙니까?"

"아닙니다. 길에 쌓인 눈을 보면 압니다. 눈을 조사해보면, 격투가 벌어지고 세 발의 총성이 울린 뒤, 범인 혼자 걸어서 이곳을 떠난 것이 분명합니다. 범인의 발자국은 마티아의 것과 달라요. 그렇다면, 마티아의 시신은 어디에 있겠습니까?"

"하지만, 그 우물을…… 조사할 수 있을까요?"

"아니오. 우물이 엄청나게 깊습니다. 그래서 '우물 저택'이란 이름이 붙은 것이지요."

"그런데 정말 그렇게 믿으십니까?"

"백 번 물어봐도 대답은 똑같습니다. 범인은 눈이 내리기 전에 도착했고, 그 다음에 마티아가 도착했고, 이곳을 떠난 사람은 범인 한 사람뿐입니다."

"그러면 나탈리는요? 나탈리도 살해한 다음에 남편과 함께 우물로 던졌다는 얘깁니까?"

"아니오, 던진 게 아니라 운반을 한 거죠."

"운반을 했다고요?"

"그녀의 침실이 망치로 부서져 있었던 것을 생각해 보세요."

"잠깐만요, 경사님! 이곳에서 나간 사람은 분명 한 사람뿐이라고 하셨는데요."

"몸을 숙이고, 그 남자의 발자국을 잘 살펴보세요. 발자국이 들어간 깊이를 살펴보세요. 저 발자국들은 무거운 짐을 진 사람의 것입니다. 침입자가 나탈리를 어깨에 둘러메고 운반했다는 증거입니다."

"그러면 이쪽으로 나가는 문이 있습니까?"

"그럼요. 쪽문이 있어요. 그 열쇠는 마티아가 항상 갖고 다녔죠. 범인이 열쇠를 빼앗은 게 틀림없어요."

"들판 쪽으로는 길이 나 있나요?"

"네. 그 길은 여기에서 1.2킬로미터 정도 떨어져 있는 큰길과 연결되어 있어요. 그 큰길이 어디에 있는지 아십니까?"

"어디로 나 있는데요?"

"대저택의 코너로 나 있습니다."

"제롬의 저택 말입니까?"

'제기랄! 상황이 심각하게 돌아가는군! 만약 범인이 남긴 자국이 그 대저택까지 계속 나 있다면, 이 사람의 말이 맞겠지.'

그들은 발자국을 따라, 군데군데 눈이 수북이 쌓인 울퉁불퉁한 들판을 건넜다. 발자국은 대저택 쪽으로 계속 이어지고 있었다. 대문 앞에 이르자 발자국이 끊어졌다. 이미 눈이 치워져 있었다. 그러나 그 맞은편에서 다른 자국이 보였다. 마차가 지나간 자국이었다. 그 바퀴자국은 마을로 향하고 있었다.

경사가 벨을 눌렀다. 대문에서 현관까지 난 길을 청소하고 있던 청소부가 빗자루를 들고 나왔다. 그들의 질문에, 청소부는 제롬 비낟이 아침에 다른 사람들보다 일찍 일어나 마차를 타고 나가 지금은 안에 없다는 사실을 알려주었다.

그들은 돌아서서 그 저택을 떠났다.

레닌이 말했다.

"그러면, 바퀴 자국만 따라가 보면 되겠습니다."

경사가 말했다.

"소용이 없을 겁니다. 이미 기차를 타고 이곳을 떠났을 겁니다."

"퐁피냐 역 말입니까? 하지만, 그러려면 마을을 지나갔을 겁니다."

"다른 길로 갔어요. 특급 열차가 정차하는 역으로 향하는 길을 택했을 겁니다. 그곳에 도지사 사무실이 있으니까 제가 전화를 해놓겠습니다. 11시나 돼야, 열차가 있으니까, 사람들에게 역을 잘 감시하고 있으라고 하면 됩니다."

레닌이 말했다.

"경사님은 정말 빈틈이 없으시군요. 지금까지 조사하시느라 수고가 많으셨습니다."

그들은 헤어졌다. 레닌은 마을에 있는 호텔로 돌아와, 사람을 시켜 오르탕스 다니엘에게 다음과 같은 메시지를 보냈다.

오르탕스 다니엘에게,

당신의 편지를 읽고, 저는 당신이 그 여린 마음에 제롬과 나탈리의 사랑을 진심으로 보호하고 싶어한다는 사실을 어렴풋하게나마 알게 되었습니다. 모든 정황 증거로 볼 때, 이 두 사람이 마티아를 우물에 빠트려 죽인 다음에 함께 도망간 것 같습니다.

지금은 이곳을 떠날 수가 없어 정말 미안합니다. 뭐가 뭔지, 아직 모든 것이 감이 잡히지 않습니다. 당신과 함께 있으면, 이 사건을 푸는 데 필요한 단서를 잡는 데 힘이 들 것 같아 가지 못하고 있습니다.

10시 30분이었다. 레닌은 뒷짐을 진 채, 천천히 마을을 둘러보았다. 눈이 소복이 쌓인 시골의 모습이 너무 아름다웠다. 그러나 그런 것을 감상할 만한 여유가 없었다. 점심때가 되어 그는 호텔로 돌아왔다. 그는 오직 사건의 실마리를 찾을 궁리만을 하고 있었다. 호텔에서는 여러 사람이 모여 이번 사건에 대해 쑥덕거리고 있었지만, 그는 전혀 신경을 쓰지 않았다. 그는 자기 방으로 올라가 잠을 청했다. 한참 뒤, 방문을 두드리는 소리가 들렸다.

그가 물었다.

"오르탕스? 오르탕스?"

문을 열었다. 오르탕스가 문밖에 와 있었다. 그는 그녀의 두 손을 잡고 가만히 바라보고만 있었다. 다시 만난 기쁨에 아무런 생각도, 아무런 말도 필요 없었다.

잠시 뒤, 그가 물었다.

"괜히 왔나 모르겠네요."

그녀가 부드럽게 말했다.

"아니에요. 오실 줄 알았어요."

"그러면, 나보고 얼른 내려오라고 하지 그랬어요. 당신도 알다시피, 사건은 '아차' 하는 순간에 일어나잖아요. 그런데 문제는……, 저는 제롬과 나탈리에 대해 잘 알지 못해요."

그녀가 서둘러 물었다.

"그 두 사람이 체포되었다는 소식 못 들으셨어요? 급행열차로 떠나려다가 잡혔대요."

레닌이 반박했다.

"경찰이 체포를 해갔다고요? 그럴 리가요. 무작정 체포부터 하지는 않아요. 우선 심문부터 받을 거예요."

"그래요. 지금 당국에서 그들을 심문을 하고 있어요."

"어디에서요?"

"그 대저택에서요. 죄도 짓지 않았는데…… 그 사람들은 죄가 없어요. 그들이 무죄라는 것은 당신도 인정하시죠?"

그가 대답했다.

"아직, 이렇다 저렇다 할 게 없죠. 확증이 없잖아요. 어쨌든 모든 상황이 불리하게 돌아가고 있는 것만은 분명하네요. 그런데 범죄를 저지르는 사람이 그렇게 증거를 많이 남겨두고, 순순히 자신의 범죄를 자백한다는 게 어딘지 모르게 좀 이상하군요. 아무래도, 뭔가 이상하게 맞지 않는 것이 있네요."

"그래요?"

"네, 저도 아주 헷갈리는군요."

"그래도 무슨 생각이 있을 거 아니에요?"

"아직까지는 잘 모르겠네요. 내가 제롬과 나탈리를 직접 만나 얘기를 들어본다면 모를까. 두 사람의 알리바이를 직접 확인할 때까지는 뭐라고 말할 수 없겠습니다. 하지만, 내가 직접 물어볼 수도 없고 심문 현장에 참석할 수도 없으니, 갑갑하네요. 심문만 하고 끝나야 할 텐데……."

그녀가 말했다.

"대저택에서의 심문은 끝났어요. '우물 저택'에서 다시 심문을 할 거예요."

그가 궁금한 듯 그녀에게 물었다.

"경찰이 그들을 '우물 저택'으로 데리고 갔습니까?"

"네, 경찰차 운전사 말을 들어보면, 그런 것 같아요."

레닌이 외쳤다.

"이런! 그러면 되겠는걸! 그래, '우물 저택'에 아주 좋은 곳이 있었지! 그곳에서 경찰의 심문 광경을 보면 되겠다! 그곳에서는 두 사람이 경찰의 심문에 대답하는 것을 똑똑히 들을 수 있어요. 눈 깜빡이는 것까지도 볼 수 있고요. 내게 필요한 단서를 발견할 수 있을 겁니다. 자, 얼른 갑시다."

그는 아침에 지나왔던, '우물 저택'으로 난 지름길로 그녀를 이끌었다. 문 앞에서부터는 무장 경찰들이 발자국이 남은 곳을 가로막고 삼엄하게 경비를 하고 있었다. 레닌과 오르탕스는 그들의 눈을 피해 창문으로 넘어 들어갔다. 그들은 복도 끝 계단 바로 위에 있는 조그만 방으로 숨어들어 갔다. 황소의 눈(채광을 위한 둥근 창)을 통해 1층에 있는 커다란 방에서 나오는 불빛만이 희미하게 보일 뿐 사방이 컴컴했다. 아침에 들렀을 때, 레닌은 황소의 눈이 안에서 헝겊으로 가려진 것을 발견했다. 그는 헝겊을 떼어내고, 유리 한 귀퉁이를 잘랐다. 몇 분 뒤, 사람들의 목소리가 들렸다. 틀림없이 우물 근처에서 나는 소리였다. 소리가 점점 명확하게 들렸다. 곧 사람들이 2층으로 올라오는 소리가 들렸다. 경사가 어떤 사람과 함께 나타났다. 키가 큰 젊은이였다.

오르탕스가 말했다.

"제롬이에요."

레닌이 말했다.

"아, 네. 2층의 나탈리 방을 먼저 조사하고 있어요."

15분이 지났다. 2층에 있던 사람들이 아래층으로 내려갔다. 그들은 부지사와 서기, 경찰간부, 그리고 형사 두 명이었다.

고른 부인이 불려들어 왔다. 경찰 간부가 제롬에게 앞으로 나오라고 지시했다.

제롬은 오르탕스가 편지에 쓴 것처럼 확실히 강인한 인상이었다. 그는 불안한 기색을 보이지 않았다. 아니, 오히려 단호하고 결연한 모습이었다. 작은 키에 호리호리한 나탈리는 불안한 눈빛을 보이면서도 자세는 전혀 흐트러짐이 없었다.

어지럽혀진 가구와 격투의 흔적들을 조사하고 있던 부지사가 그녀에게 자리를 권했다.

그가 제롬에게 말했다.

"지금부터, 제롬 씨에게 간단하게 물어보도록 하겠습니다. 치안판사의 심문은 나중에 다시 있을 겁니다. 여행 도중에 이렇게 고른 부인과 함께 이리로 오시게 해서 죄송합니다만, 피치 못할 사정이 있어서 그런 것이니까 양해해 주시기 바랍니다. 곤란하더라도, 이제, 제롬 씨가 지금 받고 있는 혐의에 대해, 그 혐의를 벗겨줄 수 있는 사실들을 정확히 말해 주셨으면 합니다."

제롬이 말했다.

"부지사님, 그런 혐의야 곧 풀릴 테니까 걱정이 없습니다. 제가 모든 것을 밝히면, 지금까지 저에 대해 떠돌던 모든 악의에 찬 비난도 수그러질 겁니다. 그럼 말씀드리도록 하겠습니다."

제롬은 잠시 생각에 잠겼다. 이윽고 그가 분명하고 솔직한 태도로 입을 열었다.

"저는 고른 부인을 사랑하고 있습니다. 그녀를 처음 만난 순간 한눈에 반했습니다. 하지만 그녀에 대한 사랑은 언제나 그녀의 행복이 무엇이냐가 최우선이었습니다. 그녀를 사랑합니다. 그러나 사랑보다는 존경하는 마음이 더 큽니다. 고른 부인이 이미 얘기했을 겁니다만, 제가 다시 한 번 말씀드리겠습니다. 그녀와 제가 대화를 나눈 것은 바로 어젯밤이 처음이었습니다."

그가 말을 이었다. 그러나 목소리가 가라앉아 있었다.

"그녀가 너무 불행한 삶을 살고 있기 때문에 그만큼 더 그녀를 존경합니다. 그녀의 삶이 늘 순교자의 삶과 같았다는 사실을 모르는 사람은 아무도 없습니다. 남편은 그녀를 잔인할 정도로 학대하고 광적으로 질투했습니다. 이 집의 하인들에게 물어보십시오. 그러면, 그녀의 오랜 아픔과, 그녀가 받았던 학대와, 그리고 그녀가 참고 견뎌야만 했던 모욕에 대해 알게 될 겁니다. 아내에 대한 부당한 수모와 학대가 어느 수준을 넘으면, 아무리 당사자가 아닌 사람이라도 그에 항의할 수밖에 없습니다. 저는 그녀의 고통을 막기 위해, 고른 남작을 찾아가 세 번씩이나 간청해 보았습니다. 하지만 돌아온 대답은 역시 며느리에 대한 증오뿐이었습니다. 아름답고 고귀한 사람에 대한 증오뿐이었습니다. 결국, 저는 남편에게 얘기하는 수밖에 없다는 결심을 하게 되었습니다. 그래서 어제 저녁, 고른 부인에 대한 얘기를 하기 위하여 그녀의 남편을 찾아갔습니다. 그런 행동이…… 다소 이상하게 보일 것입니다. 그 점은 인정합니다. 하지만, 그의 성격으로 미루어볼 때 괜찮겠다는 생각이 들었습니다. 맹세컨대, 그와 얘기를 나누어야겠다는 생각 외에는 정말 아무런 의도가 없었습니다. 마티아에 대해서는 어느 정도 알고 있었으므로, 저는 제 목적을 달성하기 위하여 그의 약점을 이용하기로 작정했습니다. 만약 제가 지금 하는 얘기 중에 사실과 다른 것이 드러나

면, 저는 마땅히 벌을 받겠습니다. 그래서 찾아갔습니다. 9시가 조금 못 된 때였습니다. 하인들은 모두 나가고 없었습니다. 그는 직접 문을 열었습니다. 그는 혼자였습니다."

부지사가 그의 말을 막았다.

"고른 부인도 조금 전에 제롬 씨와 같은 진술을 했지만, 저희는 그것을 믿을 수가 없습니다. 고른 남작의 증언과, 눈 위에 찍힌 마티스 씨의 발자국으로 미루어보면, 마티아 씨는 어젯밤에 11시까지 집에 돌아오지 않았습니다. 눈이 내린 시간은 9시 15분부터 11시까지였습니다."

제롬은 부지사의 말에 얼굴색 하나 변하지 않고 자기의 주장을 폈다.

"부지사님, 저는 사실을 사실대로 말하는 것뿐입니다. 남이 추정한 내용을 말하는 게 아닙니다. 어쨌든, 계속하겠습니다. 이 방에 들어왔을 때 시계는 8시 50분이었습니다. 내가 총이라도 쏠까봐 겁이 났는지 그는 엽총을 꺼내놓고 있었습니다. 저는 권총을 테이블 위에 멀찍이 내려놓고 의자에 앉았습니다. 그리고 '할 얘기가 있어서 왔다.'고 말했습니다. 그는 미동도 하지 않은 채 아무런 말을 하지 않았습니다. 그래서 제가 다시 말을 꺼냈습니다. 그냥, 다짜고짜, 미리 생각해 두었던 말을 그에게 곧바로 해버렸습니다.

'지난, 몇 달 동안 당신의 경제적 형편을 조사해보았소. 땅은 이미 모두 저당잡혀 있더군요. 지금까지 끊어준 수표도 곧 지불 기일이 돌아올 텐데, 아마 결제할 능력이 없을 거요. 당신의 아

버지에게서도 돈 나올 구멍은 없으니, 이제 당신의 파산은 곧 시간문제요. 나는 당신을 돕고 싶소.'

그래도 그는 대꾸를 하지 않고 쳐다보기만 하더니, 자리에 앉았습니다. 내가 하는 말에 불쾌한 기색은 아니라는 생각에, 주머니에서 수표를 꺼내 그의 앞에 놓고 말했습니다.

'6만 프랑이오. 이 '우물 저택'의 토지와, 부속건물을 내가 사겠습니다. 그에 딸린 부채는 내가 맡겠습니다. 실제 가치의 두 배로 친 겁니다.'

그의 눈이 반짝였습니다.

그가 인수조건에 대해 물었습니다.

그래서 제가 그에게 말했습니다.

'당신이 미국으로 떠나 이곳에 오지 않는 조건입니다.'

같이 앉아서 두 시간 동안 얘기를 나누었습니다. 그는 내 제의에 화를 내지 않았습니다. 만약 그 사람의 성격을 잘 몰랐다면, 저는 그런 식으로 나가지 않았을 겁니다. 그는 더 많은 것을 원했습니다. 비록 나탈리의 이름을 애써 거론하지는 않았지만, 자꾸 욕심을 부렸습니다. 저도 그녀에 대해서는 일언반구도 하지 않았습니다. 한 여자의 운명과 행복이 그 거래에 달려 있는 것이기 때문에 서로 합의를 보기 위해 무던히 애를 썼습니다. 지루한 줄다리기 끝에 마침내, 거래가 타결되었습니다. 제가 당장 그 자리에서 계약서를 작성하지고 우겼습니다. 계약서는 두 개였습니다. 하나는 제가 그에게 지불한 금액에 '우물 저택'을 저에게 넘긴다는 양도계약서였고, 또 다른 하나는 그의 이혼 판결이 확정되면 '우물 저택'의 매입 금액과 동일한 액수의 금액을 미국에 있는 그에게 송금한다는 각서였습니다. 그래서 그 문제는 그것으로 일단락되었습니다. 그 당시에는 그의 신의를 순수하게 받아들였습니다. 그는 저를 적이나 라이벌로 보기보다는 그저 자신에게 도움을 주려는 사람으로 생각한다고 믿었습니다. 심지어는, 제가 지름길로 집에 돌아갈 수 있도록, 들판으로 나가는 쪽문의 열쇠까지 주었습니다.

저는 모자와 코트를 집어 들면서, 그가 사인한 매도계약서를 테이블 위에 떨어뜨리고 말았습니다. 한순간, 마티아는, 자신의 재산도 지키고 아내도 지키고⋯⋯ 또 돈도 챙길 수 있는 절호의 기회를 가졌다 싶은 생각이 들었을 겁니다. 그가 번개처럼 그 계약서를 챙겨 넣더니, 엽총의 개머리판으로 제 머리를 후려친 다음, 제 목을 두 손으로 조르기 시작했습니다. 저를 만만하게 보았던 겁니다. 그러나 제가 힘이 더 세었습니다. 잠깐 엎치락뒤치락하다가 그를 때려눕히고, 구석에 놓여 있던 로프로 묶어 버렸습니다. 부지사님, 갑자기 저를 공격한 것은 그 사람입니다. 저는 그럴 마음이 조금도 없었습니다. 얘기가 모두 잘돼서 그가 제 제의를 받아들였을 때, 제가 원했던 것은 그가 약속을 잘 지켜주는 것뿐이었습니다. 2층으로 올라가 보았습니다. 고른 부인이 우리가 싸우는 소리를 들었으리란 생각이 들어서였습니다. 방은 네 개가 있었습니다. 플래시를 켜고 하나하나 살펴보았습니다. 네 번째 방이 잠겨 있었습니다. 문을 두드려 보았습니다. 대답이 없었습니다. 그렇다고 명색이 남자라는 사람이 그냥 물러설 수는 없었습니다. 다른 방에 망치가 있던 것을 보았었습니다. 저는 그것을 집어 들고, 문을 부쉈습니다. 나탈리는 마룻바닥에 죽은 사람처럼 실신한 상태로 누워 있었습니다. 그녀를 끌어안고 1층으로 내려가 부엌문으로 나갔습니다.

밖에는 눈이 내리고 있었습니다. 그 순간, 발자국이 나면, 쉽게 추적당할 것이라는 생각이 들었습니다. 하지만, 곧, 이런 생각이 들었습니다.

'그래, 뭐가 문제냐? 마티아의 추적을 겁낼 이유가 없잖아. 그럴 필요는 없어. 이미 6만 프랑이나 주었지, 이혼하면 다시 6만 프랑을 지불한다는 각서도 써주었는데, 더 이상 집과 땅에 대해서는 이러쿵저러쿵 얘기하지 않고 나탈리를 내게 맡기고 떠날 거야. 한 가지만 빼고는 바뀐 게 없잖아. 그래, 나탈리와 나, 우리 사이엔 변한 것이 없어. 다만 그의 선처를 기다리지 않고, 당장이라도 그녀를 데려갈 수 있다는 점 빼고는 바뀐 게 없잖아.'

제가 두려워한 것은 마티아의 추후 공격이 아니라, 그가 분개하여 나탈리에 대해 추한 험담을 늘어놓는 것이었습니다.

'그녀가 깨어나 이 사실을 알면 뭐라고 할까?'

내가 그녀를 데리고 나왔던 이유는 지금 이 자리에서 솔직히 말씀드립니다만, 바로 그 때문이었습니다.

사랑은 사랑을 부르게 마련입니다. 그날 밤, 내 집에서, 그녀는 자신의 감정을 솔직히 고백했습니다. 그녀도 저를 사랑하고 있었습니다. 우리의 운명은 이미 얽혀 있었던 겁니다. 그녀와 저는 오늘 아침 5시에 출발했습니다. 처벌을 받으리라고는 예상하지 못한 채 말입니다."

　제롬의 이야기가 끝이 났다. 그는 실타래를 풀듯이, 외우고 있던 얘기를 술술 풀어놓듯이, 하나도 남김없이 솔직하게 털어놓았다.

　잠시, 침묵이 흘렀다. 이때 오르탕스가 레닌에게 속삭였다.

"정말 사실인 것 같아요. 앞뒤가 딱 들어맞잖아요."

　레닌이 말했다.

"믿지 않는 사람도 있어요. 다른 사람들이 뭐라고 하나 기다려봅시다. 다들 신중하게 생각하고 있으니까. 특히, 한 사람은……."

　부지사가 곧 입을 열었다.

"그러면, 마티아는 어떻게 된 겁니까?"

　제롬이 물었다.

"마티아요?"

"진지하게 말하는 것으로 보아, 나도 믿고 싶습니다만, 제롬 씨가 잊고 있는 문제가 하나 있습니다. 마티아 드 고른 씨에게 무슨 일이 일어났느냐 하는 게 무엇보다도 중요합니다. 당신은 이 방에서 마티아 씨를 로프로 묶어두었다고 했는데, 오늘 아침에 보니까, 방 안에는 그가 없었습니다."

"그거야 당연한 일입니다, 부지사님. 마티아는 제 제안을 받아들이고, 떠난 겁니다."

"어디로요?"

"자기 아버지 집 쪽으로 갔겠지요."

"발자국이 없는데요? 그리로 갔다면, 눈 위에 그 흔적이 있어야 합니다. 당신이 나간 흔적은 있지만, 그가 나간 흔적은 없어요. 그가 돌아왔다가 나가지 않았다는 얘기입니다. 그러면 그는 어디로 갔을까요? 아무런 흔적이 없어요. 아니, 오히려……."

부지사는 목소리를 낮추었다.

"오히려, 우물 쪽으로, 그리고 그 주변에 발자국이 남아 있습니다. 그것으로 미루어 보건대, 어젯밤의 싸움은 그곳에서 있었다는 얘기가 됩니다. 그리고 그 뒤의 흔적이 아무것도 없어요. 아무것도……."

제롬이 어깨를 으쓱했다.

"지금 말씀은 저에게 살인 혐의가 있다는 얘긴데…… 그 점에 대해서는 할 말이 없습니다."

"우물 옆 20미터 떨어진 곳에서 당신 권총이 발견되었는데, 그 점에 대해서는 어떻게 설명하시렵니까?"

"그것은 잘 모르겠습니다."

"총성이 세 번 울렸고 당신의 리볼버에는 세 발의 실탄이 보이지 않는데, 너무 이상하지 않습니까?"

"마티아는 이 방에 묶여 있었는데, 제가 어떻게 우물 옆에서 그와 다시 싸움을 벌였겠습니까? 또, 권총은 깜박 잊고 이 방에 두고 나간 상태였으므로 저에게는 총이 없었습니다. 만약 총성이 들렸다고 해도, 그 총을 쏜 사람은 제가 아닙니다."

"그럼 우연의 일치란 말입니까?"

"그 문제는 경찰에게 물어보셔야죠. 저는 제가 알고 있는 것밖에 말할 수가 없습니다."

"이미 여러 가지 정황증거가 밝혀졌는데도요?"

"그렇다면, 뭔가가 잘못됐겠죠."

"알았습니다. 하지만, 경찰의 조사로 당신의 진술이 사실이라는 것이 밝혀질 때까지는 당신을 구금하도록 하겠습니다."

제롬은 기가 죽어 물었다.

"그러면 나탈리는 어떻게 됩니까?"

부지사는 아무런 대답도 하지 않았다. 그는 경찰 간부와 몇 마디 상의하더니, 형사를 불러 제롬을 밖으로 데리고 가라는 지시를 내렸다.

그는 나탈리에게 질문을 하기 시작했다.

"고른 부인, 제롬의 증언은 부인의 말과 모두 일치합니다. 제롬이 부인을 데리고 나갈 때, 부인은 실신한 상태였다고 강력히 주장했습니다. 그가 업고 가는 동안, 부인은 의식이 없는 상태였습니까?"

제롬의 침착한 행동에 나탈리도 더욱 자신감을 얻은 것 같았다. 그녀가 대답했다.

"제가 의식을 회복한 것은, 대저택에 도착한 뒤였습니다."

"그거 참 이상하군요. 마을 사람들 거의 모두가 총성을 들었다고 하는데, 부인은 아무런 소리도 듣지 못했습니까?"

"네, 듣지 못했습니다."

"그러면, 우물 옆에서 일어난 사건에 대해 기억나는 것은 없습니까?"

"없습니다. 그런 일은 없었을 겁니다. 제롬 씨가 한 말이 사실일 겁니다."

"좋습니다. 당신의 남편은 어떻게 된 겁니까?"

"그것은 저도 모릅니다."

"고른 부인, 경찰에 도움이 될 만한 것이 있으면 말씀해 주셔야 합니다. 부인의 생각이라도 말해보세요. 이번 사건이 우연한 사고라고 믿습니까? 마티아가 아버지를 만나 평소보다 술을 더 많이 마시는 바람에 몸의 균형을 잃고 우물에 떨어졌을 가능성이 있다고 보십니까?"

"마티아가 아버지를 만나고 돌아왔을 때, 그렇게 많이 취한 상태는 아니었어요."

"하지만, 아버지의 말에 따르면 그는 만취한 상태였습니다. 코냑 두세 병을 같이 마셨다고 했으니까……."

"그것은 사실이 아니에요."

부지사가 신경질적으로 말했다.

"눈 위의 발자국을 보세요. 발자국이 이쪽저쪽으로 구불구불 나 있는데, 그게 말이 됩니까? 고른 남작의 말을 사실이라고 믿을 수밖에 없어요."

"마티아는 8시 30분경에 돌아왔어요. 그때는 아직 그렇게 눈이 많이 오지 않았습니다."

부지사가 주먹으로 테이블을 내리쳤다.

"계속 이렇게 다른 말을 할 겁니까? 그럼, 눈에 난 발자국이 거짓말이라도 하는 겁니까? 부인할 것을 부인해야지. 눈에 발자국이 빤히 나 있는데……."

그는 흥분을 가라앉혔다.

차는 창밖에 서 있었다.

그가 서둘러 결정을 내렸다.

"부인은, 상부에서 별도지시가 있을 때까지는 이 집에서 떠나면 안 됩니다."

그러고 나서 그는 경사에게 제롬을 경찰서로 데려가라는 지시를 내렸다.

게임은 두 연인에게 불리하게 돌아가고 있었다. 그들은 결합은커녕, 사악한 살인범이라는 누명을 쓰고 서로 떨어져서 법과 맞서 싸워야 할 상황이었다.

제롬이 나탈리에게 한 걸음 다가섰다. 두 사람은 슬픈 눈으로 오랫동안 서로를 마주보았다. 그는 그녀에게 작별인사를 하고 경사를 따라 대문 쪽으로 나가기 시작했다.

그때, 누군가가 외치는 소리가 들렸다.

"잠깐, 멈춰요. 경사님! 오른쪽이에요. 옆으로 돌아보세요. 제롬, 거기에 그대로 있어요."

천장에서 사람의 목소리가 들렸다. 부지사뿐만 아니라 그곳에 있던 사람들 모두 깜짝 놀라 위를 쳐다보았다. '황소의 눈'이 열렸다. 레닌이 그곳에 몸을 기댄 채, 손을 흔들고 있었다.

"제 말을 한 번 들어보시겠습니까? 몇 가지 점에 대해 말씀드리고 싶습니다. 특히, 삐뚤어지게 나 있는 발자국 문제에 대해서 말입니다. 핵심은 거기에 있으니까요. 마티아는 그날 밤 만

취 상태가 아니었습니다."

그가 몸을 돌려 '황소의 문' 틈으로 다리를 넣었다. 오르탕스가 그를 말리려 하자, 레닌이 말했다.

"여기에 그냥 있어요. 당신을 해칠 사람은 없으니까……."

그는 창문을 잡고 있던 손을 놓고 방으로 뛰어내렸다. 부지사는 어이가 없는 듯 소리쳤다.

"아니, 이런! 도대체 당신은 누구요? 어디에서 나오는 거요?"

레닌이 옷에 묻은 먼지를 털어내며 대답했다.

"실례했습니다. 다른 사람들처럼 정문으로 들어올 걸 그랬나 봅니다. 하지만, 워낙 급해서, 이렇게 끼어들었습니다. 그래도, 천장으로 내려오지 않고 문으로 들어왔으면, 재미가 없었겠죠?"

화가 난 부지사가 그의 앞으로 달려와 다짜고짜 물었다.

"당신은 뭐하는 사람이오?"

"레닌 공작입니다. 오늘 아침에 경사님이 수색을 하는 동안 같이 있었던 사람입니다. 안 그렇습니까, 경사님? 오늘 하루종일 이 사건에 단서가 될 만한 것들을 찾고 있었습니다. 제가 여기에 숨어들어 온 이유는 구석에 있는 쪽방에서 두 사람이 하는 말을 들어보기 위해서였습니다."

"저기에서요? 아니, 이런 무례한……."

"상황이 급한데, 예의는 무슨 얼어죽을 예의입니까? 제가 이렇게라도 하지 않았다면, 작지만, 아주 중요한 단서, 즉 마티아가 술은 한 방울도 마시지 않았다는 사실을 발견하지 못했을 겁니다. 이번 사건의 열쇠는 바로 그것입니다. 이제 열쇠를 찾았으니까, 사건은 다 해결된 셈입니다."

부지사는 자신이 지금 아주 우스꽝스러운 처지에 있다는 것을 깨달았다. 심문을 비밀리에 진행하는 데 필요한 조치를 미처 제대로 취하지 않은 것은 바로 자신의 불찰이었다. 이런 상황에서 부지사는 대놓고 레닌을 나무랄 입장이 아니었다.

그가 화를 내며 말했다.

"그래, 당신이 원하는 게 도대체 뭐요?"

"잠시, 몇 분 동안만 시간을 내주셨으면 합니다."

"무엇을 하려고요?"

"제롬 비날과 나탈리 드 고른이 무죄라는 것을 증명해 보이겠습니다."

레닌의 태도에는 정적이 흐르고 있었다. 폭풍전야의 고요와 같은 냉정한 태도였다. 오르탕스는 전신에 전율을 느꼈다. 그와 동시에 자신감을 느꼈다. 그녀는 갑자기 감정이 북받쳤다.

'이제, 저 두 사람은 살았어. 저 젊은 사람들을 보호해달라고 빌었더니, 정말 그가 절망의 구렁텅이에서 그들을 구하고 있어.'

제롬과 나탈리도 갑자기 희망이 솟는 것 같은 인상이었다. 처음 보는 이방인에게서 이미 함께 있을 권리를 인정받기라도 한 것처럼, 그들은 서로 가까이 붙어 있었다.

부지사가 쑥스런 표정을 지었다.

"좀 있으면, 검찰에서 그들의 무죄를 입증하는 데 필요한 모든 조치를 취할 겁니다. 당신은 그때 검찰로 나오면 됩니다."

"여기에서 지금 그들의 무죄를 입증해 보이는 게 나을 것 같습니다. 늦으면, 끔찍한 결과가 나올지도 모릅니다."

"지금은 시간이 없습니다."

"2, 3분이면 될 겁니다."

"그렇게 짧은 시간에 사건을 해결할 수 있다고요?"

"분명히, 그 이상은 필요가 없습니다."

"그렇게 자신이 있습니까?"

"그렇습니다. 오늘 아침부터 생각을 하고 있었으니까요."

부지사는 레닌의 끈질긴 태도에 결국 손을 들고 말았다.

그가 다소 냉소적으로 물었다.

"그럼, 지금 마티아가 있는 정확한 장소를 대보시겠습니까?"

레닌이 팔목에 찬 시계를 보고 말했다.

"지금 파리에 있습니다."

"파리에 있다고요? 살아 있다는 얘깁니까, 지금?"

"예. 살아 있습니다! 두 눈 멀쩡히 뜨고……."

"좋습니다. 그렇다면, 우물 주위에 있는 발자국은 누구의 것입니까? 또, 권총과 세 발의 총성은 어떻게 된 겁니까?"

"간단합니다. 위장일 뿐입니다."

"뭐라고요? 위장을 한 사람이 누굽니까?"

"마티아가 한 짓입니다."

"재미있는 얘기군요. 그럼, 그 목적이 뭡니까?"

"죽지도 않았으면서, 그 죄를 제롬에게 뒤집어씌우려고 했던 겁니다."

"기발한 발상이군요."

부지사의 말투에는 비아냥거림이 섞여 있었다.

그가 제롬에게 물었다.

"당신은 어떻게 생각합니까?"

제롬이 대답했다.

"저도 그렇게 생각합니다. 싸움이 끝나고 제가 떠난 다음, 마티아는 우리 둘을 향한 증오심을 완벽하게 실행에 옮기기 위해 새로운 음모를 꾸몄을 겁니다. 그는 자기의 아내를 사랑하면서도 미워했습니다. 그리고 저를 혐오했습니다. 이 사건은 그의 복수가 틀림없습니다."

"그게 사실이라면, 그는 마땅히 처벌을 받을 겁니다. 당신 말에 의하면, 마티아는 당신에게서 6만 프랑을 더 받기로 되어 있지 않습니까?"

레닌이 말했다.

"부지사님, 돈은 다른 데서도 받을 수 있습니다. 고른 씨 부자의 금전거래내역을 조사해본 결과, 마티아는 보험에 들어 있었습니다. 그가 죽거나 죽은 것으로 판명되면, 아버지가 그 보험금을 수령하도록 되어 있는 보험입니다."

부지사가 씩 웃으며 물었다.

"당신 말은, 고른 남작이 자기 아들과 공모해서 저지른 범행이라는 것입니까?"

"그렇습니다, 부지사님. 아버지와 아들이 같이 짜고 벌인 사건입니다."

"그러면, 마티아는 고른 남작의 집에 있겠군요?"
"어젯밤에는 있었죠."
"그럼 그 사람이 어떻게 되었다는 얘깁니까?"
"이미 퐁피냐 역에서 기차를 타고 떠났습니다."
"그것은 억측입니다."
"아닙니다. 억측이 아닙니다."
"그럴 수도 있겠죠. 하지만, 아무런 증거가 없잖습니까."

부지사는 레닌의 대답을 기다리지 않았다. 그는 레닌에게 너무 과분한 호의를 베풀고 있다는 생각이 들었다. '봐주는 것도 정도가 있지' 하는 생각에 얘기를 그만 끝내야겠다고 작정했다.

그가 모자를 집어 들며 다시 한 번 강조했다.

"아무런 증거가 없잖아요, 증거가! 특히 눈 위에 있는 그 명백한 증거에 대해서는 아무런 반론을 제기하지 못하잖습니까? 마티아가 아버지에게 가려면, 이 집을 떠났다는 증거가 있어야 하는데, 그럼 도대체 어디로 간 겁니까?"

"잠깐 기다려 주시죠. 이곳에서 고른 남작의 집으로 가는 길에 대해서는 제롬 비냘이 말할 겁니다!"

"눈 위에 발자국이 없잖아요."
"아니오. 발자국이 있습니다."
"들어온 발자국은 있는데, 나간 발자국이 없어요."
"들어온 발자국이나 나간 발자국이나 같은 것이니까요."
"뭐라고요?"
"그렇습니다. 걷는 방법이야 여러 가지가 있을 수 있습니다.

꼭 앞으로만 걸어가란 법은 없으니까요."

"그럼, 어떻게 걸어 나갔다는 말입니까?"

"거꾸로 걸어 나갔습니다."

이 간단하고 똑 부러진 몇 마디에 다들 입을 다물 수밖에 없었다. 그 속에 커다란 의미가 있었기 때문이다. 사람들은 그 말의 의미를 금방 알아차렸다. 실제의 사건과 관련시켜 보자, 풀리지 않던 모든 의문이 확 풀리는 것 같았다. 모든 것이 갑자기 아주 자연스럽게 보이기 시작했다.

레닌이 창문 쪽으로 뒷걸음치며, 계속 자신의 생각을 털어놓았다.

"창문으로 가고 싶으면, 물론 똑바로 갈 수도 있습니다. 하지만, 등을 돌리고 거꾸로 가는 것도 어렵지 않습니다. 어차피 가는 것은 똑같으니까요."

시범이 끝나자마자 그가 단호하게 말했다.

"사건의 핵심은 바로 이 점입니다. 눈이 오기 이전, 즉 8시 30분에 마티아는 이미 아버지의 집에서 돌아와 있었습니다. 제롬이 도착한 것은 그 뒤 20분 후였습니다. 두 사람은 오랫동안 얘기를 나누었습니다. 그러다가 싸움이 벌어졌습니다. 모두 세 시간 동안에 일어난 일이었습니다. 그 뒤, 제롬은 나탈리를 업고 나갔습니다. 마티아는 화가 머리끝까지 났습니다. 하지만, 그에게 처절하게 복수를 할 수 있는 절호의 기회가 찾아왔습니다. 지금 여러분이 매달리고 있는 눈을 이용해서 일을 꾸미면 되겠다는 기발한 아이디어가 떠오른 것입니다. 그는 다른 사람이 자기를 살해한 것처럼, 아니면 우물에 빠뜨린 것처럼 위장할 계획을 짜고 한 걸음씩 뒷걸음을 치는 잔재주를 부려놓은 겁니다. 따라서 하얀 눈 위에는 그가 떠난 자국은 없고 들어온 자국만 남게 된 겁니다."

부지사는 더 이상 비웃지 않았다. 그에게는 이 기이한 침입자가 갑자기 그냥 웃어넘길 수만은 없는 존재, 아니 구세주처럼 보였다.

그가 물었다.

"그러면, 마티아는 어떤 방법으로 아버지의 집을 떠났습니까?"

"간단합니다. 마차를 이용했습니다."

"마차를 몬 사람은 누구입니까?"

"그 사람 아버지이지요. 오늘 아침에 경사님과 함께 그 마차를 보았습니다. 고른 남작이 보통 때처럼 장에 간다는 말을 했습니다. 그러나 마차 포장 속에 아들을 숨겨놓은 겁니다. 퐁피냐에서 기차를 타고, 지금쯤이면 파리에 도착해 있을 겁니다."

레닌이 약속한 것처럼, 설명하는 데에는 5분도 걸리지 않았다. 그의 추리는 오직 논리와 여러 가지 가능성에 기초를 둔 것이었다. 그들이 풀려고 애쓰던 미스터리가 모두 풀린 셈이었다. 어두움이 가시자, 진실이 그 모습을 드러내고 있었다.

나탈리가 벅차오르는 기쁨에 눈물을 흘렸다. 제롬은 마법의 지팡이로 한순간에 사건의 전체 구도를 변화시킨 이 사람 좋아 보이는 천재가 한없이 고마웠다.

레닌이 물었다.

"이제 저와 같이 발자국을 조사해 보시겠습니까, 부지사님? 경사님과 제가 오늘 아침에 저지른 실수는 살인 용의자가 남긴 발자국을 조사하면서도 마티아의 발자국에 대해서는 미처 생각을 하지 못했다는 점입니다. 왜 미처 그걸 생각하지 못했는지 모르겠습니다. 그래도 사건의 핵심을 파악해서 다행입니다만……."

그들은 과수원을 지나 우물이 있는 곳으로 갔다. 조사는 오래 걸리지 않았다. 눈 위에 나 있는 발자국의 모양은 뒤로 쭈뼛쭈뼛 걸은 것처럼 어딘가 어색하고 발끝과 뒤축 부분이 깊이 패어 있었다. 더군다나 돌아선 발자국의 각도가 각기 달랐다.

레닌이 말했다.

"뒷걸음질이 서투르니까 어쩔 수 없죠."

"마티아가 미리 연습을 했더라면 진짜 같았을 겁니다. 고른 남작이 장에 가면서 마티아가 과음을 했다고 얘기한 것처럼 갈지 자로 걸은 자국을 남기려면, 먼저 연습을 했어야 했는데, 그러지 못한 게 그들의 결정적 실수입니다. 고른 부인이 마티아가 술에 취하지 않았다고 말하는 순간, 저는 이 발자국들을 떠올리고 진실이 무엇인지를 파악할 수 있었습니다."

부지사는 이번 사건에서 그가 대단한 역할을 했다는 점을 솔직히 인정하지 않을 수 없었다.

그가 빙그레 웃기 시작했다.

"그 사기꾼을 잡으려면 형사를 보내는 것 외에는 달리 방법이 없겠군요."

레닌이 물었다.

"사기꾼이라니, 무슨 얘깁니까? 마티아는 법에 저촉될 만한 행위는 아무것도 저지른 게 없습니다. 우물 주변에 발자국을 남겼다고, 범죄행위가 되는 것은 아닙니다. 자기 총이 아닌 남의 총을 세 번 쏘았다고, 그게 죄가 되는 것도 아니고, 아버지 집까지 뒤로 걸어서 간 것도 그렇습니다. 그에게 무슨 혐의를 씌울 수가 있겠습니까? 6만 프랑에 대해서 혐의를 씌울까요? 그것은 제롬 씨가 원하지 않을 겁니다. 제롬 씨는 아마도 그의 행위에 대해 절대 고소를 하지 않을 겁니다."

제롬이 말했다.

"절대 그러고 싶은 마음이 없습니다."

"그러면, 멀쩡히 살아 있는 사람에 대한 보험금은 어떻게 될까요? 고른 남작이 보험금 지불을 요구하지 않는 한, 경범죄로라도 처벌을 할 수가 없습니다. 만약 그 늙은이가 보험금을 청구한다면 저도 놀랄 겁니다. 저런, 저 사람이 왜 이곳에! 도대체 무슨 꿍꿍이속일까!"

고른 남작이 어기적어기적 걸어오고 있었다. 짐짓 인상을 푹 쓰고 슬픈 표정에 화가 난 시늉을 하고 있었다.

그가 외쳤다.

"내 아들은 어디에 있습니까? 이 짐승 같은 놈이 내 아들을 죽였어! 이런, 마티아가 이렇게 불쌍하게 죽다니……. 이 나쁜 놈, 비냘!"

그가 제롬에게 주먹을 휘둘렀다.

부지사가 퉁명스럽게 내뱉었다.

"한마디만 할까요? 보험에 들어 있으니까, 보험금 지불을 청구하실려고요?"

늙은이가 경계하는 눈치도 없이 물었다.

"어떻게 하면 좋겠습니까?"

"사실, 마티아가 아직 살아 있고, 그를 포장마차에 숨겨 역까지 데려다준 공범이 바로 당신이라는 이야기를 들었습니다만……."

늙은이는 그 자리에서 침을 탁 뱉었다. 그는 한 손을 쭉 뻗고 마치 엄숙한 선서를 하는 사람처럼 꼼짝 않고 서 있었다. 잠시 뒤, 그는 마음이 바뀌었는지, 떨떠름하게 찌푸린 얼굴을 풀고, 타협적인 자세로 나왔다.

그가 너털웃음을 터뜨리며 말했다.

"이런 병신 같은 놈! 그 따위 식으로 죽었다고 속여! 나쁜 놈! 그리고는 보험금을 타서 보내달라고? 내가 그런 더러운 잔꾀에 넘어갈 줄 아나보지! 넌, 날 몰라도 너무 몰랐어!"

이제 더 이상 머물 필요가 없다는 듯, 그는 마치 재미난 이야기에 흥이 난 광대처럼 신나게 떠들어대며, 징이 박힌 부츠로 자기 아들이 남겨놓은 공모의 흔적을 콱콱 짓밟으며 떠났다.

레닌이 오르탕스를 데려다주기 위해 '우물 저택'으로 돌아왔을 때 그녀의 모습은 보이지 않았다.

그는 그녀를 만나기 위해 에르블렝의 집을 찾아가 보았다. 그러나 그녀는 나오지 않고, 피곤해서 쉬고 싶다는 말만 전해왔다.
'그래, 맞아! 일부러 나를 피하는 거야. 나를 사랑하고 있다는 얘기지. 그렇다면, 이제 얼마 안 남았어!'

메르쿠리우스 간판

바시쿠르, 라 롱시에르

오르탕스 다니엘 부인께.

안녕하세요. 벌써 2주가 지났군요. 궁금해서 펜을 들었습니다. 우리의 모험을 끝내기로 약속한 12월 5일. 그날의 모험이 당신에게는 귀찮은 일인가 봅니다. 그래도 같이 모험을 할 수 있는 기회가 오기를 기대해봅니다. 이 모험만 끝나면, 당신은 이제 더 이상 흥미를 느끼지 못하는 계약으로부터 해방이 될 것이기 때문입니다. 우리가 함께 싸워 이겼던 일곱 번의 전쟁은, 나에게는 끝없는 기쁨과 열정의 시간이었습니다. 나는 당신 옆에서 살았습니다. 보다 활동적이고 바쁜 생활이 당신에게 많은 도움이 되었으리라고 나는 확신합니다. 그동안 말은 하지 않았지만, 나는 정말 행복했습니다. 그저 당신을 기쁘게 하고 싶다는 소망과 열정적인 노력 외에는 당신이 나의 비밀스런 느낌을 전혀 눈치 채지 못하게 하고픈 정도였습니다. 이제, 당신은 나 같은 친구가 필요 없나 봅니다. 선택은 당신의 몫입니다.

당신의 뜻에 이의를 제기하고 싶은 마음은 없습니다. 그러나 우리가 계획한 마지막 모험이 무엇이었는지 한 번 생각해 보십시오. 아직도 생생히 떠오르는, 당신이 했던 말을 적어보겠습니다.

'금(金)에 홍옥수(紅玉髓)를 장식으로 넣은, 브로치처럼 생긴 조그만 블라우스 장식을 찾아주었으면 하는 게 저의 조건이에요. 어머니가 주신 건데, 행운의 상징이었지요. 보석상자에서 그게 없어진 다음부터는 자꾸 나쁜 일만 생기는 것 같아요. 그걸 찾아주면 좋겠어요.'

그걸 잃어버린 날짜를 물으니까 당신이 웃으며 이렇게 대답했지요.

'7년 전인가...... 아냐, 8년쯤 되었나? 아냐, 9년? 잘 기억이 나지 않아요. 어디에서 잃어버렸는지도 정확히 모르겠어요. 정말 제대로 생각이 나지 않네요.'

그냥 나를 시험해보는 것은 아닌지, 내가 그것을 찾아내지 못하리라 생각하고 일부러 그런 조건을 붙여보는 것은 아닌지 생각하면서도, 나는 당신의 조건을 받아들이고, 꼭 약속을 지키겠다고 말했습니다. 애지중지하던 부적과 같던 장식이 없어져 삶이 불행한 것이라면, 당신 앞에 놓여 있는 삶을 보다 밝은 방향으로 유도하기 위해 내가 지금까지 해 온 것들은 아무 쓸모가 없었다는 얘기가 됩니다. 그러한 것을 하찮은 미신이라고 비웃을 수는 없습니다. 미신이 행동의 주요 동기가 될 수도 있으니까요.

오르탕스! 당신이 나를 도와주었더라면, 이미 또 다른 승리를 성취했을 겁니다. 나 혼자서, 그것도 시간이 임박한 상황에서 하다보니 아직 보석을 찾지 못했습니다. 하지만, 만약 당신이 동참해준다면, 아직 성공할 가능성은 많이 있습니다.

당신도 그것을 찾는 데 동참하리라고 믿습니다. 우리는 상호 동의 하에 계약을 한 겁니다. 따라서 그것을 지켜야만 합니다. 우리의 계약은 정해진 시간 내에 여덟 가지의 멋진 모험을 끝낸다는 것이었습니다. 지금까지 우리는 여러 가지 사건을 해결했습니다. 열정을 쏟아 추리를 하고 참고 기다려 왔습니다. 물론 치밀하게 계획해서 하나하나 해결을 했지만, 영웅심리가 전혀 없었던 것은 아닙니다. 이제 마지막 여덟 번째의 모험이 남아 있습니다. 12월 5일 시계 종이 여덟 번 울릴 때까지 그것을 끝마칠 수 있느냐 없느냐는 오직 당신의 결정에 달려 있습니다.

당신이 12월 5일에 나타난다면, 지금부터 내가 지시하는 대로 따라줘야 합니다.

오르탕스! 내가 지금 하는 말이 허무맹랑한 얘기라고 불평하지 마십시오. 이 일을 성공적으로 마치는 데 꼭 필요한 것들입니다. 먼저, 언니 집의 정원에서 골풀 줄기를 세 개 잘라내어 엮은 다음 양쪽 끝을 묶어,

아이들이 갖고 노는 채찍처럼 만드세요.

파리에 도착하면 흑석(黑石) 알로 만들어진 긴 목걸이를 하나 사세요. 그런 다음, 크기가 같은 알만 일흔다섯 개를 골라서 다시 이으세요.

겨울 코트 밑에는 파란색 울로 된 옷을 입으세요. 머리에는 빨간색 나뭇잎이 달린 토케(테가 좁은 조그마한 여성용 모자)를 쓰세요. 목에는 긴 보아목도리를 하세요. 장갑이나 반지는 끼지 마세요.

오후에는 택시를 타고 세느 강의 왼편으로 쭉 가세요. 그러면 생티엔 뒤 몽 성당이 나올 겁니다. 정각 4시가 되면, 검은 옷을 입은 여자가 성당 안의 성수대 근처에 나타나, 은색의 묵주를 세며 기도를 할 겁니다. 그녀가 당신에게 성수를 주면, 당신은 그녀에게 목걸이를 주세요. 그러면, 그녀가 묵주 알을 세어보고, 다시 당신에게 건네줄 겁니다. 그 다음에, 그녀 뒤를 따라가세요. 그녀는 세느 강의 강변 길을 건너 생루이 섬에 있는 외딴 거리를 지나 어떤 건물로 들어갈 겁니다. 당신도 안으로 들어가세요.

1층에는 피부색이 창백한 젊은 남자가 있을 겁니다. 코트를 벗으면서 그에게 당신의 블라우스 장식을 찾으러 왔다고 말하세요.

그가 당황한 모습으로 안절부절못해도 신경 쓰지 마세요. 그 사람 앞에서는 침착하게 행동하세요. 만약 이것저것 물으면서, 무슨 장식을 내놓으라고 하는 거냐고 따져도 자세한 설명을 하지 마세요. 그저 이렇게만 대답하면 됩니다.

'제 물건을 찾으러 왔을 뿐이에요. 나는 당신이 누군지, 이름이 뭔지도 알지 못합니다. 하지만, 나도 모르게 이렇게 오게 되었습니다. 내 블라우스 장식을 가져가야 하겠어요. 꼭 그래야만 하겠어요.'

그 사람이 뭐라고 하든, 만약 당신이 계속 이런 말만 한다면 분명 당신은 그 물건을 되찾을 수 있을 겁니다. 하지만, 가능한 한 짧은 시간에 끝내야 합니다. 그 문제는 전적으로 성공에 대한 당신 자신의 믿음과 확신에 달려 있습니다. 이 게임에서 당신은 그를 단번에 쓰러뜨려야 합니다. 침착하게만 행동하면, 당신이 이길 겁니다. 만약 주저하거나 불안한 모습을 보이면, 그와의 싸움에서 이길 수 없습니다. 처음에는 당황하여 쩔쩔매던 그 사람이 당신의 공격에서 빠져나가면 만세를 부를 겁니다. 그러면, 곧 그 게임에서 지는 겁니다. 성공이 아니면 실패밖에 없습니다. 그 중간은 없습니다.

이렇게 얘기해서 미안하지만, 이 마지막 사건에 당신이 기꺼이 동참해주기를 바랍니다.

오르탕스, 내가 당신을 위해서 할 수 있는 것은 오직 이것뿐입니다. 나에게 생활의 활력소가 되었던 당신에게 정말 고맙다는 말을 전하고 싶습니다.

11월 30일
파리에서
레닌

편지는 여기에서 끝이 났다. 오르탕스는 편지를 접어 서랍 깊숙이 넣으며, 가지 않겠다고 속으로 굳게 다짐했다.

그 블라우스 장식은 물론 그녀가 자신의 마스코트처럼 여기는 중요한 물건이었다. 그러나 모든 시련이 거의 다 끝난 지금, 그녀는 그 물건에 거의 흥미를 느낄 수 없었다. 그래도 또 다른 모험의 숫자 8은 잊지 않고 있었다. 그녀가 모험에 뛰어들면, 끊어진 고리는 이어지겠지만, 그것은 그녀가 곧 레닌에게로 돌아가 그가 뻔히 알고 있는 결말에 어떤 빌미를 주는 것이 아닌가 하는 생각도 들었다.

12월 5일 이틀 전까지, 그녀의 마음은 바뀌지 않았다. 그러나 이미 정해진 운명을 거역할 수는 없었다. 12월 4일 아침, 그녀는 갑자기 마음을 바꾸어, 골풀 줄기를 잘라 어렸을 때처럼 채찍을 만들었다. 12시에 그녀는 이미 역에 도착해 있었다. 그녀는 이상한 호기심에 한껏 부풀어 있었다. 그녀는 레닌이 마련한 모험이 자기에게 가져다 줄 재미있고 새로운 감동에 저항할 수 없었다. 사실 그녀에게는 유혹이 너무 컸다. 흑석 알로 만든 목걸이, 빨간색 나뭇잎이 달린 토케, 그리고 은색의 묵주를 지닌 늙은 여인. 그녀는 그들의 이러한 신비스러운 매력에 저항할 수 없었고, 자신의 능력을 레닌에게 보여줄 수 있는 기회를 거부할 수 없었다.

그녀가 혼자서 웃으며 말했다.

'그래, 그가 불러서 파리로 가는 거야. 파리로부터 400킬로미터 떨어진, 알렝그르 저택의 8시는 나에게 위험해. 하지만 다른 곳은 괜찮을 거야. 그 무시무시한 시계는 문이 잠긴 그 저택에 갇혀 있어!'

그녀가 파리에 도착한 것은 저녁이었다. 다음 날 아침, 그녀는 밖으로 나가 목걸이를 사서 알의 숫자를 일흔다섯 개로 줄였다. 파란색 옷에, 빨간 나뭇잎이 달린 토케를 쓰고 그녀는 4시

정각에 생티엔 뒤 몽 성당으로 들어갔다.

그녀는 가슴이 심하게 두근거렸다. 이번에는 혼자였다. 그녀는 지금까지 당연하게 받아들였던 레닌의 도움이 얼마나 큰 것이었나를 뼈저리게 느끼고 있었다. 혹시 그가 주위에 있지는 않나 살펴보았다. 하지만, 그의 모습은 보이지 않았다. 성수대 옆에는 검은 옷을 입은 늙은 여자 말고는 아무도 없었다.

오르탕스는 그녀에게로 다가갔다. 은색의 묵주를 들고 있던 그녀가 오르탕스에게 성수를 주었다. 오르탕스가 목걸이를 건네주자, 그녀가 알을 세기 시작했다.

그녀가 속삭였다.

"일흔다섯 개네요. 맞아요. 나를 따라와요."

그녀는 다른 말은 하지 않고 거리의 등불 아래로 난 길을 따라 앞장을 섰다. 퐁 데 투르넬을 지나 생루이 섬으로 향하고 있었다. 텅 빈 거리를 지나 사거리의 어떤 낡은 건물 앞에 멈추어 섰다. 건물에는 쇠창살로 된 발코니가 있었다. 그녀는 오르탕스에게 들어가 보라고 하더니, 모습을 감추었다.

1층에는 가게가 있었다. 장사가 제법 잘되는지, 가게는 1층을 거의 다 차지하고 있었다. 전깃불이 켜진 창문으로 고가구와 골동품이 수북이 쌓여 있는 것이 보였다. 오르탕스는 잠시 멍하니 물건들을 바라보았다. 간판에는 '메르쿠리우스'란 가게 이름과 '팡칼디'란 가게주인 이름이 함께 쓰여 있었다. 2층 높이의 벽 둘레의 코니스에 있는 작은 벽감(壁龕, 장식을 위하여 벽면을 오목하게 파서 만든 공간)에는, 발에는 날개가 달린 샌들을 신고 손에는 케리케이온이라는 전령(傳令)의 지팡이를 들고 한 발로 서 있는 메르쿠리우스 신[신들의 사자(使者), 상인·도둑·웅변의 신]의 모습이 테라코타로 장식이 되어 있었다. 그런데 한쪽으로 너무 기운 모습이 아무리 봐도 곧 균형을 잃고 땅에 떨어질 것 같은 느낌을 주고 있었다.

오르탕스는 심호흡을 하고, 가게문의 손잡이를 돌렸다. 문이 열리면서 벨소리가 났지만, 내다보는 사람이 없었다. 빈 가게 같지는 않았다. 가게의 맨 끝에도 뒤로 방이 하나 더 있었다. 방마다 가구와 자질구레한 것들로 가득 차 있었다. 물건들이 모두 값이 많이 나가는 것처럼 보였다. 오르탕스는 여러 가지 장으로 가득 채워진 양쪽 벽 사이의 틈을 비집고 지나, 마지막 방의 계단을 올랐다.

어떤 남자가 책상에 앉아 장부를 들여다보고 있었다.

그가 쳐다보지도 않은 채로 말했다.

"어서 오세요. ……한 번 쭉 구경해 보세요."

이 방에는 모양이 이상하게 생긴 물건들만 있었다. 중세시대 연금술사의 실험실같이 보였다. 올빼미 박제품, 해골, 두개골, 구리로 된 증류기, 천측구 등 별의별 것이 다 있었다. 그리고 벽에는 두 손가락으로 불운을 막아준다는 상아나 산호로 만들어진 모양의 장식품들이 걸려 있었다.

팡칼디가 책상을 접고 일어서며 물었다.

"특별히 찾는 물건이라도 있습니까?"

오르탕스는 그가 바로 자기가 만날 상대라는 것을 알았다.

정말로 그는 남들보다 피부가 더 하얗게 보였다. 다소 헝클어진 듯한 희끗희끗한 수염에다 뒤로 훌렁 넘어간 윤기 없는 이마 때문에 얼굴이 더 길게 보였다. 뱁새처럼 생긴 눈이 시선을 한 곳에 고정시키지 못하고 이리저리 번뜩이고 있었다.

오르탕스가 코트를 벗지 않은 상태에서 대답했다.

"블라우스 장식을 찾고 있는데요."

그가 그녀를 옆방으로 안내하며 말했다.

"진열대에 있습니다."

오르탕스가 유리 진열대를 훑어보고 말했다.

"아니오, 이런 것들 말고…… 제가 찾고 있는 게 없네요. 일반적인 블라우스 장식이 아니라, 몇 년 전에 내 보석상자에서 없어진 것을 찾고 있어요. 그것을 찾으러 여기에 왔어요."

그녀는 그의 표정이 갑자기 바뀌는 것을 보고 놀랐다.

그가 눈을 사납게 부릅뜨고 물었다.

"여기에서요? 도대체 무슨 말을 하는지 도통…… 어떻게 생긴 건데요?"

"금에 홍옥수로 장식이 된 것인데, 1830년이란 연도가 새겨져 있는 거예요."

그가 더듬거렸다.

"이해를 할 수가 없군요. 이곳에 온 이유가 뭡니까?"

그녀가 코트를 벗었다.

그는 그녀의 출현에 깜짝 놀라 뒷걸음질을 치며 말했다.

"파란색 옷! ……토케 모자! 아니 어떻게? ……흑석 목걸이!"

그는 세 개의 골풀로 만들어진 채찍을 보더니 거의 까무러칠 정도로 놀랐다. 그는 손가락으로 채찍을 가리키며, 그 자리에서 비틀거리기 시작했다. 그는 마치 물에 빠진 사람처럼 허우적거리며, 정신을 잃고 의자에 쓰러졌다.

오르탕스는 움직이지 않았다. 그가 어떤 연기를 하더라도 냉정하게 참고 기다리는 용기를 가져야 한다는 레닌의 말이 생각났다.

그가 일부러 그러는 것 같지는 않았다. 그래도 그녀는 침착하고 냉정을 찾으려고 애를 썼다.

얼마 지나지 않아 정신을 차린 팡칼디가 이마에 맺힌 땀을 닦고, 스스로를 다잡으려는 듯 떨리는 목소리로 말했다.

"나에게 그 얘기를 하는 이유가 뭡니까?"

"당신이 그 장식을 갖고 있으니까요."

그는 자신에게 씌워진 혐의를 부인하지 않았다.

"어디서 그런 말을 들었는데요? 그 사실을 어떻게 알았습니까?"

"사실이 그러니까 안 거예요. 누구에게 들어서 온 게 아니에요. 이곳에 오면 그것을 찾아갈 수 있다는 것을 알고 작정하고서 온 거예요."

"그럼, 내가 누군지 알고 있다는 얘깁니까? 내 이름을 압니까?"

"모릅니다. 가게 위에 붙어 있는 간판을 보기 전까지는 이름도 알지 못했습니다. 이제, 내 물건만 되돌려주면 그것으로 끝입니다."

그는 상당히 동요하고 있었다. 가구가 잔뜩 쌓인 좁은 틈새에서 계속 왔다 갔다 하면서, 그 물건을 갖고 내려올까 말까 망설이고 있었다.

오르탕스는 그가 드디어 걸려들었다는 것을 알 수 있었다. 그가 혼란한 틈을 타, 그녀는 위협적인 태도로 더욱 강하게 밀어붙였다.

"어디에 있어요? 얼른 가져와요. 가져오라니까요."

팡칼디는 거의 절망에 빠져 있었다. 팔짱을 낀 채 애원을 하듯 혼자 중얼거렸다. 이내, 그는 모든 것을 포기하고 말았다.

"원하는 게……."

"어서 내게 돌려달라니까요."

"네, 네. 알겠습니다. 그렇게 하겠습니다."

그녀가 더욱 세차게 몰아붙였다.

"내 말이 말 같지가 않아요?"

"다 말하겠습니다. 아니, 다 쓰겠습니다. 제가 무슨 짓을 저질렀는지 다 쓰겠습니다. 그러면 되겠지요."

그가 책상으로 돌아가서 열심히 종이에 몇 줄 적는 시늉을 했다. 그는 그것을 봉투에 넣어 봉했다.

그가 말했다.

"자, 여기 있습니다. 숨기고 있던 사실을 모두 적었습니다."

말을 하다 말고, 그가 갑자기 봉투 밑에서 권총을 꺼내더니 자신의 관자놀이에 대고 방아쇠를 당겼다.

오르탕스가 재빨리 그의 팔을 올려쳤다. 총알이 커다란 거울에 맞았다. 팡칼디는 쓰러진 채, 상처를 입은 사람처럼 신음소리를 내기 시작했다.

오르탕스는 냉정을 잃지 않기 위해 애를 썼다. 레닌이 경고한 말이 생각났다.

'연기 하나는 기가 막히게 잘하는 사람이구나. 봉투를 가져오면서 권총을 숨기고 있었어. 이렇게 당할 순 없어.'

그녀는 겉으로 아무렇지도 않은 표정을 짓고 있었다. 그러나 속으로는 그가 정말로 총을 쏘았다는 사실에 당황하여 맥이 풀려 있었다. 그녀는 발 앞에 엎어져 있는 남자가 오히려 자신을 꺾으려 했다는 사실에 불쾌한 느낌마저 들었다.

그녀는 털썩 주저앉았다. 레닌이 미리 얘기한 것처럼, 싸움은 몇 분 걸리지 않았지만, 결국 여자의 소심한 성격 탓에 그녀가 져버린 것이다. 다 이겼다고 생각하던 바로 그 순간, 사고가 터진 것이었다.

팡칼디는 모든 것을 계산에 넣고 있었다. 그는 엎어져 있던 자세에서 벌떡 일어나, 조롱하듯 외쳤다.

"우리 가게에 들른 손님에게 이래서는 안 되겠지만, 그래도 자초지종은 들어봐야 하지 않을까?"

그는 가게문을 열고 밖으로 나가 셔터를 내린 뒤, 성큼성큼 오르탕스에게 되돌아왔다.

"후우, 이젠 끝장이구나 생각했는데……. 하마터면 감쪽같이 속아넘어갈 뻔했잖아. 나도 참 멍청한 놈이야! 하늘나라에서 저

승사자가 온 줄 알았으니까……. 바보같이……. 정말로 돌려줄 생각을 다 했으니! 오르탕스, 난 당신의 이름을 알고 있었어. 좀 더 거칠고 저속한 표현을 썼더라면 좋았을 텐데, 안타깝게도 그럴 배짱이 없었겠지. 그게 당신의 실수야."

그가 그녀의 옆에 앉아 악의에 가득 찬 얼굴로 말했다.

"이제 얘기해봐. 도대체 이 따위 짓을 꾸민 사람이 누구야? 당신은 아니지? 이건 당신 스타일이 아니야. 그렇다면 누구야? 나는 항상 정직하게 산 사람이야. 빈틈없이 정직했지. 딱 한 번……그 장식 문제만 빼고는 말이야. 완전히 잊어버렸던 이야기를 왜 이제 와서 갑자기 다시 들춰내는 거야? 이유가 뭐야? 내가 알고 싶은 것은 바로 그거야."

오르탕스는 더 이상 그와 싸움을 계속할 힘이 없었다. 그는 남자로서 보여줄 수 있는 모든 완력과 힘을 이용하고 있었다. 그의 얼굴과 태도에는 악의와 공갈과 위협이 가득 차 있었다.

"얼른 털어놔. 나는 꼭 알아내야겠어. 내가 알지 못하는 적이 있다면, 나도 스스로 방어할 기회는 줘야 하잖아. 누가 시킨 짓이야? 누가 당신을 이리로 보냈어? 누가 이런 식으로 하라고 했어? 내가 그 물건 덕에 잘되니까 배가 아파 보낸 건가? 말해, 모두 말하란 말이야. 말하지 않으면, 내 반드시 털어놓도록 해주지!"

그가 손을 뻗어 권총을 집는 것이 보였다. 그녀는 뒤로 물러서며 두 팔을 앞으로 내밀었다.

그들은 서로 노려보았다. 오르탕스는 자신을 향한 권총뿐만 아니라 그의 험악한 얼굴에 점점 겁을 집어먹고 소리를 지르기 시작했다. 그러나 그때 갑자기, 팡칼디가 두 팔을 앞으로 하고 손가락은 쭉 벌린 채 꼼짝도 하지 않았다. 그의 눈은 오르탕스의 머리 위를 노려보고 있었다.

그가 숨을 죽이고 물었다.

"누구야? 어떤 놈이야?"

오르탕스는 레닌이 그녀를 돕기 위해서 왔다는 것을 알아차렸다. 돌아볼 필요도 없었다. 팡칼디를 경악하게 만들 수 있는 사람은 레닌밖에 없었다. 정말로, 그의 호리호리한 모습이 의자와 소파 사이로 살며시 보였다.

레닌이 차분한 발걸음으로 앞으로 나왔다.

팡칼디가 다시 물었다.

"누구야? 어디에서 나타난 놈이야?"

레닌이 천장을 가리키며 아주 부드럽게 대답했다.

"위에서 내려왔소."

"위에서?"

"그렇소. 2층에서 내려왔소. 3개월 전부터 2층에 세 들어 살고 있는 사람이오. 방금 시끄러운 소리가 나기에 내려와 보았소. 누가 살려달라고 소리를 지르던데."

"하지만, 여긴 어떻게 들어왔소?"

"계단으로 들어왔소."

"어떤 계단?"

"가게 끝에 있는 철제 계단이오. 예전에 이 가게 주인이 2층에 살았는데, 그 숨겨진 계단으로 자주 오르내립디다. 지금 가게문이 닫혔기에 열고 들어왔소."

"당신이 무슨 권리로 여길 들어와? 그럼, 문을 부쉈다는 얘기잖아!"

"위급한 상황에서 사람을 구하려고 문을 부쉈는데, 그게 뭐가 문제요?"

"다시 한 번 묻겠소, 도대체 당신의 정체가 뭐요?"

레닌이 몸을 굽혀 오르탕스의 손에 키스를 하며 말했다.

"레닌 공작이란 사람이오. 이 여자의 친구이기도 하고……."

팡칼디가 솟아오르는 분노를 삼키는지 말을 더듬거렸다.

"아, 알겠어! 이런 음모를 꾸민 사람이 바로 당신이군. 이 여자를 보낸 것도 당신 짓이고……."

"음모를 꾸민 것은 팡칼디 바로 당신이오!"

"그래 어쩌자는 거요?"

"당신을 비난하고 싶은 마음은 조금도 없소. 폭력은 쓰지 말고, 그냥 말로 합시다. 얘기가 끝나면, 내가 가지러 온 것을 넘겨주기만 하면 됩니다."

"뭘 달라는 얘기요?"

"블라우스 장식이오."

팡칼디가 소리를 질렀다.

"그런 건 난 모르오."

"모른다는 말은 하지 마시오. 이미 다 알고 왔으니까……."

"당신이 아무리 그래도 나는 모르는 일이오!"

"그럼 당신 부인을 불러 물어봅시다. 당신 부인이 더 잘 알고 있을 거 아니오!"

팡칼디는 불쑥 나타난 이놈과 더 이상 혼자 상대를 해서는 안 되겠다는 생각이 들었다. 그는 탁자의 옆에 붙어 있는 벨을 세 번 눌렀다.

레닌이 큰 소리로 말했다.

"잘하셨습니다. 참, 좋으신 분이시군요. 지금 행동을 보니, 아주 비양심적인 사람은 아닌가 봅니다. 저에게 정중하고 친절하게 대해 주시는 걸 보면, 정말 양처럼 순한 분이신데……. 하지만 양이 순하다고만 생각하면 오산이죠. 양보다 더 고집이 센 동물은 없으니까요."

팡칼디의 책상과 구불구불한 계단 사이 맞은편의 커튼이 올라가면서, 어떤 여자가 문을 열고 들어오는 것이 보였다. 서른 살쯤 된 여자였다. 아주 수수한 차림에 앞치마를 하고 있는 모습이 마치 여주인이라기보다는 요리사처럼 보였다. 매력적인 얼굴에 표정도 밝아 보였다.

레닌을 뒤쫓아 온 오르탕스는, 그녀가 자신의 어린 시절의 하녀인 것을 알고는 놀란 표정을 지었다.

"아니! 뤼시엔 아냐? 팡칼디 부인이 뤼시엔이야?"

새로 나타난 여자가 오르탕스를 쳐다보았다. 그녀는 오르탕스를 알아보고, 당황한 모습을 보였다.

레닌이 그녀에게 말했다.

"좀 복잡한 문제가 있어서 그러는데, 당신의 도움이 필요합니다, 팡칼디 부인."

그녀가 말없이 남편에게 다가갔다. 분명 불안한 표정이었다.

그녀가 자신을 빤히 바라보고 있는 남편에게 물었다.

"무슨 일이에요? 내가 어떻게 하면 돼요? 저 사람이 무슨 말을 하는 거예요?"

팡칼디가 조그맣게 대답했다.

"블라우스 장식 있잖아. 그 얘기를 하는 거야."

이 말에 팡칼디 부인은 자신이 처한 상황의 심각성을 깨닫기 시작했다. 그녀는 짐짓 모르는 척하지는 않았다. 그렇다고 쓸데없이 항의하지도 않았다. 그녀는 한숨을 쉬며 의자에 앉았다.

"그렇군요! 알았어요. 오르탕스 아가씨가 그것을 찾으러 온 거군요. 결국 우리 문제 때문이군요!"

잠시 서로 말이 없었다. 레닌과 오르탕스는 이 두 사람이 싸움에서 진 것을 인정하고 승자에게 아량을 베풀어달라는 말을 할 때까지 기다릴 수밖에 없었다. 꼼짝 않고 있던 팡칼디 부인이 갑자기 울음을 터뜨렸다.

레닌은 그녀에게 몸을 굽히고 말했다.

"처음부터 자초지종을 얘기해 주시겠습니까? 그래야, 모든 게 밝혀지지 않겠습니까? 그냥 얘기만 해주면 모든 일이 잘 풀릴 겁니다. 제 생각에, 이 일이 일어난 경위는 이렇습니다. 9년 전, 당신이 오르탕스의 하녀로 일하고 있을 때일 겁니다. 그때 당신은 팡칼디와 사귀게 되었습니다. 두 사람 모두 코르시카 출신이었으니까요. 그런데, 코르시카 사람들은 원래 미신을 잘 믿는 사람들입니다. 행운과 불행, 흉안[凶眼-그 시선(視線)이 닿게 되면 재난이 닥친다고 함], 그리고 마법과 주술이 인간의 삶에 지대한 영향을 미친다고 믿습니다. 당신은, 오르탕스가 지니고 있던 장식이 행운을 가져오는 물건이라는 말을 듣고, 팡칼디 씨의 꾐에 넘어가 그것을 훔쳤습니다. 그로부터 6개월 뒤, 당신은 팡칼디와 결혼을 했고요. 내 말이 맞지 않습니까? 일시적 충동으로 오르탕스의 물건을 훔친 것만 빼고는, 당신들 두 사람은 정직한 사람들이었습니다. 두 사람이 그것을 손에 넣은 뒤, 그 덕분에 얼마나 성공을 했는지는 굳이 말할 필요가 없을 겁니다. 이미 골동품 수집가로 일인자의 반열에 올라 있으니까요. 두 사람은, 메르쿠리우스라는 간판을 달고 시작한 사업이 잘되는 것은 다 오르탕스의 장식 때문이라고 믿고 있습니다. 따라서 그것을 잃는다는 것은, 곧 파산해서 거지가 되는 것이나 마찬가지라고 생각하고 있습니다. 하지만, 모든 삶이 그런 미신에 좌지우지된다고 생각하면, 그것은 오산입니다. 당신들을 지켜주고 가야 할 방향을 제시해주는 것은 그런 미신이 아니라 터줏대감입니다. 터줏대감은 숲속에도 있는 겁니다. 내가 우연히 이 사건에 끼어들지 않았다면, 사람들은 당신 부부가 참 성실한 사람들이라 믿었을 겁니다."

레닌은 잠시 숨을 돌리고 나서 다시 말을 이었다.

"두 달 전부터 나는 당신들을 자세히 관찰하고 있었습니다. 당신들의 거주지를 추적하여 바로 위층에 셋집을 얻은 다음, 철제 계단을 이용하여 조사를 하는 데까지는 별다른 어려움이 없었습니다. 하지만, 아직까지도 내가 이 사건을 해결하지 못하고 있으니 어떤 의미에서 보면 결국 지난 2개월은 시간만 낭비한 셈이라고 할 수 있겠습니다. 내가 이 가게를 얼마나 샅샅이 뒤졌는가는 하늘이 다 알 겁니다. 여기 있는 가구 하나하나, 마룻바닥에 있는 판자까지도 모두 뒤져보았습니다. 그러나 모든 것이 다 부질없는 짓이었습니다. 소득이 없었던 것은 아닙니다. 팡칼디, 당신이 책상 속 깊숙이 숨겨놓은 조그만 거래장부를 발견했으니까요. 당신은 그 안에 양심의 가책, 불안, 처벌에 대한 두려움 그리고 신의 분노에 대한 두려움에 대해 기록을 해놓았습니다. 그것이 당신의 결정적 실수였습니다. 팡칼디! 사람들은 보통 그러한 고백을 기록으로 남기지 않습니다. 더군다나 그러한 것을 아무데나 적어두는 사람은 없습니다. 어쨌거나, 읽어보니까 내가 계획을 세우는 데 꼭 필요한, 오르탕스의 행동에 대한 내용이 적혀 있었습니다.

'그 물건을 잃어버린 여자가 나타난다면, 뤼시엔이 그 장식을 훔치는 동안 내가 정원에서 보았던' 그녀가 나타난다면, 그녀가 파란색 블라우스를 입고 단풍잎이 달린 토케 모자를 쓰고, 흑석 목걸이에 그날처럼 채찍을 들고 나타난다면, 그녀가 이런 모습으로 나타나서 나에게 훔쳐간 물건을 내놓으라고 한다면, 그때 나는 그녀의 행동이 하늘의 계시를 받은 것으로 이해하여 하느님의 명령에 굴복해야 할 것이다.'

오르탕스는 내 지시에 따라, 당신이 적어놓은 모습 그대로 하늘의 계시로 나타난 겁니다. 그녀가 조금만 더 침착하게 행동했다면, 성공할 수 있었을 겁니다. 그녀의 출현이 하늘의 뜻이 아니라 그저 단순한 속임수에 불과하다는 사실을 알아차리고 당신이 죽은 척하는 바람에 결국에는 그녀가 진 셈이 되었소. 그래서 내가 끼어들게 된 거요. 자, 이제 오르탕스의 장식을 내놓고 그만 끝냅시다."

"나한테는 그런 물건이 없어요."

팡칼디는 장식을 내놓으라는 말에 극구 모른다고 잡아떼었다. 그의 부인도 마찬가지였다.

"좋아요. 정 이런 식으로 나온다면, 어쩔 수가 없겠군요. 팡칼디 부인, 당신에게는 아주 귀여운 일곱 살 난 아들이 하나 있습니다. 오늘이 목요일입니다. 당신의 아들은 목요일에는 숙모 집에서 혼자 집으로 돌아옵니다. 내 친구 두 명이 도중에 그 애를 납치할 겁니다."

팡칼디 부인이 곧 허둥대기 시작했다.

"애에게 무슨 죄가 있어요? 내 아들은 제발 살려주세요. 제발! 정말 저는 아무것도 모릅니다. 남편은 저를 믿지 않아요."

레닌이 계속했다.

"그리고 또 하나, 오늘 저녁에 바로 검사에게 모든 사실을 신고할 겁니다. 거래장부 속에 적혀 있는 고백을 증거로 제출할 겁니다. 그러면 경찰이 이 가게와 집을 샅샅이 수색하게 될 겁니다."

팡칼디는 침묵을 지키고 있었다. 그에게는 이러한 위협도 아무런 효과가 없는 것 같았다. 그는 오르탕스의 장식이 자신을 보호해 주리라고 믿는 것 같았다.

그의 부인이 레닌의 발 밑에 무릎을 꿇고, 빌었다.

"안 됩니다. 제발, 그러지 말아 주세요! 그러면 저는 감옥에 가게 됩니다! 그리고 제 아들도 제발, 살려주세요!"

오르탕스는 그녀가 애처롭다는 생각에 레닌을 한쪽으로 불러 말했다.

"너무 안됐어요! 내가 한 번 말해볼게요."

그가 말했다.

"진정해요. 아이는 아무 일도 없어요."

"하지만, 당신 친구들이?"

"그냥 해본 얘기예요."

"검사에 대한 이야기는요?"

"그것도 괜히 한 번 해본 겁니다."

"도대체 어떻게 하려는 거예요?"

"정신이 쏙 빠지도록 혼 좀 나게 해주려는 겁니다. 그래야 우리가 알고자 하는 것을 한마디라도 털어놓을 테니까. 이미 별의별 방법을 다 써보았으니까, 이제 남은 것은 이 방법밖에 없어요. 이런 식으로 해야지 털어놓을 거예요. 다른 사건에서도 보았잖아요."

"하지만, 저 두 사람이 끝까지 말을 하지 않으면 어떻게 하려고요?"

레닌이 목소리를 깔며 말했다.

"말할 수밖에 없을 겁니다. 이 일을 서둘러 끝내야 합니다. 시간이 얼마 남지 않았어요."

그의 눈이 그녀와 마주쳤다. 그녀는 그가 암시하는 시간이 바로 8시, '시계 종이 여덟 번 울릴 때'를 말하는 것임을 깨닫고는 새빨갛게 얼굴을 붉혔다.

그가 팡칼디 부부를 보고 말했다.

"아시다시피, 당신들 두 사람은 지금 위급한 상황입니다. 아들의 납치…… 그리고 감옥. 저지른 범죄에 대한 고백이 담긴 책 때문에 곧 구속이 될 겁니다. 하지만, 이제 내가 좋은 제안을 하나 하겠습니다. 그 장식을 내게 지금 당장 내준다면 2만 프랑을 주겠습니다. 기껏해야 60프랑의 가치밖에는 없는 것이지만, 내 선심을 쓰리다."

대답이 없었다. 팡칼디 부인은 그저 울고만 있었다.

레닌이 잠시 뒤 다시 제안을 했다.

"그러면, 2만 프랑의 두 배를 드리겠습니다. ……좋습니다. 세 배로 합시다. ……이래도 안 되겠습니까? 팡칼디, 참 어리석군요. 내가 원하는 만큼 돈을 주겠다고 하지 않았습니까? 좋습니다. 그러면, 10만 프랑으로 합시다."

레닌이 졌다는 표정을 지었다. 그 정도의 액수이면 그들이 그 장식을 내놓을 거라고 생각하는 것 같았다.

팡칼디 부인이 먼저 모든 것을 포기한 사람처럼, 남편에게 갑작스레 화를 내었다.

"이제, 사실대로 말해요! 말하라니까요! 숨겨놓은 데가 어디냔 말이에요? 여보! 왜 이렇게 고집을 피워요? 이런 식으로 나오면 우리는 망해요. 뭐가 남아요? 그리고 아이는 어떡해요? 제발 말 좀 해봐요!"

오르탕스가 속삭였다.

"레닌, 이건 미친 짓이에요. 그 장식은 그만한 가치가 없는 물건이에요."

레닌이 말했다.

"걱정하지 말아요. 내 제안을 받아들일 사람이 아니에요. 하지만, 저 모습을 보세요. 얼마나 떨고 있는지를……. 내가 원한 것은 바로 저런 태도예요. 정말 재미있지 않습니까? 혼이 빠지니까 말도 못하고 있잖아요! 그래도 머리를 굴리면서, 뭔가 좋은 방도가 없을까 궁리하는 것 좀 보세요! 잘 살펴보세요. 그 하찮은 물건에 10만 프랑을 준다니까, 열심히 잔머리를 굴리는 꼬락서니하고는! 싫다고 하면 감방에 갈 테니까, 정신이 없을 거예요!"

사실, 팡칼디의 얼굴은 잿빛으로 변해 있었다. 덜덜 떨리는 입술 양옆으로는 침이 줄줄 흐르고 있었다. 그의 몸 전체가 엄청난 혼란 속에 빠져 있는 것 같았다. 욕망과 두려움이라는 두 가지 감정 사이에서 흔들리고 있는 것 같았다.

그가 갑자기 큰 소리로 말했다.

"10만 프랑! 20만 프랑! 50만 프랑! 100만! 수백만 프랑이면 뭐해! 무슨 소용이 있냐고? 결국에는 다 날아갈 텐데. 다 사라질 거야. 사라지는 거라고……. 운이 있어야지. 운이 없으면 모두 다 날아간다고……. 행운은 내 편이냐 아니면 네 편이냐 둘 중의 하나일 뿐이야. 지난 9년 동안 행운은 내 편이었어. 행운의 신은 나를 배반한 적이 없어. 그런데 나보고 그것을 내놓으라고? 내가 내놓아야 하는 이유가 뭔데? 두려움을 벗어나기 위해서? 감옥에 가는 게 무서워서? 내 아들 때문에? 행운의 신이 나를 지켜주고 있는 한 내게는 어떤 불행도 일어날 리가 없어. 그 장식은 나의 하인이자 곧 나의 친구야. 행운은 그 장식에 달려 있는 거야. 어떻게 달려 있냐고? 그것을 내가 어떻게 아냐고? 행운의 비밀은 바로 그 장식에 달린 홍옥수에 있는 거야. 그 홍옥수는 행운을 가져오는 마법의 돌이야."

그가 도대체 무슨 말을 하고 있는지 이해할 수가 없었다. 그가 아무렇게나 쏟아 뱉는 말처럼 느껴졌다.

레닌은 그의 눈을 빤히 쳐다보며, 그의 말 한마디, 그의 떨리는 목소리까지도 놓치지 않으려고 애를 썼다. 팡칼디는 다소 신경질적인 웃음을 터뜨리고 있었다. 그러나 다시 자신감을 회복한 듯한 모습이었다.

그가 레닌에게 성큼 다가왔다. 그의 표정에는 굳은 결의가 엿보였다.

"수백만 프랑을 준다고 해도 그것을 내놓을 수는 없어. 그 보석은 그 이상의 가치를 지닌 것이니까······. 내게서 그것을 빼앗아 가려고 그리 애를 쓰는 것을 보면 뻔하지 않아? 당신이 얘기한 것처럼 몇 달 동안 뒤져봐도 찾지를 못했다며······. 그 동안 나는 아무런 의심도 하지 않고 가만히 있었어! 그럴 필요가 있었을까? 그 작은 보석이 스스로 나를 보호해주는데 말이야! 그것은 곧 그 행운의 보석이 당신들을 원하지 않는다는 뜻이야. 그러니까 앞으로도 찾을 수 없을 거야. 그 보석이 여기 있고 싶다는 뜻이겠지. 그 보석을 가질 수 있는 사람은 따로 있어. 바로 팡칼디뿐이야. 이미 세상 사람들이 다 알고 있는 사실이야! 내가 이 자리에서 다시 한 번 분명히 얘기해주지. '행운의 보석의 주인은 바로 나야!' 행운의 신 메르쿠리우스를 가질 만큼 용기가 있는 사람은 나야. 나를 보호하는 것도 메르쿠리우스이고! 내 가게 전체에는 메르쿠리우스 상이 많아. 저기 선반 위를 봐! 들어오는 문 위의 선반에 메르쿠리우스 상이 잔뜩 있지. 깨지기는 했지만 모두 다 유명한 조각가들이 만든 거야. 하나 갖고 싶어? 하나 줄 테니까 가져가시지, 그러면 모든 일이 잘 풀릴 거야. 당신이 진 기념으로 이 팡칼디가 선심을 쓰지. 저게 마음에 들까 몰라?"

그는 선반 아래의 벽에 받침대를 놓고 올라가 작은 메르쿠리우스 상을 하나 꺼내 레닌에게 주었다.

그는 자신의 공격 앞에 적이 주춤거리는 모습을 보이자 신이 난 듯 껄껄 웃으며 계속 말을 늘어놓았다.

"이제 됐어! 모두들 아무 말이 없군! 그러면 내 말에 동의한다는 뜻이겠지! 여보, 당신은 이제 너무 걱정 안 해도 돼! 우리 아들도 돌아올 테고, 감옥에 갈 일도 없을 거야! 오르탕스, 잘 가시오! 선생도, 잘 가시고! 다음에 다시 한 번 봅시다! 그래도 할 말이 있으면, 천장이나 세 번 쿵쿵쿵 치쇼! 그럼 나중에 봅시다. 내가 준 선물은 잊지 말고 가져가쇼."

그가 레닌과 오르탕스의 팔을 잡고 계단 끝에 있는 조그만 문으로 밀었다.

그러나 레닌은 이상하게도 아무런 저항을 하지 않고 순순히 그의 말에 따랐다.

레닌은 엄마 손에 이끌려 강제로 잠자리에 드는 장난꾸러기 아이처럼 고분고분 그의 말을 따랐다.

레닌이 팡칼디에게 여러 가지 제안을 하고, 대신 팡칼디가 레닌에게 메르쿠리우스 상을 주며 내쫓은 시간은 고작 5분도 걸리지 않았다.

레닌이 2층에 세를 얻어놓은 집의 주방 겸 응접실은 창문이 길가로 나 있었다. 테이블은 2인용이었다.

레닌이 오르탕스에게 응접실 문을 열어주면서 말했다.

"미안해요. 어떤 일이 있어도, 오늘 저녁에는 당신을 만나 같이 저녁식사를 하는 게 당연하다고 생각을 했습니다. 마지막 모험을 위한 제 마지막 성의였다고만 받아들여 주세요."

오르탕스는 그의 말에 거부감을 표시하지 않았다. 지금까지 레닌과 함께 해결한 사건들과는 당황할 정도로 그 결말이 달랐다. 아직 계약기간이 끝난 것도 아니었으므로 그녀는 그의 제안을 거절할 필요가 없었다.

레닌이 아랫사람에게 저녁식사 지시를 하러 잠시 방을 비웠다. 2분쯤 지나 그가 오르탕스에게로 돌아왔다. 7시가 조금 지난 시각이었다.

테이블 위에는 꽃이 놓여 있었다. 그러나 팡칼디가 준 메르쿠리우스 상이 꽃보다 더 눈에 띄었다.

레닌이 말했다.

"행운의 신이 우리의 식사를 지켜보고 있군요."

그의 얼굴에는 생기가 가득 차 있었다. 그는 그녀와 마주앉아 있는 것이 자못 즐거운 것 같았다.

그가 말했다.

"당신을 이리로 오게 하려면 이런 방법밖에 없었습니다. 일종의 미끼였다고 할까요. 내 편지에 당신이 넘어간 셈이지요. 골풀 줄기 세 개로 만든 채찍과 파란색 블라우스, 빨간색 나뭇잎 토케 모자, 결국 당신이 넘어간 겁니다. 일흔다섯 개의 흑석 알로 된 목걸이와 은색의 묵주를 가진 늙은 여인, 모두 제가 꾸며낸 것입니다. 당신이 제 미끼에 넘어갈 줄 알았습니다. 그렇다고 화내지는 마세요. 그저 당신이 보고 싶어 꾸민 일이었으니까요. 그것도 꼭 오늘이면 했고요. 당신이 이렇게 제 앞에 나타나주어 정말 고맙습니다."

곧이어 그는 그녀가 잃어버린 보석을 추적한 경위를 설명하기 시작했다.

"잃어버린 보석을 찾아달라는 조건을 내걸면서도, 당신은 내가 그것을 찾지 못하리라고 생각했죠? 그게 당신의 실수였어요. 그 보석을 찾아내는 일은 처음에는 아주 쉬운 것처럼 보였습니다. 왜냐하면 블라우스 장식에 달린 신비한 보석 때문에 일어난 일이 분명하다는 생각이 들었기 때문이었습니다. 당신 주변에 있던 사람들, 특히 하인들에 대해서 조사만 하면 되는 일이었습니다. 그래서 특별히 관심이 가는 사람들을 조사해봤지요. 하나하나 조사해보니까, 코르시카 출신의 뤼시엔이 용의선상에 올랐습니다. 여기에서부터 수사를 시작했습니다. 그 다음부터는 사건의 연결고리를 차례로 풀어나가면 됐습니다."

오르탕스가 놀라서 그를 쳐다보았다.

'이렇게 아무렇지도 않게 패배를 자인하면서도 승리한 사람처럼 얘기를 하다니 도대체 어떻게 된 걸까? 정말로 팡칼디에게 패배한 사람이라면 이렇게 아무 일 없었다는 듯이 태연하게 얘기를 할 수가 있을까?'

그녀는 그에게 한마디하지 않을 수 없었다. 그녀의 말에는 실망감과 섭섭함이 그대로 배어 있었다.

"사건의 연결고리야 이미 다 풀린 셈이겠지요. 그 장식을 훔쳐간 범인을 찾았으니까……. 하지만 잃어버린 물건을 찾지 못했으니 아직 사건이 완전히 해결된 것은 아니잖아요."

비난하는 말이 분명했다. 그녀는 레닌의 실패에 익숙하지 않았다. 더군다나 그녀는 그가 팡칼디의 반격에 속수무책으로 백기를 든 사실에 화가 났다. 이젠 그에게는 아무런 기대를 걸 수가 없는 것처럼 보였다.

그는 그녀의 말에 아무런 대꾸를 하지 않고 두 개의 잔에 샴페인을 가득 따랐다. 천천히 잔을 비우며 메르쿠리우스 상을 바라보고 있었다.

그는 조각품의 받침을 찬찬히 돌려보았다. 마치 조각품 감정가가 감정을 하는 것과 같은 표정이었다.

"선의 조화가 참 아름답군요! 작품의 색도 그 윤곽이나 비례, 균형과 아주 잘 어울리는 게 전체적으로 완벽한 조화를 이루고 있어요. 이것 좀 보세요. 팡칼디의 말이 맞아요. 유명 예술가의 작품이에요. 다리가 둘 다 쭉 뻗은 게 근육이 멋있어요. 전체적으로 볼 때, 경쾌하면서도 날렵한 인상을 주는군요. 참 훌륭한 작품이에요. 한 가지 흠이 있기는 하지만, 찾아내기는 쉽지 않을 겁니다."

오르탕스가 말했다.

"알 것 같아요. 밖에 있는 간판을 보았을 때 느꼈던 그런 기분이 들어요. 다소 균형이 없어 보인다는 말 아니에요? 몸을 받치고 있는 다리가 너무 앞으로 나와 있어요. 곧 쓰러질 것 같은 모습이잖아요."

레닌이 말했다.

"그런 것까지 알아내려면 많은 훈련이 필요한데……, 잘 보셨어요. 사실, 무게중심이 한쪽으로 약간 치우친 감이 없지 않아요. 머리 하나 정도는 더 나갔어야 하죠."

그가 잠시 말을 끊었다가 계속했다.

"나는 처음 본 순간 그것을 알아차렸어요. 그런 것을 알아채지 못했다면 말이 안 되겠죠. 파격의 미라고 할까, 충격적이었습니다. 물리법칙을 무시한 것에 충격을 받았던 거죠. 그래도 예술의 원칙과 자연의 법칙이 같이 공존할 수 없다고만 생각했죠. 다 이유가 있으니까 중력의 법칙을 무시한 거구나 생각했던 겁니다."

 오르탕스는 도대체 그가 무슨 말을 하는지 이해할 수가 없었다. 그가 뭔가 숨기고 있는 것 같았다.

 "무슨 말이에요?"

 그가 말했다.

 "아, 아무것도 아니에요. 팡칼디가 설치해놓은 메르쿠리우스 간판이 앞으로 쓰러지지 않는 이유를 미처 깨닫지 못했던 게 놀라웠을 뿐이에요."

 "그 이유가 뭔데요?"

 "이유요? 팡칼디가 메르쿠리우스 상을 설치하다가 균형이 깨진 게 아닌가 생각했는데, 사실은 그러한 불균형을 보완해주는, 위험한 자세의 조각품을 뒤로 잡아당겨 주는 것이 있는 걸 발견했다는 겁니다."

 "뭐가 있는데요?"

 "평형추(平衡錘)가 있습니다."

 오르탕스가 놀란 표정을 지었다. 그녀도 어렴풋이 감을 잡기 시작했다.

 그녀가 말을 더듬으며 물었다.

 "평형추가 있다고요? 내가 잃어버린 장식이 받침대 안에 있을지도 모른다는 얘기예요?"

 "그럴 수도 있지요."

 "그게 가능한 얘기예요? 만약 그렇다면, 어떻게 팡칼디가 이 메르쿠리우스 상을 주었겠어요?"

레닌이 말했다.

"이것은 그가 준 게 아니에요. 내가 직접 가져온 거예요."

"어디에서요? 이것을 언제 가져왔다는 얘기예요?"

"지금, 방금 가져온 거예요. 당신이 응접실에 있는 동안 가져온 겁니다. 간판 바로 위에 있는, 메르쿠리우스 상이 있는 벽감 바로 옆 창문으로 나가서, 바꿔 갖고 왔어요. 팡칼디가 준 메르쿠리우스 상을 벽감에 대신 꽂고 온 거죠."

"새로 꽂아놓은 상이 앞으로 기울지 않던가요?"

"아니오. 다른 것들은 건드리지 않았어요. 팡칼디는 예술가가 아니기 때문에, 메르쿠리우스 상의 균형상태에 대해서는 전혀 눈치 채지 못할 겁니다. 그는 자기 자신에게 계속해서 운이 있다고 생각할 겁니다. 행운의 신이 계속 자기를 돌보아주고 있다고 생각한단 얘기죠. 어쨌든, 간판에 사용하던 메르쿠리우스 상은 이제 우리가 갖고 있는 겁니다. 메르쿠리우스 상을 지지하고 있는 이 받침대 뒤를 보세요. 납땜이 되어 있죠? 이 납땜을 해놓은 부분에 당신이 잃어버린 블라우스 장식이 들어 있을 겁니다. 내가 깨서 꺼내줄까요?"

오르탕스가 서둘러 그의 말을 막았다.

"아니에요, 그럴 필요 없어요."

사건 전체를 파악하는 레닌의 직관력과 그 치밀하고 노련한 솜씨를 그 순간에도 오르탕스는 정확히 파악할 수 없었다. 그러나 레닌이 자신 앞에 놓였던 모험의 장애물을 모두 극복하고 드디어 여덟 번째의 모험을 끝냈다는 사실만은 분명히 알 수 있었다. 마지막 모험의 종료시간까지는 아직 여유가 있었다.

그가 짓궂은 표정으로 그 사실을 상기시켰다.

"8시 15분 전이군요."

둘 사이에 숨이 막힐 듯한 침묵이 흘렀다.

레닌과 오르탕스는 서로 어색한 분위기 속에서 머뭇거리며 그냥 가만히 있었다.

이러한 분위기를 깨기 위해 레닌이 말을 꺼냈다.

"팡칼디가 꽤나 잘난 척을 하더군요. 날더러 들으라는 듯이 한참 지껄여대던 꼴하고는! 하지만, 그것도 다 작전이었다는 사실은 몰랐을 겁니다. 그가 약이 올라 떠들어대는 동안 나는 놓쳤던 단서를 찾았거든요. 부싯돌과 쇠뭉치를 주고 불을 붙여보라고 한 것이나 다름없었으니까요. 그 덕택에 번개같이 스치는 것을 꽉 잡았죠. 홍옥수 장식, 행운의 요소, 그리고 메르쿠리우스 상 사이에는 어떤 초연적인 연관성이 있다는 생각이 퍼뜩 들었습니다. 그것으로 충분했어요. 이러한 것들이 서로 연관이 있다는 생각을 하게 되니까, 그가 그 홍옥수 장식을 메르쿠리우스 조각품 속에 숨겨두고 있는 게 틀림없다는 생각이 저절로 떠오르더라고요. 가게문 밖에 있는 간판에 달린 메르쿠리우스 상과 그 불안정한 자세가……."

레닌이 갑자기 말을 끊었다. 오르탕스는 이마에 손을 얹고 눈을 감은 채, 멍하니 앉아 있었다. 그녀는 레닌의 말에 관심이 없는 사람처럼 보였다.

그녀는 사실 그의 말을 듣고 있지 않았다.

레닌이 얘기하고 있는 이 특별한 모험의 결말과 그 해결방법에 그녀는 더 이상 흥미를 느끼지 못하고 있었다.

그녀는 지난 3개월 동안 같이 해결한 여러 가지 복잡한 사건과 그가 그녀에게 보여준 헌신적인 노력, 한 남성으로서의 놀라운 행동에 대해 생각하고 있었다.

그가 지금까지 보여준 행동, 그가 지금까지 베푼 호의, 그가 구해낸 사람들, 그가 달래준 고통, 그가 되찾아준 건강 등이 마치 마법 사진처럼 그녀의 머릿속에서 돌아가고 있었다. 그에게 불가능이란 없는 것처럼 보였다.

그는 자신이 맡은 일은 꼭 해내고야 마는 사람 같았다. 그는 자기가 설정한 목표를 미리 다 완성해놓고 기다리는 사람 같았다. 자신의 능력에 대항할 수 있는 것은 아무것도 없다는 사실을 알고 있는 사람처럼, 그는 별로 힘들이지 않고 차분하게 모든 것을 처리하는 사람 같았다.

'저런 사람에게는 어떻게 행동해야 할까? 나 자신을 방어할 필요가 있을까? 있다면, 어떻게 해야 할까? 만약 나에게 모든 것을 포기하고 자기를 따르라고 한다면 어떻게 해야 할까? 만약 그가 나를 굴복시키는 방법을 알지 못한다면, 또 그것이 다른 어떤 모험보다도 더 어려운 일이라는 점을 모른다면 어떻게 해야 할까? 세상이 넓다지만, 과연 그의 추적을 피해 안전하게 숨어 있을 곳이 있을까?'

처음 만난 순간 그가 얘기한 것처럼, 결말은 뻔한 상황으로 흐르고 있었다. 그러나 오르탕스는 아직 그에게 항복을 하지 않고 있었다. 그래도 그녀에게는 아직 자신을 지킬 수 있는 비장의 무기가 있었다.

'그래, 내가 요구했던 여덟 가지 조건을 다 들어주고 잃어버렸던 장식도 찾아주었어. 하지만, 아직 알렝그르 성의 시계가 여덟 번 울린 것은 아니야. 다른 곳에서 시계 종이 여덟 번 울린다면 소용없어. 약속은 약속이니까.'

레닌은 그날 오르탕스의 입술을 가만히 응시하며 이렇게 말했다.

"내가 여덟 번째 일까지 모두 끝마치는 12월 5일, 바로 이날 시계 종은 여덟 번이 울릴 겁니다. 그 후 시계는 영원히 멈춰 설 겁니다. 만일 정말로 그렇게 된다면 당신은 저에게……."

그녀가 얼굴을 들고 레닌을 바라보았다. 그도 역시 움직이지 않고 있었다. 진지하고 침착한 표정이었다. 그녀는 그가 무슨 얘기를 하고 싶어하는지 다 알고 있었다.

그녀가 먼저 입을 열었다.

"알렝그르 성의 시계가 여덟 번 울려야 한다고 분명 약속했죠? 다른 조건들은 모두 해결이 되었지만…… 아직 그 한 가지가 해결되지 않았네요. 그러니까 이제 나는 자유의 몸이 된 거죠? 약속을 한 건 당신이니까, 이젠 굳이 당신 말을 따라야 할 필요는 없는 거죠. 이제 나는 완전히 자유의 몸이 된 거예요. 양심의 가책을 느낄 필요도 없겠죠?"

그녀는 더 이상 말을 잇지 못했다. 바로 그 순간, 그녀의 등뒤에서 짤까닥 소리가 나더니, 시계종이 울리기 시작했다. 한 번,

두 번, 세 번…….

오르탕스는 신음에 가까운 소리를 내고 있었다. 레닌과 오르탕스에게 바로 3개월 전 여덟 가지 모험의 길을 열어준, 황량한 알렝그르 저택의 시계 종소리가 들리고 있었다.

그녀는 시계 종 소리의 숫자를 세어보았다. 정확히 여덟 번이었다. 까무러칠 노릇이었다.

그녀는 손으로 얼굴을 감싸며 중얼거렸다.

"아! 저 시계…… 알렝그르 성의 시계…… 그 시계소리가 분명해요."

그녀는 더 이상 아무 말도 할 수 없었다. 레닌이 자신을 빤히 바라보고 있었다. 온몸에서 힘이 빠지는 것 같았다. 그녀가 기운을 차린다고 해도, 나아질 건 없었다. 그에게 저항할 수도 없었다. 그렇다고 저항하고 싶은 마음도 없었다.

여덟 가지 사건은 모두 끝이 났지만, 새로 해야 할 일이 하나 남아 있었다. 남은 일에 대한 기대로 지나간 모든 것에 대한 기억이 다 사라진 것 같았다. 사랑의 모험. 가장 짜릿하고 당혹스럽고, 고귀한 사랑의 모험이 그녀를 기다리고 있었다. 그녀는 사랑에 빠져 있었기 때문에 모든 것을 운명에 맡기고, 앞으로 일어날 일만을 반가이 맞을 준비를 하고 있었다.

그녀는 자신도 모르게 웃음이 나왔다. 좋아하는 사람이 홍옥수가 박힌 블라우스 장식을 찾아준 바로 그 순간, 행복이 그녀의 삶에 다시 찾아오고 있는 것 같았다.

시계가 다시 한 번 종을 치고 있었다. 오르탕스는 레닌을 올려다보았다. 그녀는 애써 그의 시선을 피했다. 몇 초가 몇 시간처럼 느껴졌다. 그러나 한 마리 아름다운 새처럼, 미동도 할 수 없었다. 시계 종이 여덟 번 울리는 바로 그 순간, 그녀는 그의 가슴에 안겨 입술을 가까이 가져갔다.